सुनहरा सिक्का

विश्व प्रसिद्ध जुले बर्न की मूल कृति 'Golden Coin' का हिन्दी अनुवाद

लिटिल बुक्स

1/5971, कबूल नगर, शाहदरा, दिल्ली-110032

सुनहरा सिक्का

जुले बर्न

वाणी प्रकाशन की सहयोगी संस्था
लिटिल बुक्स के लिए प्रकाशित

ISBN 81-88714-11-9

लिटिल बुक्स
1/5971, कबूल नगर, शाहदरा
दिल्ली-110032

प्रथम संस्करण : 2005
मूल्य : 195.00

शुभम् ऑफसेट, शाहदरा, दिल्ली 110032
में मुद्रित

विषय सूची

सोने का सिक्का

फ्रेंकायस

ल्यूसेन डी. हेम, सौ फ्रेंक का अन्तिम नोट जुए की भेंट करके उठ खड़ा हुआ। इसी खास अवसर के लिए उसने यह सौ फ्रेंक जमा किए थे। अब उसके पास कुछ भी न था। उसका सिर घूमने लगा और उसे मालूम हुआ कि वह गिर रहा है।

उसका सिर बराबर घूमता रहा। वह चमड़े से मढ़ी हुई एक बेंच पर, जो जुए-घर की दीवार के सहारे रखी हुई थी, बैठ गया और कुछ देर तक अपने जीवन की विगत घटनाओं का स्मरण करता रहा। उसने अपनी जवानी के सुदिन योंही बरबाद कर दिए। वह जुआरियों की ओर घूर रहा था और सोने के सिक्कों की हल्की झंकार को, जो उनके मेज पर गिरने से हो रही थी, सुन रहा था। वह सोचने लगा अब मैं बिल्कुल तबाह हो चुका हूँ। क्या करूँ? किधर जाऊँ? उसे याद आया कि एक सन्दूकची में उसके पिता जर्नेल ही. हेम के पिस्तौल पड़े हैं। यह पिस्तौल अब भी उन लड़ाइयों का स्मरण दिला रहे थे, जो उन्होंने उस समय लड़ी थीं जब वे कप्तान थे। उसे थकावट मालूम हुई, और वह वहीं पड़ा-पड़ा सो गया।

जागा, तो उसका मुँह चिपचिपा और लेसदार हो रहा था। सामने दीवार पर दृष्टि डाली तो ज्ञात हुआ कि मुश्किल से आधा घंटा सोया होगा। अब उसका मन बाहर—खुली हुई, ताजी वायु की जगह में—जाने को चाहने लगा। इस समय 12 बजने में 15 मिनट शेष थे। वह उठ खड़ा हुआ। अँगड़ाई ले रहा था कि याद आई—आज क्रिसमस की संध्या है। इसी सिलसिले में उसे अपने बचपन की भी याद हो आई—जब यही क्रिसमस की संध्या उसके लिए प्रसन्नता एवं प्रफुल्लता का सन्देश लाया करती थी।

इतने में वृद्ध डिरोनस्की, जो इस जुए-घर का पुराना खिलाड़ी था, एक उधड़ा हुआ पुराना कोट पहने, जिस पर चिकनाई के धब्बे पड़ गये थे, ल्यूसेन डी. हेम के निकट आया और उसके कान में धीरे से कहा—"कृपया आप मुझे 5 फ्रेंक उधार दे

दीजिए। आप मुझपर हँसेंगे तो, परन्तु मैं वायदा करता हूँ कि ठीक 12 बजे, जिस समय घड़ी आधी रात का घंटा बजाएगी, मैं आपके दाम वापस कर दूँगा।''

ल्यूसेन ने अपने कंधे सिकोड़े। उस समय उसके पास था ही क्या, जो डिरोनस्की की बात पर विचार करता। भीतर कमरे में जाकर उसने अपना कोट पहना, टोपी उठाई, और शीघ्रता से सीढ़ियाँ पार करता हुआ नीचे बाजार में जा पहुँचा।

इन चार घंटों में, जो ल्यूसेन ने जुए-घर रूपी नरक-कुण्ड में व्यतीत किए थे, बाहर काफी बर्फ पड़ चुका था। और यह बाजार—जो पैरिस के मध्य में था, तंग और ऊँची-ऊँची अट्टालिकाओं से घिरा हुआ—बर्फ से बिल्कुल सफेद हो चुका था। नीले आकाश में तारे चमक-चमक कर पैरिस में ज्योति का संचार कर रहे थे।

अस्थिरचित्त जुआरी अपने वस्त्रों में काँप रहा था। वह एक ओर चलने लगा। बेढंगे विचार मस्तिष्क में आ जा रहे थे। इस समय शायद अपने पिता के पिस्तौलों का विचार उसे सबसे अधिक सता रहा था। परन्तु थोड़ी सी दूर गया था कि सहसा ठिठककर रह गया। सामने एक बीभत्स दृश्य था।

एक सुन्दर और बड़े मकान के सामने पत्थर की एक पुराने ढंग की बेंच पर एक नन्ही-सी बालिका बर्फ में बैठी हुई थी—उसकी आयु छः-सात वर्ष की होगी। वह काले रंग के फटे पुराने वस्त्र पहने हुए थी। बेचारी कष्ट और थकान से चूर होकर, विकट शीत होने पर भी वहीं सो गई थी। उसका सिर और कंधे बर्फ से ढके हुए थे। बालिका का एक जूता बेंच से नीचे लटके हुए उसके पैर से अलग होकर सामने पड़ा था—मानो अपनी स्वामिनी की दयनीय दशा पर आँसू बहा रहा हो।

ल्यूसेन का हाथ स्वयं कोट की जेब की ओर बढ़ा। मगर उसे याद आया कि अभी कुछ ही देर पहले उसके पास जुए-घर के सेवक को बख्शीश देने के लिए भी कुछ नहीं निकला था। फिर भी वह दयार्द्र होकर बालिका के निकट आया कि उसे भीषण शीत से बचावे। बालिका को उठाने वाला ही था कि उसकी दृष्टि नीचे गिरे हुए जूते में किसी चमकदार चीज़ पर जा पड़ी। उसने झुककर देखा, बीस फ्रेंक का सोने का सिक्का था। कोई भला आदमी, सम्भवतः कोई महिला, इधर से निकलती हुई अनाथ बालिका पर दया करके यह सोने का सिक्का उसके जूते में डाल गई थी।

बीस फ्रेंक। अनाथ बालिका के लिए यह रकम कई दिन का काम चला सकती थी। ल्यूसेन बालिका को जगा कर यह सुसंवाद सुनाने ही वाला था कि उसे मालूम हुआ कि जैसे वृद्ध डिरोनस्की अपने वही शब्द उसके कानों के निकट दुहरा रहा है।

इस समय 23 वर्षीय इस नवयुवक के हृदय में एक बड़े भयानक विचार का प्रादुर्भाव हुआ। वह नवयुवक, जो एक भले घराने में उत्पन्न हुआ था और जिसके भले विचारों ने कभी उसका साथ नहीं छोड़ा था, अब एक घृणित विचार से प्रेरित हुआ। उसने अपने चारों ओर दृष्टि डाली और यह जानकर कि उसे कोई नहीं देख रहा है,

एक बार फिर नीचे झुका और काँपता हुआ हाथ बढ़ा कर जूते में से सोने का सिक्का चुरा लाया और फिर पूरी तेजी के साथ जुए-घर की ओर भागा। कुछ ही मिनटों में ल्यूसेन फिर वहीं मौजूद था, जहाँ से कुछ देर पहले गया था। इधर वह कमरे में पहुँचा, उधर घड़ी ने 12 बजाए। उसने पहुँचते ही 20 फ्रेंक हरे रंग पर लगा दिए और तुरंत 'जीत लिया' की आवाज लगाई। अबकी बार सोने के 36 सिक्के लाल रंग पर डाल दिए और फिर 'लाल भी जीत लिया!' की आवाज लगाई। उसने 72 के 72 सिक्के लाल पर ही पड़े रहने दिए लाल फिर निकल आया। इसी प्रकार वह लगातार तीन बार दुगनी की दुगनी रकमें लगाता गया और प्रत्येक बार भाग्य उसका साथ देता रहा। अब ल्यूसेन के सामने नोटों और सोने के सिक्कों का ढेर लग गया था। वह पागलों की भाँति कभी किसी रंग पर और कभी किसी नम्बर पर लगाता गया और जीतता गया। यह बिल्कुल आशा के प्रतिकूल था, ऐसा कभी-कभी ही हुआ है। ऐसा ज्ञात होता था कि नवयुवक की दृष्टि ने सफेद रंग की उस नन्ही सी गेंद पर जो जुए की मेज पर विभिन्न रंगों के खानों में इधर-उधर कूदती फिरती थी, जादू कर दिया था—वह उसके इशारे पर चलती हुई मालूम पड़ती थी।

थोड़ी देर खेलने के पश्चात् ही ल्यूसेन के पास काफी रकम इकट्ठी हो गई। उसने सोने के सिक्कों, नोटों और बैंकों की चेकों से अपने कोट की बड़ी-बड़ी जेबें भरनी आरम्भ कर दीं। यद्यपि अब उसकी जेबें भारी थीं, फिर भी वह परेशान था। एक विचार था, जो उसे रह-रह कर सता रहा था। उसे बाहर नीले आकाश की छत के नीचे बर्फ के नगर में सोई हुई एक अनाथ बालिका बार-बार दिखाई दे रही थी—"वह वहीं पड़ी होगी... मैं शपथ खाता हूँ... मैं अभी छोड़ता यह स्थान... मैं सोती हुई को गोदी में उठा कर घर ले जाऊँगा, उसे अपने बिस्तर पर सुला दूँगा... मैं उसे अपने बालक की भाँति पालूँगा, उसे प्यार करूँगा...मैं उसे बहुत-सा दहेज दूँगा... उसका ख्याल रखूँगा... सदैव!"

घड़ी ने एक का घंटा बजाया—फिर सवा, डेढ़, पौने दो। मगर 'ल्यूसेन' अभी तक मेज के सामने बैठा, जुए में मस्त था। आखिर दो बजकर एक मिनट पर जुए-घर का चौकीदार सहसा नींद से चौंक कर बड़बड़ाने लगा—"सज्जनो, अब बहुत खेल चुके बस करो।"

ल्यूसेन चौंक कर उठ खड़ा हुआ और दूसरे जुआरियों को, जो उसके आसपास खड़े हुए अद्भुत दृष्टि से उसे घूर रहे थे, लापरवाही से इधर-उधर ढकेलता हुआ बाहर निकल आया और जीने से छलाँग मारता हुआ नीचे उतर कर पत्थर की बेंच की ओर तेजी से चल दिया—जैसे दौड़ रहा हो। लैम्प की हल्की रोशनी में, कुछ दूर पर वह नन्ही बालिका दिखाई दे रही थी, वह जल्दी से उसके पास पहुँच गया और उसका हाथ पकड़ लिया। "इसका शरीर कितना ठण्डा है?"

उसने उसे गोद में उठा लिया। बेचारी का सिर एक ओर को लुढ़क गया, मगर उसने आँखें न खोलीं। वह बोला—

"यह बालक भी कैसी बला की गहरी नींद सोते हैं।"

ल्यूसेन ने उसे हृदय से चिपटा लिया, जिससे उसके बर्फ के कारण ठण्डे शरीर को कुछ तो गर्मी पहुँचे। उसे गहरी नींद से जगाने के लिए ल्यूसेन ने नन्ही बालिका के नेत्रों का चुम्बन लिया। उसे ज्ञात हुआ कि लड़की की आँखें आधी खुली हैं, जिनमें से ज्योतिहीन पुतलियाँ स्पष्ट दिखलाई दे रही हैं। वह काँप गया और एक भयावह कल्पना विद्युत गति के साथ उसके मस्तिष्क में दौड़ गई। वह अपना मुख लड़की के मुख के निकट ले गया, मगर उसका साँस बन्द हो चुका था।

जिस समय ल्यूसेन चुराये हुए सिक्के से जुआ खेल कर धन जमा करने में तन्मय था, बेचारी अनाथ बालिका बर्फ के ढेरों के बीच सर्दी में पड़ी दम तोड़ रही थी।

अगले दिन ल्यूसेन ने अपना नाम अफ्रीका जाने वाली पलटन की सूची में लिखवा दिया। अब ल्यूसेन डी. हेम की छाती पर लेफ्टिनेंट का बिल्ला लगा हुआ है। उसकी आय केवल उसका वेतन है, परन्तु वह एक मुस्तकिल मिजाज अफसर है, जो भूल से भी अब कभी बाजी नहीं लगाता। सुना जाता है कि वह वेतन में से कुछ बचा भी लेता है, क्योंकि अभी दो एक दिन की बात है कि उसके एक साथी ने जो एलजीरिया के बाजार में उसके पीछे-पीछे चला जा रहा था—उसे एक नन्ही भिखारिन को कुछ देते हुए देखा था। साथ ही वह यह भी मालूम करना चाहता था कि ल्यूसेन ने क्या दान दिया है और यह देखकर उसके आश्चर्य की सीमा न रही कि नन्ही भिखारिन के हाथ में बीस फ्रेंक का एक सोने का सिक्का रखा हुआ था।

मछेरा

विक्टर ह्यूगो

सागर रो रहा था, बन्दी लहरें पथरीले किनारों के साथ टकरा-टकरा कर आँसू बहा रही थीं और पानी की नृत्य करने वाली सतह पर कुछ नावें अपने कमजोर पतवारों के सहारे घोर शीत में ठिठरी हुई काँप रही थीं। नीलाकाश में चन्द्रमा खिलखिलाकर हँस रहा था। तारागणों का खेत अपने पूर्ण यौवन में लहलहा रहा था।

किनारे से थोड़ी दूर कुछ झोंपड़ियाँ अपनी मूकभाषा में एक-दूसरे से अपनी जीर्ण-अवस्था का वर्णन कर रही थीं—यह मछेरों के सिर छिपाने के स्थान थे। एक झोंपड़ी का द्वार खुला था, जिसमें से चन्द्रमा की कुछ आवारा किरणें पृथ्वी पर रेंग-रेंग कर उसकी काजल जैसी कालिमा को थोड़ा ज्योतिर्मय कर रही थीं। इस अन्धी रोशनी में दीवार पर टँगा, मछेरे का जाल दृष्टिगोचर हो रहा था। और एक लकड़ी के तख्ते पर कुछ थाली, रकाबी रखी दिखाई दे रही थीं।

झोंपड़ी के एक कोने में एक टूटी हुई चारपाई पर फटे हुए टाट के ऊपर पाँच बालक निद्रा में लीन थे—नन्ही आत्माओं का घोंसला स्वप्नों से काँप रहा था, निकट ही उनकी माता, न जाने किन विचारों में खोई हुई सी, घुटनों के बल बैठी गुनगुना रही थी—गुनगुनाए जा रही थी। सहसा वह लहरों का गर्जन-तर्जन सुनकर चौंक पड़ी—वृद्ध सागर, किसी आने वाली मुसीबत से जानकार—काली चट्टानों, तेज वायु और आधीरात के अन्धकार को सम्बोधन करके गला फाड़फाड़ कर कुछ कह रहा था। वह उठी और बालकों के निकट जाकर प्रत्येक के माथे पर अपने ठंडे होठों से चुम्बन दिया और वहीं टाट पर बैठकर परमात्मा से प्रार्थना करने लगी। लहरों के शोर में भी यह शब्द भलीभाँति सुनाई दे रहे थे :

परमात्मन्! ए निःसहायों के सहायक और निर्धनों के धनी! इन बालकों को पालने वाला, रात्रि का काला कथन ओढ़े सागर की लहरों के साथ खेल रहा है—मृत्यु के गहरे गड्ढे में पैर लटकाये वह केवल इनके कारण प्रति दिन इस देव से कुश्ती

लड़ता है—परमात्मन्! तुम उसे सुरक्षित रखो। आह! यदि ये युवक होते—यदि यह अपने पिता की सहायता कर सकते... ।"

इतना कहकर न मालूम उसे क्या ध्यान आया कि वह सिर से पैर तक काँप गई और ठंडी साँस भरती हुई काँपती हुई आवाज में कहने लगी—"बड़े होकर इनका भी यही काम होगा, फिर मुझे छः जानों की चिन्ता होगी। ओफ! कुछ समझ में नहीं आता, हाय रे गरीबी!"

यह सोचकर वह निर्धनता के विचारों में लीन हो गई, सहसा वह फिर इस स्वप्न से जागी। उसके मस्तिष्क में होटलों की गगनचुम्बी इमारतों और धनाधीशों के महलों के चित्र अंकित हो गए, इन इमारतों के आनन्द वैभव और अमीरों की रंग-रेलियों का ध्यान आते ही उसके हृदय पर एक धुंध-सी छा गई, उसके कलेजे पर एक हथौड़ा-सा लगा, वह शीघ्रता से उठी और अन्धकारपूर्ण वातावरण में द्वार से झाँकने लगी, मगर यह कार्य उसके विचार-प्रवाह को न रोक सका। वह आश्चर्यचकित थी कि लोग अमीर और गरीब क्यों होते हैं? जब कि प्रत्येक मनुष्य एक ही तरह माता के पेट से उपजा होता है। इस प्रश्न के हल करने के लिए उसने अपने मस्तिष्क पर बहुत जोर दिया, मगर कोई निश्चयात्मक उत्तर न मिल सका एक वस्तु जो उसे परेशान कर रही थी वह यह थी कि जब उसका पति अपनी जान पर खेल कर सागर की गोदी में से मछलियों को छीन कर लाता है, तो क्या कारण है कि बाजार का चौधरी, बिना परिश्रम किये प्रति दिन सैकड़ों रुपये कमा लेता है? उसे यह बात कुछ अद्भुत-सी मालूम हुई कि परिश्रम तो करें मछेरे और लाभान्वित हों बाजार के चौधरी, रात भर उसका पति अपना खून पसीना एक कर दे और प्रातःकाल के समय आधी कमाई बाजार वालों की तोंद में चली जाय। इन समस्त प्रश्नों का कुछ भी उत्तर न पाकर वह हँस पड़ी और ऊँची आवाज में कहने लगी—"मुझे निर्बुद्धि को भला क्या मालूम हो, यह सब ईश्वर जानता है—मगर... ।" इसके पश्चात् वह कुछ और कहने वाली थी कि काँप उठी—"ओ परमात्मा! मैं पापिन हूँ, तू जो करता है, अच्छा करता है... मुझे ऐसा नहीं सोचना चाहिए था।" यह कहती हुई वह चुपचाप आकर आपने बालकों के पास बैठ गई और उनकी बाल-सुलभ मुखाकृतियों की ओर देख कर उसके नेत्र अश्रुपूर्ण हो गये।

बाहर नीलाकाश पर काले बादल राक्षसों की-सी भयानक सूरत में अपनी काली केश राशि बखेरे हुए चक्कर काट रहे थे। कभी-कभी यदि कोई बादल का टुकड़ा मुस्कराते चन्द्रमा पर अपनी कालिमा मल देता, तो संसार कब्र की भाँति अन्धकारमय हो जाता, सागर की रजत लहरें गहरे रंग की चादर ओढ़ लेतीं और नौकाओं पर टमटमाती हुई ज्योति सहसा इस परिवर्तन को देख कर नेत्र झपकाना आरम्भ कर देती।

मछेरे की पत्नी ने अपनी साड़ी के मैले आँचल से अपने आँसू पोंछे और द्वार पर खड़ी होकर देखने लगी कि दिन निकला अथवा नहीं, क्योंकि उसका पति सूर्य की प्रथम किरण के साथ ही घर लौटकर आ जाया करता है, मगर प्रातःकाल का एक साँस भी अभी न जागा था। सागर की काली चादर पर एक भी सफेद धारी दिखाई न देती थी। वर्षा अभी भी हो रही थी, वृद्ध-सागर खाँस रहा था। वह बहुत देर तक द्वार पर खड़ी अपने पति के आने के विचारों में लवलीन रही, जो इस वर्षा में और सागर की चंचल लहरों के मुकाबले में लकड़ी के मामूली से तख्तों पर और क्षीण पतवारों के सहारे वहाँ पड़ा था। वह अभी उसकी कुशलता के लिए प्रार्थना कर रही थी कि सहसा उसकी दृष्टि गहरे अन्धकार में एक जीर्ण-शीर्ण झोंपड़ी की छाया पर गई, जो आकाश की ओर हाथ फैलाये, चन्द्र ज्योत्स्ना से विवर्जित, काँप रही थी। इस झोंपड़ी में ज्योति का नाम तक न था। कमजोर द्वार किसी अज्ञातभय से थर-थर काँप रहा था, तिनकों की छत वायु के तीव्र वेग से दुहरी हुई जा रही थी।

"ओफ! न जाने बेचारी विधवा की क्या दशा है? उसे कई दिन से ज्वर आ रहा है।" मछेरे की पत्नी मुँह ही मुँह में गुनगुनाई और यह सोचते हुए कि संभवतः किसी दिन वह भी अपने पति को खो दे—काँप उठी।

वह जीर्ण-शीर्ण झोंपड़ी एक विधवा की थी, अपने दो छोटे-छोटे बालकों सहित, अन्न के अकाल में अपनी मृत्यु की घड़ियाँ काट रही थी। मुसीबत की घोर धूप में उस पर कोई छाया करने वाला न था। रहा सहा सहारा दो छोटे बालक थे, जो अभी कठिनता से चलने फिरने योग्य थे। मछेरे की पत्नी के हृदय में दया का सागर हिलोरें खाने लगा, वर्षा से बचाव के लिए सिर पर एक टुकड़ा डालकर और एक अन्धी लालटेन जलाकर वह झोंपड़ी के निकट पहुँची और धड़कते हुए हृदय से द्वार पर आवाज दी। तेज वायु की सनसनाहट और सागर की लहरों का गर्जन ही इसका उत्तर था। वह काँपी और विचार किया कि उसकी भोली पड़ोसिन गहरी निद्रा में लीन है। उसने एकबार फिर आवाज दी और द्वार खटखटाया, मगर उत्तर फिर भी न मिला—कोई आवाज, कोई उत्तर उस झोंपड़ी के जीर्ण-शीर्ण होठों पर प्रकट न हुआ। सहसा द्वार—जैसे इस बेजान वस्तु ने दया की लहर अनुभव की हो— हिला और खुल गया।

मछेरे की पत्नी झोंपड़ी के भीतर गई और उस अन्धकार पूर्ण कब्र में अपनी अन्धी लालटेन से उजाला कर दिया—जिसमें लहरों के गर्जन के अतिरिक्त बिल्कुल खामोशी थी। तिनकों की पतली छत से पानी की बूँदें बड़े-बड़े आँसुओं की भाँति काली पृथ्वी को भिगो रही थीं। दृश्य अत्यन्त भयावना था।

मछेरे की पत्नी इस भयानक दृश्य को देखकर जो झोंपड़ी में विद्यमान था, सिर से पैरों तक काँप गई। उसके नेत्रों से गर्म-गर्म आँसू निकले और उछल कर वर्षा की

टपकती हुई बूँदों के साथ मिल गए उसने एक ठंडी साँस ली और रोते-रोते कहने लगी :

"आह! तो उन चुम्बनों का जो शरीर में गुदगुदी उत्पन्न करते हैं माता की प्रार्थना गीत, मुस्कराहट, प्रेम और उन ऊँची-ऊँची अट्टालिकाओं का, जो हमारी ओर अपने बीसियों नेत्रों द्वारा देखा करती हैं, हँसी और नृत्य का—केवल एक ही परिणाम है—अर्थात् मृत्यु! कब्र!! आह, मेरे परमात्मा!"

उसके सामने फूस के बिस्तर पर विधवा का मृतक शरीर अकड़ा हुआ पड़ा था और बराबर में दो बालक स्वप्नावस्था में मुस्करा रहे थे। मृतक शरीर की छाती में एक साँस कहने को रुकी हुई थी, उसके पथराए हुए नेत्र, जीर्ण झोंपड़ी की टूटी हुई छत को चीर कर तारागण से विवर्जित आकाश की ओर टकटकी बाँधे देख रहे थे—जैसे उसे कुछ संदेश देना हो।

मछेरे की पत्नी इस करुण दृश्य को देख कर चीख पड़ी। थोड़ी देर पागलों की भाँति इधर-उधर घूमी। सहसा उसके अश्रुपूर्ण नेत्रों में एक चमक पैदा हुई और शीघ्रता पूर्वक मृतक शरीर के निकट से कुछ वस्तु उठाकर अपनी चादर में लपेट ली और उस काल कोठरी से भागती हुई अपनी झोंपड़ी की ओर चल पड़ी। मुखाकृति के बदले हुए रंग, और काँपते हुए हाथों से उसने अपनी झोली को मैले बिस्तर पर खाली कर दिया और उस पर फटी हुई चादर डाल दी। थोड़ी देर तक विधवा से छीनी हुई वस्तु की ओर देखकर, वह अपने बालकों के निकट पृथ्वी पर बैठ गई।

सागर-तट पर कुछ उजाला-सा होने लगा था। सूर्य की धुँधली किरणें, अन्धकार का पीछा कर रही थीं। मछेरे की पत्नी बैठी-बैठी अपने इस अपराध पर विचार कर रही थी—"ओफ! मैंने बुरा काम किया है—बहुत बुरा! यदि अब मुझे वह मारे-पीटे, तो मुझे कोई शिकायत न होगी। और यह भी अद्भुत बात है कि मैं उससे भयभीत हूँ, जिससे प्रेम करती हूँ। क्या लौटा आऊँ? नहीं संभव है, वह क्षमा कर दे।"

वह इन्हीं विचारों में लीन थी कि वायु से द्वार हिला, यह देख सुनकर उसका कलेजा धक से हो गया। उठी, और किसी को न पाकर फिर वहीं चिंतित-सी बैठ गई। अभी नहीं आया—बेचारा— उसे इन बालकों के लिए कितना कष्ट सहन करना पड़ता है। अकेले आदमी को सात पेट पालने पड़ते हैं और—मगर यह कैसी चीख पुकार है।

यह आवाज चीखती हुई वायु की थी, जो झोंपड़ी के साथ रगड़ खाकर उत्पन्न हो रही थी। "उसकी पद-ध्वनि! अरे नहीं, वायु है।" यह कहकर वह फिर अपने विचारों में लीन हो गई, इतनी अधिक कि अब उसके कानों में तेज वायु के झोंकों और सागर की लहरों की आवाज आनी बन्द हो गई। उसके हृदय के अन्तस्तल में क्या कुछ कम आँधी आ रही थी।

जल-पशु सागर तट के आस-पास चिल्ला रहे थे। पानी में मिले हुए प्रस्तर खंड एक-दूसरे से टकराकर खनखना रहे थे। नौका के चप्पुओं की ध्वनि प्रातःकाल की चुप्पी को तोड़ रही थी। मछेरे की पत्नी नौका के आगमन से नितान्त अनभिज्ञ अपने ही विचारों में खोई हुई थी सहसा द्वार एक झटके के साथ खुला, प्रातःकाल की धुँधली किरणें झोंपड़ी में तैरती हुई-सी घुसीं, साथ ही मछेरा भी कन्धों पर एक बड़ा-सा जाल डाले झोंपड़ी के द्वार में घुसा। उसके समस्त वस्त्र रात की वर्षा और सागर के नमकीन जल से भीग रहे थे, नेत्र न सो सकने के कारण भीतर को धँसे हुए थे, शरीर शीत और अथक परिश्रम के कारण अकड़ा हुआ था।

"मुन्नू के पिताजी, तुम हो?" मछेरे की धर्म पत्नी चौंक उठी और प्रेम पूर्ण व्याकुलता से अपने पति को हृदय से लगा लिया।

"हाँ प्रिये! मैं ही हूँ।" कहते हुए मछेरे की खिन्न मुखाकृति पर हल्की-सी मुस्कराहट दौड़ गई, वह हँसा। पत्नी के प्रेम पूर्ण व्यवहार ने उसके रात के कष्टों को भुला दिया।

"मौसम कैसा था?" पत्नी ने हँसकर पूछा।

"खराब!"

"मछलियाँ हाथ आईं?"

"बहुत कम। आज रात सागर डाकुओं की मंडली की भाँति था।" यह सुनकर उसकी पत्नी की मुखाकृति पीली पड़ गई। मछेरे ने उसे चिन्तित देखा और मुस्कराकर बोला—"तुम मेरे पास हो, तो मेरा हृदय प्रसन्न है।"

वह फिर बोली—"वायु तो तेज होगी?"

"बहुत तेज, मालूम हो रहा था कि समस्त संसार के राक्षस मिलकर सागर को मथे डाल रहे हैं—"जाल टूट गया, और नौका भी टूटते-टूटते बची।" फिर बात बदलते हुए बोला—"मगर तुम रात भर क्या करती रही हो, प्यारी!"

पत्नी किसी बात का विचार करके काँपी और घबराई-सी आवाज में बोली—"मैं? आह! कुछ भी नहीं। सीती-पिरोती रही, तुम्हारी राह देखती रही—लहरें बिजली की भाँति कड़क रही थीं, मुझे बड़ा भय लग रहा था।"

"भय! —अरे हम लोगों को किस बात का भय?"

"और हाँ! हमारी विधवा पड़ोसिन मर गई है।" पत्नी ने अपने पति की बात काटते हुए कहा।

मछेरे ने यह हृदय-विदारक समाचार सुना मगर उसे कुछ आश्चर्य न हुआ। संभवतः वह प्रत्येक समय उस अभागी का मृत्यु समाचार सुनने को तैयार था। उसने एक ठंडी साँस ली और केवल इतना ही कह सका—"बेचारी सिधार गई!"

"हाँ, दो बालक छोड़ गई है, जो मृतिका के पास लेटे हुए थे।"

यह सुनकर मछेरे का शरीर जोर से काँपा और वह चिंतित हो गया। एक कोने में अपनी ऊनी टोपी को, जो पानी से भीग गई थी, फेंक कर उसने सिर खुजाना आरम्भ कर दिया और कुछ देर चुप रहने के पश्चात् बोला—''पाँच बालक थे, अब सात हो गये— इससे पूर्व ही इस खराब ऋतु में हमें दोनों समय रोटी न मिलती थीं— अब? मगर खैर! —यह मेरा अपराध नहीं। इस प्रकार की घटनाएँ गहरा अर्थ रखती हैं।''

वह कुछ देर तक इस प्रकार अपना सिर घुटनों में दबाये सोचता रहा, उसकी समझ में यह बात न आती थी कि ईश्वर ने इन बालकों से—''जो मुट्ठी के बराबर भी नहीं—इनकी माँ को क्यों छीन लिया है।'' उसके मस्तिष्क में इस प्रकार का कोई उत्तर न सूझा। वह बड़बड़ाता हुआ उठ बैठा। ''संभवतः इन बातों को कोई विद्वान् ही समझ सकता है।'' और फिर वह अपनी पत्नी से बोला—''प्यारी! जाओ, उन्हें यहाँ ले आओ। वह कितने भयभीत होंगे, यदि प्रातःकाल अपनी माँ के मृतक शरीर के पास जागे। उनकी माँ की मृतक आत्मा भी दुखी होगी। जाओ, अभी ले आओ।''

यह कहकर वह मन में सोचने लगा कि वह उन बालकों को अपनी संतान की भाँति पालेगा। वह बड़े होकर उसके घुटनों पर चढ़ना सीख जाएँगे। परमात्मा उन अपरिचितों को इस झोंपड़ी में देख कर प्रसन्न होगा और उनके खाने-पहनने के लिए अधिक आय प्रदान करेगा।

''तुम्हें चिंता नहीं करनी चाहिए प्यारी! मैं अधिक परिश्रम से काम करूँगा'' और अपनी पत्नी को चारपाई की ओर जाते हुए देखकर ऊँची आवाज में कहने लगा—''मगर तुम क्या सोच रही हो? इतनी धीमी चाल से नहीं चलना चाहिए तुम्हें।''

मछेरे की पत्नी ने चारपाई के निकट पहुँचकर चादर को उलट दिया। ''वे तो यह हैं!'' दो बालक प्रातःकाल की भाँति मुस्करा रहे थे!

आधुनिक जीवन

ओसोवियोवेलास्की

जी हाँ, यह एक ऐसे पिता की कहानी है, जिसके चार पुत्र थे। सबसे बड़े की आयु 24 वर्ष, दूसरे की 23 वर्ष, तीसरे की 22 वर्ष और सबसे छोटे की 21 वर्ष की थी। पत्नी का स्वर्गवास हो गया था, वह व्यापारी था और बहुत ही अधिक धनी था।

तीनों बड़े लड़के, जब अपने नाम के आगे बी. ए. की डिग्री–जो आधुनिक जीवन में बेकार है–लगा चुके, तो पिता ने एक दिन सब को अपने पास बुला कर कहा–

''बालको, अब तुम्हें अपने जीवन के काम चुन लेने चाहिए, तुम्हारा क्या करने का विचार है?''

सबसे बड़े लड़के मैनुअल ने कहा–''पिताजी मैं वकील बनना चाहता हूँ।''

''अच्छी बात है'' पिताजी ने कहा–''तुम वकील बनो।''

दूसरे लड़के ने, जिसका नाम एण्टोनियो था, कहा–''पिताजी मेरी इच्छा डाक्टर बनने की है।''

''अच्छा, तुम डाक्टर बनो, मुझे कुछ आपत्ति नहीं।''

तीसरे ने–जिसे जोज़ कहते थे–कहा–''पिताजी! मैं तो आपकी भाँति व्यापारी बनकर अत्यन्त शीघ्र धनाधीश बनना चाहता हूँ।''

''तुम जो कुछ बनना चाहते हो, मैं तुम्हें वही बनाने की चेष्टा करूँगा।''

सबसे छोटे भाई डिमास ने बहुत देर तक सोचने के पश्चात् नम्रतापूर्वक कहा–''बाबूजी, मेरी इच्छा तो डाकू बनने की है।''

बस इसी बात पर मनमुटाव होने लगा, वृद्ध तो कुर्सी पर से इतनी जोर से उछला कि उसका सिर छत से टकराने से बाल-बाल बचा, उसके भाइयों ने उसे आवारा, बदमाश, धोखेबाज, कुपूत, दुष्टभाई और भावी कुनागरिक आदि सम्बोधनों

आवारा, बदमाश, धोखेबाज, कुपूत, दुष्टभाई और भावी कुनागरिक आदि सम्बोधनों से पुकारा। उसकी कुप्रवृत्ति को देख सुन कर पड़ोसियों और नौकरों तक ने बुरा-भला कहा—परन्तु जिद्दी लड़का अपनी हठ से टस से मस न हुआ। वह यही कहता रहा, "मैं डाकू बनना चाहता हूँ और मैं वही बनूँगा। यदि आप मुझे डाकू न बनने देंगे, तो मैं घर छोड़ कर चला जाऊँगा।"

पिता ने उसे घर से निकाल दिया, गालियाँ दीं और सचमुच ही यह घटना गृहकलह का एक कारण बनी।

उसी रात को डिमास ने अपना सामान बाँधा और अपने यहाँ के सबसे पुराने नौकर 'रेमोन' से—जिसे इस विषय में कुछ भी मालूम न था, कहा—"रेमोन, मैं इस समय मुसीबत में हूँ। पिताजी को कष्ट देना मैं नहीं चाहता, यदि तुम इस समय मुझे 1000 रु. उधार दे दो, तो मैं तुम्हें जल्दी लौटा दूँगा।"

रेमोन ने कुछ धन एकत्र किया था, उसने उसमें से 1000 रु. निकाल कर अपने स्वामी-पुत्र के सामने रख दिये।

डिमास ने फिर वापस न लौटने के विचार से चलते समय सोचा—"यह अच्छा है कि, ऋण यद्यपि ऋण है, फिर भी अब मेरे पास अपना कार्य आरम्भ करने के लिए कुछ सहारा हो गया।"

2

धीरे-धीरे पच्चीस वर्ष व्यतीत हो गये।

पच्चीस वर्ष! यह अच्छा-खासा लम्बा समय है। मगर इस बीच में उस डकैत युवक के विषय में कुछ भी सुनाई न पड़ा।

अब पिता की आयु सत्तर वर्ष की थी। दिन पर दिन वह वृद्ध और कमजोर हो रहा था। इस बीच में उसने अपनी समस्त सम्पत्ति सट्टेबाजी में गँवा दी थी।... जिस बैंक में उसका रुपया जमा था उसका दिवाला निकल गया था, इसलिए उसका समस्त रुपया भी डूब गया। दो-तीन मित्रों और व्यापारियों पर उसका लाखों रुपया पावना था, वे भी न जाने कहाँ गायब हो गए।... और अब वह मनुष्य जिसके पास कभी घोड़ागाड़ियाँ, मकान, जमीन, बाग-बगीचे—सब कुछ थे, पैसे-पैसे को मुहताज हो गया, अब वह 12 रुपये महीने के किराये के मकान में रहता था।

उसके पुत्र भी अभागे निकले।

वकील साहब को तो 25 वर्ष में केवल दो मुकद्दमे मिले। दोनों में उनका पक्ष ही कमजोर रहा। यद्यपि उनके मुवक्किल कहते थे कि मामला बिलकुल सच्चा है, परन्तु दूसरे पक्ष का वकील प्रभावशाली था, उसने दोनों मुकद्दमे बात की बात में जीत

लिए, वकील साहब को निराशा के अतिरिक्त कुछ नहीं मिला। अन्त में एक कम्पनी में 1000 रु. साल की नौकरी पर ही उन्हें सन्तोष करना पड़ा, जिसमें पाँच बालकों और पत्नी के भरणपोषण का प्रबन्ध करना पड़ता था। अपनी समस्त अदालती दौड़-धूप के बदले उन्हें एक पद मिला था, जो उनके एक परिचित डिप्टी ने दिला दिया था और जो उनके किसी काम का नहीं था।

डाक्टर ऐण्टोनियो भी अपने बड़े भाई की भाँति भाग्य के हेठे थे। प्रेक्टिस आरम्भ करने के कुछ ही दिन पश्चात् उनके दो तीन रोगी चल बसे, क्योंकि मरना ही था, उनके भाग्य में इतनी ही आयु लिखी थी। वे ऐसे रोग से पीड़ित थे, जिसका इलाज हकीम लुकमान के पास भी न था। उनके सहयोगी डाक्टरों को और क्या चाहिए था, वे तो ईर्ष्यावश उनके शत्रु थे ही, वे सब कहने लगे—वह हत्यारा है, दवाइयों का उसे बिल्कुल ज्ञान नहीं है, पिता जुआरी है, रोगियों को ऐसे जुआरी के पुत्र के पास कभी नहीं जाना चाहिए।

उसका एक डाक्टर मित्र था, वह भी योग्यता में उसी की भाँति था, मगर उसने अपना औषधालय बहुत शानदार बना रखा था। खून, पेशाब, पाखाना आदि जाँचने की बहुत-सी मशीनें उसने लगा रखी थीं और 10 रुपये में एक ऐसी औषधि की बिक्री का विज्ञापन दिया करता था, जो सैकड़ों बीमारियाँ अच्छी करने की शक्ति रखती थी। इस मित्र के द्वारा उसे एक तीर्थ स्थान में, जहाँ लोग स्नान के द्वारा रोग मुक्त होने जाते थे, डाक्टरी की नौकरी मिल गई।

पहले सीजन में उसे केवल 14 रोगी मिले। उनमें दो तो नामी जुआरी थे, जो पेट की पीड़ा से पीड़ित थे और औषधि पीने की बजाय शराब पीते थे। एक ने औषधि की पुड़िया शराब में डालकर पी, वह विष बन गई और फलस्वरूप वे हजरत संसार से कूच कर गए। उसके भाई ने, जो औषधि के दाम नहीं देना चाहता था, कहा—यह दवा नहीं, धोखेबाजी है, डाक्टर खाक पत्थर कुछ नहीं जानता। उसने समाचार-पत्रों में भी इसके खिलाफ छपवा दिया, डाक्टर साहब पृथक कर दिए गए और वे निरादर के साथ बगलें बजाते अपने घर लौट आये। इसके पश्चात् उन्होंने दो-तीन कस्बों में प्रेक्टिस जमानी चाही, मगर उनके लाख कोशिश करने पर भी उन्हें रोगी न मिले, गाँव वालों ने उन्हें एक पैसा भी न दिया। उलटे जब कोई मर जाता, तो डाक्टर साहब पर पत्थर बरसाये जाते। अन्त में डाक्टर साहब को मेड्रिड लौटना पड़ा और प्रत्येक रोग की दवा बेचने का दावा करने वाले डाक्टर के यहाँ से जो कुछ मिल जाता, उसी से काम चलाना पड़ा।

जोज ने, जो अपने पिता की भाँति व्यापारी बनकर रुपया कमाना चाहता था, हानि के अतिरिक्त कभी लाभ नहीं उठाया। उसने पच्चीस वर्ष के इस दीर्घकाल में, समय, स्वास्थ्य और पैसे की बरबादी ही की। उसने एक दुकान खोली, जिसमें टाई,

कालर, मफलर, इत्र, घड़ी, छत्री, कमीज, पतलून, खिलौने, फैंसी चीजें आदि बेचनी आरम्भ कीं, परन्तु चुंगी में वृद्धि होने के कारण, उधार सौदा लेने वालों के कारण लड़ाई और व्यापार की मन्दी और अन्य कितने ही कारणों से उसे दूकान बन्द करनी पड़ी, उसका दिवाला निकल गया। सब ने कहा—जैसा पिता, वैसा बेटा। और इससे आशा ही क्या की जा सकती थी।

सहयोगी व्यापारी प्रसन्न हुए, कर्जदार निश्चिन्त होकर बैठ गए और मि. जोज दर के भिखारी हो गए। बहुत दौड़-धूप करने के पश्चात 50 रु. मासिक पर एक दैनिक पत्र के कार्यालय में विज्ञापन मैनेजर हुए, जो कभी मिलते थे; और कभी नहीं भी।

तीनों भाई अपने बीमार पिता के पास जा कर बैठा करते, और अपने भाग्य को कोसा करते। पिता बेचारा एक सेवक के साथ अलग रहता था, उसे नित्य बीमारी घेरे रहती थी, मगर न डाक्टर नसीब होता था, और न औषधि। डाक्टर एण्टोनियो पिता को देखता था, मगर वह उसके लिए नुस्खे इतने कीमती लिखता था कि पैसों की कमी के कारण वे मँगाये ही नहीं जाते थे। सब के सब उस छोटे से मकान में बैठ कर प्रायः कहा करते—

"डिमास का क्या हुआ?"

"वह अवश्य जेल की हवा खाता होगा।" पिता ने कहा।

"वह मर गया होगा।" मैनुअल ने कहा।

"किसी ने मार दिया होगा।"

"भगवान् जाने क्या हुआ?"

"विचारणीय बात यह है कि पच्चीस वर्ष में एक भी पत्र नहीं आया।"

"कुपूत निकला।"

"पूरा बदमाश है।"

"छठा हुआ लुच्चा है!"

"मेरे बालको, उसके लिए भगवान् से प्रार्थना करो।" पिता ने कहा—"हे भगवान्! उस अभागे की रक्षा करना।"

3

एक दिन दोपहर को (उस दिन रविवार था, समस्त परिवार एक साथ बैठा था) नौकर एक कार्ड हाथ में लिये हुए आया और कहने लगा—श्रीमान्! एक कोचवान इसे अभी दे गया है और एक गाड़ी दरवाजे पर खड़ी है।

मैनुअल ने झपट कर कार्ड ले लिया और पढ़ा—"मार्क्विस आव साहगन।"

सब चौंक पड़े, कोई मार्क्विस मिलने आया है। सब लोग जल्दी-जल्दी कुर्सियाँ ठीक करने लगे, बीमार पिता का बिस्तर साफ बिछा दिया गया, सबने अपनी टाइयाँ ठीक कर लीं। तीनों भाई पिता के सामने रखी हुई मेज पर ताश खेल रहे थे, उसे शीघ्रता से बिस्तर के नीचे छिपा दिया।

"मार्क्विस इस टूटे से मकान में। वह कौन है?"

"मार्क्विस आव साहगन।" वृद्ध ने कहा—"साहगन तो मेरी जन्मभूमि है। वहाँ तो ऐसी कोई भी उपाधि नहीं है।"

"यही महाशय हैं।" नौकर ने कहा!

एक 45-46 वर्ष के व्यक्ति ने बहुमूल्य वस्त्र पहने, जिसमें से सुगन्धि निकल रही थी, कमरे में प्रवेश किया। सब एक स्वर से चिल्ला उठे—"डिमास।"

यह डिमास ही था। उसकी भरी दाढ़ी के, जिसमें सफेद बालों की खिचड़ी थी—होते हुए भी उन लोगों ने उसे आसानी से पहचान ही लिया।...डिमास पिता के बिस्तर के निकट पहुँचा और उनके चरणों में नतमस्तक होकर बोला—"पिताजी। बाइबिल के समय में, उड़ाऊ पुत्र फटे हाल घर लौटा करते थे। वह दूसरा ही जमाना था। अब मैं धन-कुबेर और शक्ति-सम्पन्न होकर घर लौटा हूँ। क्या आप मुझे क्षमा प्रदान न करेंगे।"

धन और धनी के चारों ओर ऐसा वातावरण होता है कि जो मूर्खों को बहका कर मोह में डाल देता है। समस्त परिवार ने एक क्षण में महसूस कर लिया कि डिमास का लौट आना उनके हक में अच्छा ही हुआ है और वे लोग डिमास के विरुद्ध पच्चीस वर्ष के भयंकर अभियोग और दुर्भावनाएँ क्षण भर में भूल गए।

"मेरा पुत्र!" पिता ने प्यार से कहा। "तुम्हारा स्वागत है।"

मैनुअल, एण्टोनियो; और जोज ने उसके हाथ चूम लिये। उस समय डिमास उस कमरे में देवता-सा हो रहा था। कितनी खुशी, कितना आनन्द, और कितनी प्रसन्नता थी, उन सबके मन में!

स्वाभाविक प्रेम प्रदर्शन के पश्चात् पिता ने उससे पूछा—"मेरे बेटे! यह बताओ कि तुम इतने ऊँचे पद पर कैसे पहुँच गये?"

डिमास ने उठकर कमरे का दरवाजा भीतर से बन्द कर लिया, जब अकेले परिवार वाले ही रह गये, तब उसने अपना हाल बताने से पूर्व कहा—"डकैती से पिता जी!"

4

वृद्ध पिता बिस्तर पर भयभीत-सा होकर उठ बैठा।

“नहीं डरिये मत। मैंने कोई बुरा काम, जिसे लोग बुरा काम कहते हैं, नहीं किया है मैं धन और यश के साथ लौटा हूँ, लोग मेरी इज्जत करते हैं, मैंने वही जीवन व्यतीत किया है, जिसे लोग आधुनिक ज़ीवन कहते हैं।

आप सुनते जाइए।

“मैंने चलते समय रेमोन से 1000 रु. लिये थे... अच्छा, यह तो बताइए, रेमोन कहाँ है?”

“अब बहुत वृद्ध हो गया है, और पुराना सिपाही कह कर हमने उसे मोहताज खाने में भर्ती करा दिया है।”

“आज सायंकाल को ही मैं उसे 5000 रु. दूँगा।”

“इतना रुपया!” समस्त परिवार पर मानो ओस पड़ गई।

“और मैनुअल, तुम्हारे लिए मैं 250000 रु. अलग जमा कर दूँगा। एण्टोनियो और जोज, तुम्हारे लिये भी इतनी ही रकम अलग कर दूँगा। पिता जी, आप के लिए मैंने कल ही एक बहुत बढ़िया मकान खरीदा है। हम सब लोग वहाँ साथ-साथ रहेंगे। आप राजा की तरह शासन करेंगे।”

अब डिमास की बात उनके कानों में पहुँच रही थी, वे सब बुत बने हुए उसे ईश्वरीय दूत की भाँति देख रहे थे।

“खैर, उन रेमोन के एक हजार रुपयों को, तथा एक हजार और जो एक मित्र थे, लेकर मैंने अमरीका के लिए प्रस्थान किया। वहाँ धन तो बहुत है, पर सदाचार और सुनीति नाम को नहीं। मैंने इसीलिए उसे अपना केन्द्र बनाया। मैंने अपना व्यापार (जिसे आधुनिक संसार में व्यापार के नाम से पुकारा जाता है, किन्तु दूसरे के रुपये उड़ाने के अतिरिक्त उसमें कोई भी तथ्य नहीं रहता) आरम्भ करने से पूर्व एक बड़े धनवान जहाजी व्यापारी के यहाँ नौकरी कर ली और छः मास में ही उसकी पत्नी को उड़ा लिया।”

“हे भगवान।” पिता ने कहा।

“बड़ी मूर्खता है, पिताजी दोनों ही गोलार्द्धों के समाचार-पत्र इसे प्रणय नाटक के नाम से पुकारते हैं। सब लोग मेरे ही पक्ष में थे, क्योंकि वह युवती थी। उसका चढ़ता यौवन था। और पति बूढ़ा, खूसट और सदैव का रोगी! अपनी पत्नी के साथ उसका व्यवहार भी अच्छा न था। पत्रों ने मेरा और उस युवती का चित्र भी प्रकाशित किया, मैं देश भर में एक वीर नायक-सा माना गया। इसके बाद मैं अपनी प्रियतमा के साथ केलिफोर्निया की सैर करने को गया वह अपने साथ वृद्ध पति के यहाँ से 1500000 रुपये लाई थी। आप जानते ही हैं कि उस देश में, जिसके पास सबसे अधिक धन होता है, उसी की सबसे अधिक इज्जत होती है। बस, मैंने अपना ही व्यापार आरम्भ किया, जो लोग प्रायः वहाँ पर किया करते हैं। सोने के खदान की

कम्पनी खोली जिसमें न कभी सोना निकला, और न कभी सोना था ही।''

''परन्तु यह तो सरासर धोखेबाजी थी!''

''हाँ, मगर यह तो वहाँ प्रतिदिन होता है, और जनता, जो संसार भर में मूर्ख होती है, कम्पनी के हिस्से बाजार में पहुँचते ही खरीद लेती है। बाद में दिवाला निकलता है... और इसीलिए मैंने एक अज्ञात व्यक्ति को उसका डाइरेक्टर बनाया, मैं स्वयं वेतनभोगी मैनेजर बना। जब भण्डा फूटा, तब वह आदमी पकड़ा गया, मैंने कहा—वह चोर है! ओह मैनुअल तुम हँसते हो? तुम तो वकील हो। तुमने ऐसी घटनाएँ बहुत-सी देखी होंगी, क्यों? दस हजार फीस लेकर तुम भी मेरी पैरवी करते।''

''उस सट्टे के (पिताजी, आजकल हम लोग उसे सट्टा ही कहते हैं), हाँ पहले दूसरी बात थी, रुपयों को लेकर मैं पेरिस गया। वहाँ जाकर बड़े ठाट के साथ रहने लगा। और फ्रेंच क नागरिक बन गया।''

''फ्रेंच!'' बिस्तर पर पड़े ही पड़े वृद्ध पिता ने कहा—''मेरा पुत्र फ्रेंच होगा! नहीं, कदापि नहीं! असंभव!''

''परन्तु पिताजी! आप नहीं जानते कि स्पेन में, संसार में सबसे बुद्धिमत्तापूर्ण और सुविधा जनक कानून ऐसा है, जिससे लोगों को अपने पश्चात्ताप और देशभक्ति प्रकट करने का अवसर मिलता है। दीवानी कानून की 21 वीं धारा के अनुसार वह स्पेनिश जो अपनी राष्ट्रीयता त्याग कर अन्य देश का नागरिक बन गया हो, उसे जिले के रजिस्ट्रार के सामने जिसमें वह बसना चाहता हो, केवल इतना ही कह देने पर कि वह फिर से स्पेनिश नागरिक बनना चाहता है, स्पेनिश नागरिक बन जाता है। मैं भी इसी कानून से फिर पहले की भाँति खासा स्पेनिश बन गया हूँ। हाँ, इस बीच फ्रेंच बनकर मैंने खूब धन कमाया।''

''वाह! कमाल कर दिया।'' मैनुअल ने कहा।

''अद्‌भुत बात है!'' दूसरे बोले।

''एक बार पेरिस में जो रुपयों का गुलाम है, मैंने दर्जनों कम्पनियाँ खोलीं जो दूसरों के लिए बुरी और मेरे लिए अच्छी थीं। फ्रांस वालों का स्वभाव बालकों की भाँति है, और बड़ी आसानी से ठगाई में आ जाते हैं। याद कीजिए, पनामा और ट्रांसवाल की सोने की खान तथा समस्त अगड़म-बगड़म कम्पनियों का क्या हुआ था?... पेरिस में धन और सम्मान दोनों ही आवश्यक हैं। उस प्रजातन्त्रवादी देश में उपाधियाँ प्राप्त करने का खब्त है। इसलिए प्रथम वर्ष ही मैं रोम गया, वहाँ जाकर यह उपाधि—मार्क्विस आव् साहगन खरीदी, मैंने बड़े आदमियों को खूब दावतें, खूब दावतें दीं, मित्र और प्रशंसक पैदा करने का आधुनिक तरीका यही है। सारा व्यापार मेरे हाथ में आ गया। एक आविष्कारक ने जिसके पास अन्य आविष्कारकों के सामान फूटी कौड़ी भी नहीं थी, अपना आविष्कार मुझे बताया, मैंने उसके भाव उड़ा लिए और खूब

धन पैदा किया।''

''ईश्वर के लिए बेटे!...''

''परन्तु क्या आपको नहीं मालूम कि जो किसी वस्तु का आविष्कार करता है, या जो किसी चीज को निकालता या बनाता है, उसे उससे कुछ भी लाभ नहीं होता। पुस्तक-लेखक को प्रकाशक ठगते हैं, अभिनेता के द्वारा कम्पनी लाभ उठाती हैं, और आविष्कारकों को पूँजी वाले बेवकूफ बनाते हैं...पूँजी! मैं पूँजी वाला हूँ! समस्त संसार मेरे सामने सिर झुकाता है, तमाम सुन्दरियाँ मेरी आराधना करती हैं। मैंने अपनी पत्नी को एक युवक के साथ, जो उसे प्यार करता था, भाग जाने दिया। मैंने घमंडियों का गर्व चूर्ण किया। रुपया मेरे यहाँ पानी की भाँति बह आया!... इज्जत, यश, पदक, उपाधियाँ, मुझे संसार के सभी देशों ने दिए... इसके अतिरिक्त बहुत-सी एजेंसियाँ हैं, जो पदक और उपाधियाँ बेचती हैं, वे मैंने लीं। संक्षेप में, मैं जब 46 वर्ष का आपके सामने हूँ, दुनिया मुझे महाजन, धनकुबेर, और दानवीर के नाम से पुकारती है, क्योंकि मैं हजारों रुपये गरीबों को देता हूँ। अब मैं गरीबों के लिए एक स्कूल और एक अस्पताल, अथवा जो कुछ यहाँ वाले कहेंगे, बनवाऊँगा। अच्छा पिताजी, कल हम लोग नये मकान में चलेंगे। नीचे की सारी मंजिल आपके अधिकार में रहेगी, पहली मंजिल इन सबके और इनके परिवार के लिए! प्रत्येक के नाम से दो-ढाई लाख रुपया बैंक में रहेगा। मैं अब कौंसिल का मेम्बर या मन्त्री बनने का काम करूँगा... अब मैं कानून बनाऊँगा।''

सब खुशी से फूले नहीं समाते थे। मानो आकाश से स्वर्ण वर्षा हुई है! पिता के पैरों में लकवा मार गया था, परन्तु प्रसन्नता के आवेग में वह भी उठकर खड़ा हो गया! मैनुअल अपनी प्रियतमा को यह सुसंवाद सुनाने घर दौड़ गया। एण्टोनियो गाने लगा। जोज सोचने लगा कि अब वह शहर के बीचोंबीच कितनी बड़ी दुकान खोलेगा? डिमास भाइयों को खुश देखकर हँस रहा था। जब गाड़ी में बैठने के लिए गया, तो उसने नौकर से, जो दरवाजा खोलने गया था, कहा—''काम करो, काम! मैंने तो बालकपन से काम किया है।''

समस्त परिवार ने कहा—

''कितना बुद्धिमान है, यह सदैव ही अपनी बुद्धि का परिचय देता रहा है।''

''कैसी बड़ी बुद्धि है?''

उपहार

मरिस दी कोब्रा

मिसेज एलिस ने अपनी चाबी से होटल का दरवाजा खोला तो भीतर ह्यूगो को आराम कुर्सी पर पैर फैलाये मुस्कराते हुए पाया।

"तुम भी गजब के आदमी हो! भला इस समय यहाँ कैसे?"

"तुम्हारे लिए एक खुशखबरी लाया हूँ। कुछ इनाम दो तो सुनाऊँ!"

"अच्छा, क्या इनाम चाहते हो?"

"बस, वही...।"

"मैं तुम्हारे इशारे नहीं समझती। तुम्हें अपनी खुशखबरी सुनानी हो, तो सुनाओ। इनाम-उनाम कुछ भी नहीं मिलेगा।"

"इनाम तो अवश्य मिलेगा, अब नहीं तो कुछ देर ठहर कर। अच्छा, सुनो, तुम जानती हो कि आज से छः मास पूर्व मैंने सीमेंट वकर्स में नौकरी की थी। अधिकारियों की कृपा से मेरा वेतन भी बढ़ा और मेरे काम से संतुष्ट होकर कंपनी ने मुझे 20 हजार के हिस्से बोनस के रूप में दिये। मेरे सौभाग्य से हिस्सों के दाम अल्प समय में ही दूने हो गए और अब मैंने उन हिस्सों को 40 हजार में बेच दिया है।"

"सचमुच तुम बड़े भाग्यवान हो! अच्छा होता कि हमारे भी ऐसे ही भाग्य होते।"

"एलिस! तनिक हिम्मत करो। तुम्हारा भाग्य भी कमजोर नहीं है। देखो उस मेज पर कागज में लिपटा क्या रखा है?"

एलिस ले आई। ह्यूगो ने उसे खोला, कागज की अनेक तहों में एक छोटी मखमली डिबिया छिपी थी।

एलिस ने उत्सुकता से पूछा—"इसमें क्या है?"

"देखो!" ह्यूगो ने डिबिया एलिस के हाथों में दे दी। एलिस ने उसे खोला।

भीतर बढ़िया आबदार हीरे जड़ी सोने की अँगूठी थी।

"तो क्या यह मेरे लिए है?" एलिस ने शीघ्रता से पूछा।

"हाँ प्रिये! तुम्हारे ही लिए है! तुमसे बढ़कर मुझे और कौन प्रिय है!"

"पुरुषों की प्रियाओं का क्या पता चलता है? स्त्रियाँ तो उनकी खिलवाड़ की चीज हैं।" एलिस ने मुस्कराकर कहा।

"संभव है, तुम जो कहती हो, ठीक हो। परन्तु सब उँगलियाँ समान नहीं होतीं।"

ह्यूगो ने प्रेमपूर्वक वह अँगूठी एलिस की उँगली में पहना दी और पूछा—"क्यों? पसन्द आई कि नहीं?"

एलिस ने हाथ ऊपर उठाकर ध्यानपूर्वक उसे देखा, हीरे की चमक परखी, मुखाकृति पर संतोष की लहर दौड़ गई। परन्तु उसी क्षण एक शंका से चित्त खिन्न हो गया।

"प्यारे ह्यूगो यह अँगूठी कितने की है?"

"क्यों? क्या पैसे दोगी?"

"नहीं, यों ही पूछती हूँ।"

"केवल हीरे का मूल्य पन्द्रह सौ रुपया है। सोना और बनवाई अलग है।"

"तब मैं इसे नहीं लूँगी।"

"क्यों?"

"इतने भारी दामों की अँगूठी देखकर मेरे पति को तुरन्त संदेह हो जाएगा और हमारा सम्बन्ध चाहे परस्पर कितना ही पवित्र क्यों न हो, वह अवश्य ही दाल में काला समझेगा।"

ह्यूगो ने कुछ देर सिर खुजाया, और फिर कहा—"प्यारी एलिस! मुझे एक युक्ति सूझी है, मैं जिस जौहरी से इसे लाया हूँ, यद्यपि उसे पैसे तो दे चुका हूँ। फिर भी उसे समझा दूँगा कि वह कल शाम को अपने शो-विंडो में इसे रख देगा, तुम अपने पति के साथ जाना, इसे देखना और पसन्द कर लेना। जौहरी नकली हीरा कह कर इसे 50 रु में तुम्हें बेच देगा। इस प्रकार साँप भी मर जाएगा और लाठी भी न टूटेगी।"

अगले दिन एलिस ने ऐसा ही किया, अँगूठी उसके पति को भी अच्छी लगी जौहरी ने भी तनिक नमक-मिर्च लगाया। "श्रीमान्! इसका वास्तविक मूल्य 150 रु. था परन्तु जो महिला इसे ले गई थी उसने आर्थिक कठिनाई के कारण इसे 50 रु. तक बेचने की आज्ञा दे दी है। आप भाग्यशाली हैं, जो आपको ऐसा अवसर मिल रहा है, आप यदि बनवायेंगे, तो आपको 150 रु. से दमड़ी भी कम न लगेगी। है तो यह नकली हीरा, मगर असली को मात करता है, ऐसा कि जौहरी भी धोखा खा

जाए।''

एलिस ने 45 रु. देने चाहे। परन्तु दुकानदार ने कहा—''50 रु. देने हों तो दे दीजिए नहीं तो रास्ता खोटा न कीजिए।''

एलिस ने पति की ओर कटाक्ष से देखा, भला स्त्री के प्रेम-कटाक्ष की अवहेलना कौन पुरुष-पुंगव कर सकता है?

सौदा तय हो गया। जौहरी ने अँगूठी डिबिया में रखकर सुन्दर कागज में पैक कर दी। एलिस के पति ने उसे जेब में सँभाल कर रख लिया और उससे कहा—तुम घर चलो, मैं अभी नाम खोदने वाले के पास जाकर इस परनाम खुदवाये लाता हूँ।

X X X

पूरे एक घंटे के पश्चात् पति देवता के घर आने की आहट मिली। एलिस ने झपट कर दरवाजा खोला। पति देवता बहुत प्रसन्न दिखाई देते थे, पत्नी ने पूछा, ''क्या बात है? इतनी प्रसन्नता का क्या कारण है?''

''वस्त्र तो उतारने दो। सब बतलाये देता हूँ। आज प्रथम बार मेरा भाग्य चमका है।''

एलिस को संदेह होने लगा, कि कहीं यह भला आदमी अँगूठी बेच तो नहीं आया है। एलिस ने पूछा—''अँगूठी पर नाम खुदा या नहीं।''

''तनिक धैर्य रखो। उसी की बात सुनाता हूँ।''

एलिस का हृदय धड़कने लगा, तीव्र गति से!

''अच्छा, जब मैं नाम खोदने वाले के पास पहुँचा, तो वहाँ एक व्यापारी बैठा था। उसने अँगूठी देखकर पूछा—''यह कितने दामों में ली?''

मैंने अपनी चीज की कद्र बढ़ाने के लिए कहा—''100 रु. में।''

''मैं तुम्हें 200 देता हूँ, मुझे बेच दो।''

मैंने समझा, आ गया धोखे में, नकली हीरे को असली समझ रहा है। अब मैंने तनिक ऐंठ कर कहा—''भाई! 500 रु. से कम की नहीं है।''

व्यापारी ने अँगूठी को ध्यानपूर्वक देखा, और पूछा—''क्यों? बेचने का विचार है?''

''ली तो अपने लिए थी। यदि आपको पसंद आ गई हो तो 500 में बेच भी सकता हूँ।''

''व्यापारी ने तुरन्त सौ-सौ के पाँच नोट गिन दिए। सो ले आया हूँ, जिसमें 50 तुम्हारे और शेष 450 मेरे! देखा, मैं कैसा होशियार हूँ। तुम मुझे व्यर्थ ही में बुद्धू बताया करती हो।''

अटल प्रतिज्ञा

आदानेग्री

उदास नेत्रों वाली फ्रेजिया और दृढ़निश्चयी मार्क्स फैक्टरी के पीछे, ऊँचे से ढेर पर बैठे हुए थे।

फ्रेजिया ने अब दसवीं बार फिर पूछा—"क्या तुम सचमुच जा रहे हो?"

मार्क्स ने भी दसवीं बार उत्तर दिया—"जहाज शुक्रवार को यहाँ से चलेगा।"

फ्रेजिया के नेत्र भावी वियोग के विचार से डबडबा आए। मार्क्स ने सान्त्वना देते हुए कहा—"मेरे साथ 11 मनुष्य और हैं इस फैक्टरी के भी तीन चार मजदूर हैं। परन्तु यह न समझना कि मैं अमेरिका में भी ऐसा ही मजदूर बनकर रहने के लिए जा रहा हूँ। मैंने कुछ शिक्षा प्राप्त की है, रात्रि पाठशाला में तीन वर्ष पढ़ा हूँ। यद्यपि मुझे अंग्रेजी नहीं आती परन्तु मैं शीघ्र ही सीख लूँगा, केवल आरम्भ करने की देर है। तुम विश्वास रखो मैं धनी होना चाहता हूँ, मैं तब तक चैन से न बैठूँगा जब तक लखपती न हो जाऊँगा। तुम विश्वास रखो, मनुष्य केवल जन्म से ही लखपती नहीं होता वह प्रयत्न से भी लखपती बन जाता है। समाचार-पत्रों में रोज निकलता है कि किस प्रकार अमुक-अमुक व्यक्तियों ने अपनी मेहनत से अतुल सम्पत्ति एकत्रित की। पहले कोई जूतों की दुकान पर नौकर था; कोई समाचार-पत्र बेचता था और कोई किसी बैंक में क्लर्क था। और कोई मास्टर था।"

उसने अपनी आवाज कुछ धीमी की। और फैक्टरी के मालिक के बँगले की ओर मुँह किया, जहाँ से चीनी के बर्तनों के खटकने की आवाजें आ रही थीं, मानों छोटी हाज़री का समय हो गया है।

"तुम समझती हो कि यह जन्म से ही ऐसा धनी है? नहीं। इसने अपने परिश्रम से सब कमाया है, एक-एक पैसा जोड़कर यह लखपती बना है, और एक-एक इंच पृथ्वी मोल लेकर इसने इतनी बड़ी फैक्टरी खड़ी की है। आज जब यह

बाहर निकलता है, तो हम खड़े होकर इसे सलाम करते हैं। शनिवार के दिन जब हमें यह वेतन बाँटता है, तो हम इसे नम्रतापूर्वक धन्यवाद देते हैं। फ्रेजिया! विश्वास करो पन्द्रह बीस वर्ष पश्चात् जब मैं वापस लौटूँगा, तो इससे समानता से मिलूँगा और पूछूँगा–''क्यों भाई! क्या तुम्हारा फैक्ट्री बेचने का विचार है?''

उसकी इन सब बातों में केवल पन्द्रह-बीस वर्ष वाली बात ही फ्रेजिया की समझ में आई। इतनी लम्बी अवधि सुनकर उसका हृदय हिल गया, उसने मानो भय को रोकने के लिए अपने कोमल हाथों को बढ़ाकर मार्क्स के कठोर हाथों पर रख दिया। मार्क्स ने भी उन्हें प्रेम से दबा दिया और फिर कहने लगा–''साम्यवादी, मजदूर दल, यूनियनें, इन सबसे क्या लाभ है? बहुत करेंगे, सप्ताह में एक-आध शिलिंग बढ़ जाएगा। उससे क्या होता है? समस्त आयु वही गरीबी, वही निर्धनता, वही पराधीनता! इसी लिए मैं तो अब अपने ही बाजुओं के सहारे अपना महल बनाऊँगा, अपनी शक्ति की बाजी लगाकर–साधनों की चिन्ता किये बिना–धन एकत्रित करूँगा और लखपती बनूँगा।''

''जब तुम चले जाओगे, तो मैं क्या करूँगी?''

''तुम? तुम मुझे प्यार करना, और मेरी प्रतीक्षा करना।''

''ओफ! तुम यहाँ रहकर निर्धन ही रहते! अथवा शीघ्र वापस आकर मुझे विवाह करते। इतने वर्षों का क्या ठिकाना? कौन जिए, कौन मरे?''

''मेरी भोली! ऐसा न कहो, जीवन बड़ा लम्बा है। जीवित रहने का मजा इसी में है कि मनुष्य स्वतंत्र होकर रहे! मैं जो कह रहा हूँ, तुम समझती हो?''

उसने क्या समझा? खाक भी नहीं। असहाया की भाँति, वह दीन भाव से उसके मुँह की ओर ताकती रही। मार्क्स ने उसके होठों का एक मृदु चुम्बन लिया और दृढ़ बाहु पाश में उसे कस लिया।

''तुम इन चीथड़ों को देखती हो? कितने मैले हैं? कितने बदबूदार? परन्तु जब इन्हें फैक्टरी में धोया जाएगा, मशीन के नीचे दाब कर निकाला जाएगा, और अनेक रंगों में डुबोया जाएगा, तो वे ऐसे ही सुन्दर दिखाई देंगे जैसे सामने सूखते हुए वस्त्र। फ्रेजिया, धन की भी यही हालत है। जब हम उसे पालते हैं, तो कोई नहीं पूछता, कि हम पहले क्या थे? कैसे थे? आदि। फ्रेजिया! क्या तुम मेरी प्रतीक्षा करोगी?''

''हाँ!'' उसने गीले नेत्रों से कहा।

इतने में चिमनी ने सीटी दी। फैक्टरी के दरवाजे खुल गए।

सब मजदूर भाग-भाग कर अपनी-अपनी जगह पहुँचने लगे। फ्रेजिया भी उठी, मार्क्स ने एक बार और उसका चुम्बन लिया और क्षण भर पश्चात् दोनों मशीन के सामने अपने-अपने काम में लग गए।

X X X

अनेक दिन, रात, सप्ताह, मास और बरस व्यतीत हो गए, फैक्टरी की चिमनी प्रतिदिन नियमपूर्वक सीटी बजाती, मज़दूर आते और काम करते, सायंकाल को इंजन की धाँय-धाँय बन्द हो जाती, रह जाता केवल चिमनी का काला और घना धुआँ! सामने के पर्वत और जंगल ने भी कितनी बार चोला बदला। कभी इतनी सख्त धूप पड़ती कि पत्थर भी पिघल उठते, कभी वर्षा आती और कई दिनों तक नग्न प्रकृति के स्नान का दृश्य दिखाई देता, फिर शायद, हेमन्त अपने हिम पात से समस्त भू-प्रदेश को नवीन शुभ्र वसन पहना देता।

इस परिवर्तनशील संसार में, मनुष्यों में भी परिवर्तन हुआ, फ्रेजिया भी दीर्घ प्रतीक्षा की धूप से मुरझाने लगी, उसके मुखमण्डल पर हल्की झुर्रियाँ दिखाई देने लगीं, उसके केश भी सफेद होने लगे, अब उसने अपनी आयु की चालीस सीढ़ियाँ पार कर ली थीं, इस लम्बी अवधि में अनेकों युवकों ने उससे विवाह करने का प्रयत्न किया, परन्तु फ्रेजिया को वर्षों पूर्व की हुई अपनी प्रतिज्ञा स्मरण थी। मार्क्स की, आरम्भिक वर्षों में तो चिट्ठियाँ आती रहीं, फिर बन्द हो गईं। लोग अमेरिका से आते और मार्क्स के समाचार सुनाते, वे कहते कि मार्क्स वहाँ खूब परिश्रम से धन एकत्रित कर रहा है। उसका रहन-सहन अमेरिकनों जैसा हो गया है। कुछ लोग फ्रेजिया की हँसी भी उड़ाते, परन्तु वह अपने सरल स्वभाव से अपनी प्रतिज्ञा पर दृढ़ थी। मेले उत्सवों के अवसरों पर जब दूसरी स्त्रियाँ शृंगार करतीं, और अपने-अपने पतियों और प्रेमियों के साथ हाथ में हाथ डाले घूमती-फिरतीं, तो बेचारी फ्रेजिया अपने सुदूर प्रवासी प्रेमी की कल्पना से अपने को सन्तुष्ट करती। लगभग बीस वर्ष व्यतीत हो गए, लोगों ने समझा फ्रेजिया अब विधवा जैसी ही रहेगी।

परन्तु थोड़े दिनों के पश्चात्, ग्रामवासियों की आशा के विपरीत मार्क्स वहाँ आ पहुँचा। सायंकाल का समय था, अभी सूर्य भगवान की अन्तिम किरणें विलीन नहीं हुई थीं। दक्षिण की ओर से गाड़ी आई और मार्क्स स्टेशन पर उतरा अमेरिकनों की भाँति उसकी दाढ़ी मूँछें साफ थीं और बाल पीछे की ओर मुड़े हुए थे। उसकी मुखाकृति पर दृढ़ निश्चय के चिह्न अब झुर्रियों में परिवर्तित हो गये थे, नेत्रों के नीचे काली रेखा, गत बीस वर्षों की कठिन तपस्या की कहानी स्पष्ट शब्दों में सुना रही थी। वह अपटूडेट फैशन का कोट पतलून पहने हुए था। स्टेशन से चलकर वह एक होटल के सामने पहुँचा, वहाँ दरवाजे पर एक वृद्धा खड़ी थी, उसने मार्क्स की ओर ध्यान से देखा, मानो पहचानने का प्रयत्न कर रही हो, परन्तु स्मृति समय की गहरी

तहों के काफी नीचे छिप गई थी— ऊपर न आई। वृद्धा भीतर चली गई। मार्क्स भी ग्राम की ओर बढ़ा। सैकड़ों मज़दूर अपने घरों को जा रहे थे, वृद्धों में से किसी ने उसे न पहचाना युवकों को वह स्वयं ही न जानता था। बीस वर्ष मनुष्य के जीवन में महान् परिवर्तन ला देते हैं, मार्क्स भी इसका अपवाद न था।

X X X

मार्क्स पहले न्यूयार्क गया वहाँ से शिकागो और फिर कैनाडा। आरम्भ में वह एक कारखाने में मज़दूर हुआ फिर दूकान पर कलर्क। बाद में अपनी योग्यता से मालिक का कृपा पात्र बनकर दो आने का पत्तीदार हो गया। दो आने से चार आने— आठ आने, मार्क्स ने भरसक परिश्रम किया, एक-एक पाई जमा की। कभी अपव्यय नहीं किया, कभी सिनेमा थेटर नहीं गया, कभी शराब नहीं पी, कभी स्त्रियों की संगति नहीं की। उसके सामने उसकी प्रतिज्ञा ध्रुव नक्षत्र के समान सदैव— हरसमय— खड़ी रहती। वह अमीर होना चाहता, वह लखपती बनकर अपने ग्राम को लौटेगा और चिर प्रतीक्षा से कृशित; यक्ष समान सुन्दरी फ्रेजिया को रिझाएगा और...?

आज जब वह लौटा, तो उसके हृदय में एक विचार था—वह किस प्रकार अपने धन का सदुपयोग करे? यदि वह एक फैक्टरी, जिसमें किसी समय वह स्वयं मज़दूरी करता था—मोल ले ले, उसमें पैसा लगाए मज़दूर बढ़ाए और किस प्रकार उसे समस्त गाँव में आदर्श फैक्टरी बना दे।

उस फैक्टरी का वृद्ध मालिक 'पट्रो ओडो' जिसके कोई सन्तान न थी, संभव है, फैक्टरी बेच दे। उसने प्रयत्न करने का विचार किया।

X X X

रविवार के दिन 'मार्क्स' फैक्ट्री मालिक के कमरे में बैठा सौदा कर रहा था, दोनों अनुभवी थे दोनों ने परिश्रम से धन कमाया था। इसलिए उन्हें पैसे की क़द्र थी। दोनों कम से कम देकर अधिक से अधिक वसूल करना चाहते थे। आखिर, कई घंटों की बातचीत के पश्चात सौदा हुआ। मार्क्स कल सवेरे आने का वायदा करके बाहर निकला। विधिवशात् फैक्ट्री के दरवाज़े पर फ्रेजिया खड़ी थी शायद उसने मार्क्स को पहचान लिया था और अन्दर जाते देखकर प्रतीक्षा में बाहर खड़ी हो गई थी। देखते ही मार्क्स को वही भान हुआ, जो बहुत दिनों से खोई हुई वस्तु पाने पर होता है। फ्रेजिया उसके लिए वैसी ही थी जैसे मनुष्य के मुख पर नेत्र थे। फ्रेजिया मार्क्स के अस्तित्व का एक अंग थी।

दोनों ने एक-दूसरे का मूक स्वागत किया । गली में कोई न था, मज़दूर लोग आज घरों में रविवार की छुट्टी मना रहे थे।

"क्यों कैसे रहीं?" मार्क्स ने पूछा।

"हाँ, अब मैं अकेली हूँ। मेरी माता का स्वर्गवास हो गया। तुम पहले से दुबले दिखाई देते हो, मार्क्स!"

उसने यह नहीं पूछा कि तुमने चिट्ठी लिखना क्यों बन्द कर दिया, न उसने बीस वर्ष पूर्व की प्रतिज्ञा का ही स्मरण दिलाया और न धन ही के विषय में कुछ पूछा कि वह हजारों कमाकर लाया है या लाखों?

ये सब बातें उसके लिए अनावश्यक थीं। वह उसे अपना चुकी थी, और उसके हृदय में, संसार की कोई भी घटना, रत्ती भर भी अन्तर न डाल सकती थी। यद्यपि 20 वर्ष व्यतीत हो गए थे, फिर भी उसे मार्क्स का जाना, जैसे कल ही हुआ हो, ऐसा प्रतीत होता था। दोनों के मुखों पर झुर्रियाँ पड़ गई थीं। दोनों के सिर वृद्धावस्था की ठण्डक से सफेद हो रहे थे, परन्तु दोनों के हृदय में, वही जवानी की– पहले जैसी– गर्मी थी। उन्हें यह सब परिवर्तन स्वप्न के समान, माया रूप, प्रतीत होता था। उनके लिए वही प्रथम प्रणय ही एक मात्र सत्यता थी।

मार्क्स ने कुछ न पूछा। केवल फ्रेजिया के चमकते हुए दोनों नेत्रों को देखा। उसे फैक्ट्री के पिछवाड़े का दिन स्मरण हो आया। उसका मृदु चुम्बन तथा प्रतिज्ञा...। मार्क्स ने अपनी संगिनी को अधिक समीप खींचकर बाहुपाश में जकड़ लिया और कहा–

"फ्रेजिया, फैक्टरी का सौदा हो गया है। अब हम तुम–दोनों–विवाह करेंगे।"

बड़े दिन का उपहार

ओ. हेनरी

दो रुपये सवा तेरह आने! सबके सब पैसे!! कुल एक सौ इक्यासी पैसे!!! गरीबिनी 'डीला' ने विवाह के पश्चात् बड़ी कठिनता से यह धन एक मास में एकत्रित किया था। अपनी इस पूँजी के जमा करने में उसे न जाने कितनी बार शाक वाले कूँजड़ों और अन्य दूकानदारों से झगड़ा करना पड़ा था और न जाने कितने शब्द और समय खर्च करने के पश्चात् इन पैसों की सूरत देखनी नसीब हुई थी। 'डीला' ने दो तीन बार पैसा-पैसा करके सारी पूँजी को गिना। हर बार जोड़ दो रुपये सवा तेरह आने ही हुआ। अगले दिन 'बड़ा दिन' था। विवाह के बाद पहला 'बड़ दिन' और इस अवसर पर दिल के अरमान निकालने के लिए केवल दो रुपये सवा तेरह आने!! 'डीला' ने उदास होकर सिर झुका लिया।

X X X

डीला के पति जेम्स ने कभी अच्छे दिन भी देखे थे। परन्तु अब–अब तो– वह एक आफिस में मामूली क्लर्क था। आय की यह दशा थी कि बड़ी कठिनता से घर का कार्य चलता था। दो कमरों का एक मकान किराये पर ले रखा था। एक मास विवाह को हुआ था, उस समय से इसी धुन में लगा हुआ था कि किसी प्रकार अपनी आय बढ़ावे और पत्नी के साथ आनन्दमय जीवन व्यतीत करे।

X X X

विवाह के पश्चात् कल पहिला 'बड़ा दिन' आने वाला था। और यदि सच पूछिए तो विवाह के पश्चात् 'डीला' पहली ही बार उदास हुई थी। पहला बड़ा दिन आवे और 'डीला' की ओर से पति को कुछ भी उपहार न दिया जाय, यह कैसे सम्भव हो सकता था। चित्त किसी प्रकार शान्त न होता था। वह कुर्सी पर से उठ कर खिड़की

में जा खड़ी हुई और बाहर की ओर देखने लगी। चिड़ियाँ चहचहा रही थीं। एक बिल्ली पड़ोसी की दीवार पर मटक-मटक कर चल रही थी। कहीं दूर से बालकों के खेलने की धीमी-धीमी आवाज आ रही थी। 'डीला' के चित्त पर कुछ चोट-सी लगी और वह खिड़की के पास से लौट कर मेज़ के पास आई। उपहार! दो रुपये सवा तेरह आने!! यही दो विचार उसके मस्तिष्क में घूम रहे थे। इतने दामों में भला वह उपहार देने लायक क्या वस्तु जेम्स के लिए ले सकती थी!!!

X X X

मेज़ पर एक पुराना शीशा रखा हुआ था। डीला ने सिर उठाया। शीशे में मुँह देखा। देर तक चुपचाप अपने आपको देखती रही। उसने अपने लम्बे-लम्बे घने सुनहरी केश खोले। वह कमर तक नर्म-नर्म निखरे हुए सुनहरी बालों में छिप गई। बहुत देर तक उनकी लटें हाथों में उठा कर उन्हें आशापूर्ण दृष्टि से देखती रही। जेम्स इन बालों की कितनी प्रशंसा किया करता है, इनसे कितना प्रेम करता है, परन्तु आज ये यों ही बिखरे पड़े हैं। वह कभी-कभी कहा करता है, "मैं अपने आपको उस दिन धन्य समझूँगा, जिस दिन तुम्हारे बालों—हाँ, इन सुनहरी बालों—के सजाने का सामान ला सकूँ। डीला के नेत्र अश्रुपूर्ण हो गये।

X X X

तनिक देर बाद उसने फिर बालों का जूड़ा बाँध लिया, सिर पर टोपी रखी, कोट पहना, और वह घर से चल खड़ी हुई। वह एक दूकान के सामने जाकर ठहर गई, जिसके बोर्ड पर लिखा था "बालों से बनी हुई चीज़ें।" वह तनिक देर दूकान के सामने रुकी और फिर दरवाज़ा खोल कर भीतर चली गई। दूकान की मैनेजर एक बुढ़िया स्त्री थी, उससे कहा—मेरे बाल मोल ले सकोगी?

बुढ़िया ने कहा— यदि पसन्द आवेंगे तो खरीद लूँगी; जरा टोपी उतारो और बाल खोल कर मुझे दिखाओ।

'डीला' ने अपनी सुनहरी केश-राशि बखेर दी।

बुढ़िया ने आशापूर्ण नेत्रों से बालों की लटें हाथ में लेकर उन्हें भले प्रकार परखा और वह बोली, बीस रुपये दूँगी। उसने कहा—स्वीकार है।

X X X

डीला के दो घंटे व्यतीत हो गये। वह रुपये बटुए में लिये बिसातियों की दूकानों में फिर रही है; और अपने पति के लिए किसी ढंग का उपहार मोल लेना चाहती है। बड़ी-बड़ी दूकानों की समस्त वस्तुएँ देख डालीं और अन्त में बहुत सोच

विचार के पश्चात् उसने एक वस्तु उपहार के लिए पसन्द की।

जेम्स के पास एक पुरानी घड़ी थी। जो उसे बड़ी प्रिय थी। जब उससे कोई 'समय' पूछता, वह अद्भुत ढंग से उसे निकाल कर मुस्करा कर समय बताता। परन्तु उसके पास, पिता की मृत्यु के पश्चात् मिली हुई एक मात्र पैतृक सम्पत्ति इस घड़ी की ज़ंजीर न थी। 'डीला' ने आज एक जंजीर पसन्द की। जो न केवल सुन्दर बल्कि मज़बूत भी थी। उसे इस घड़ी के लिए यही उचित जँची और उसने इसका मूल्य मालूम कर इसे खरीद लिया और 21 रु. का बिल चुका दिया।

X X X

डीला घर पहुँची। वह प्रसन्न थी। परन्तु जब शीशे के सामने पहुँची और उसने अपनी टोपी उतारी तब उसका प्रसन्न मुखमण्डल शोकाकुल हो गया। जेम्स मेरे बालों को कटा हुआ देख कर क्या कहेगा? कितना दुःखी होगा? परन्तु फिर? फिर मैं क्या करती? दो रुपये सवा तेरह आने में तो कुछ भी नहीं आ सकता था। उसने शीघ्रता से घूँघर डालने वाली कैंची निकाली, और उसकी सहायता से बालों के सिरों को मोड़कर जितना सुन्दर बनाया जा सकता था, बना लिया।

उसने जल्दी-जल्दी पति के लिए चाय तैयार की और फिर कुर्सी लेकर दरवाज़े के पास बैठ गई और जेम्स के आने की प्रतीक्षा करने लगी। वह सोच रही थी कि मेरी यह कृति कहीं जेम्स की दृष्टि में मुझे अप्रिय न बना दे।

दरवाज़ा खुला और जेम्स भीतर आया। वह कुछ घबराया-सा दृष्टिगोचर हुआ।

जेम्स ने दरवाज़ा बन्द कर डीला को देखा।

डीला घबरा गई। धीरे-धीरे उठ कर जेम्स के पास आई और बोली—यह किस प्रकार आप मुझे देख रहे हैं। क्या हुआ? मेरे बालों को कटा हुआ देखकर क्यों शोकाकुल होते हो। मैंने स्वयं ही—अपनी इच्छा से—अपने बाल बेच दिये हैं। बताओ, फिर क्या करती? तुम्हें बड़े दिन पर उपहार जो देना चाहती थी। फिर निकल आएँगे। चिन्ता न कीजिए, मेरे बाल बड़ी शीघ्रता से बढ़ते हैं। सत्य बताओ? तुम मुझ पर अप्रसन्न तो नहीं हुए? भला तब जानूँ जब बता दो कि बाल बेचकर तुम्हारे लिए क्या उपहार लाई हूँ?

जेम्स ने कहा—क्या वास्तव में तुमने अपने बाल कटवा दिये?

ऐसा प्रकट होता था कि वह इतनी विस्तृत बातचीत हो जाने पर भी कुछ न समझ सका है।

डीला बोली—क्यों क्या मेरा सौन्दर्य नष्ट हो गया? नहीं, नहीं, मैं वही हूँ?

जेम्स ने इस चिन्तित दशा में कमरे के चारों ओर देखा और फिर विक्षिप्तों की भाँति घूमता हुआ बोला—

"तुमने बाल कटवा दिये हैं?"

डीला बोली—कमरे में क्या देख रहे हो? मैंने बाल कटवा कर बेच दिये हैं। तुम्हारे प्रेम के सामने मेरे ये बाल तुच्छ थे। समझे! बताओ, क्या तुम्हें मेरे बाल मुझसे अधिक प्रिय थे?

जेम्स ने अपने कोट की जेब से एक डिब्बा निकाला और डीला के हाथ में देकर कहने लगा—तुम कैसी बातें करती हो? तुम मेरे लिए अपने बाल बेचो और मेरा प्रेम कम हो जावे? मैं किसी और ही विचार से चिन्तित था। इस डिब्बे को तो खोलो।

डीला ने काँपते हुए हाथों से जल्दी-जल्दी पार्सल के तागे तोड़े। उसका कागज़ खोल डाला। खोलते ही वह प्रसन्नता के कारण अर्धमूर्छित-सी हो गई।

सामने कंघे, बालों में लगाने की कंघियाँ, पिनें, और फ़ीते पड़े थे और डीला अश्रुपूर्ण नेत्रों से उन्हें निहार रही थी। इन वस्तुओं के लिए वह कितनी तरसा करती थी।

ये वस्तुएँ आईं तो कब? जब केशराशि नष्ट हो गई।

उसने डिब्बे को उठाकर प्रेमपूर्वक छाती से लगाया और अश्रुपूर्ण नेत्रों से जेम्स की ओर देखा, मुस्कराने का उद्योग किया और कहा—"मेरे बाल अत्यन्त शीघ्र बढ़ जाते हैं।"

वह शीघ्र अपनी जगह से उठी और बोली—"मैं अपना उपहार तो देना भूल ही गई।"

उसने अपने कोट की जेब से घड़ी की जंज़ीर निकाली और उसे अपने कोमल हाथों में लेकर कहा—

मैं तुम्हारी घड़ी के लिए जंजीर लाई हूँ, देखो तो, कितनी सुन्दर है। शहर की समस्त दूकानें देख कर मैंने इसे पसन्द किया है। इसे घड़ी में लगा कर कम से कम, सौ बार घड़ी का समय देखना होगा, समझ गये? लाओ, मुझे घड़ी दो, इसे लगा कर देखूँ तो, भला कैसी सजती है?

घड़ी निकालने के स्थान पर 'जेम्स' धम से गिर पड़ा, और कुछ देर बाद बोला—डीला! आओ, हम तुम दोनों, अपने अपने ये उपहार अगले वर्ष के 'बड़े दिन' के लिए उठा रखें। इस समय ये दोनों ही बेकार हैं। तुम्हारे बालों के सजाने का सामान खरीदने के लिए मैंने अपनी घड़ी बेच दी है। इस बड़े दिन पर हम एक दूसरे को 'प्रेम' ही उपहार-स्वरूप अर्पित करते हैं। आओ! दोनों प्रेमपूर्वक चाय पियें।

सुखद-यात्रा

जैक्यूनारमण्ड

जब हमने सुना कि वेलेंटीन सिनकेर का विवाह हो रहा है, तो हमारी छोटी-सी मित्रमण्डली में से सभी को आश्चर्य हुआ। अरे, क्या वह? वही कौमार व्रतधारी, पैरिस का नास्तिक, वैवाहिक विचारों का विरोधी, मौज़ से स्वाधीनतापूर्वक रहने वाला, जिसने सैकड़ों बार क़समें खाई थीं कि विवाह जैसी बात से मेरा कभी किसी प्रकार का सरोकार न होगा। परन्तु अब वही वेलेंटीन विशाल भ्रातृमण्डल में शामिल हो रहा है! और इन समस्त स्त्रियों में वह विवाह किससे करेगा! एक विधवा से! हम लोग आश्चर्य चकित रह गये। अस्तु, जब मैं पहली बार उससे मिला, मैंने उसे पकड़ कर कैफ़ियत माँगी।

उसने कहा—"भाई, बातचीत करने के लिए अभी समय का अभाव है। सारा काम पड़ा हुआ है। अभी 'मरे से आया हूँ' इस समय स्टर्न की दूकान को जा रहा हूँ। कुछ निमंत्रण पत्र छपवाने हैं। यदि तुम मेरे साथ चलते.......।"

मैंने कहा—"यदि तुम्हारे साथ चलूँ! अच्छा!"

इस समय हम लोग मेडलनी के सामने खड़े थे, अब हम दोनों हाथ में हाथ डाले दोनों ओर वृक्ष श्रेणियों से युक्त राज-पथ से आगे निकल गये।

उसने कहा—क़िस्सा बहुत मामूली-सा है। परन्तु जब तुम उसे जानने के इच्छुक हो, तो लो, मैं सुनाता हूँ—

"गत फरवरी को मैं 'नाईस' गया था, वहाँ एक मेला था, मैं रात में यात्रा नहीं करता, मुझे रात में यात्रा करना बिलकुल पसन्द नहीं है। इसलिए मैंने प्रातः 8-55 की गाड़ी पकड़ी, यह लगभग आधी रात के समय मार्सेलीज़ पहुँचती है। वहाँ मेरे मित्र रामवार्ड रहते हैं, अतएव अपने यहाँ ठहरने के सम्बन्ध में उन्हें लिख दिया था, दूसरे दिन प्रातः मैंने नाईस जाने का निश्चय किया था, जहाँ ट्रेन दोपहर बाद दो बजे पहुँच

जाती है।

''स्टेशन पर मुसाफिरों की बड़ी भीड़ थी। सब लोग घबरा रहे थे परन्तु धन्यवाद है, स्टेशन मास्टर माशिये रग्नील को, जिनकी कृपा से मुझे कूपा में स्थान मिल गया। उस ट्रेन में एक यही कूपा डिब्बा था, उसमें एक दूसरा यात्री भी बैठा था, उसके ओवर कोट के बटन के छेद में एक लाल गुलाब लटक रहा था, उसकी मुखाकृति से कठोरता और हुकूमत टपकती थी, सामान के नाम से उसके साथ काग़ज़ों का एक बस्ता भरा था, इस इतने सामान से वह दूर का यात्री नहीं समझ पड़ता था, मैंने अपने मन में सोचा, कि कुछ ही देर में अकेला मैं ही उस डिब्बे में रह जाऊँगा, रेल-यात्रा में तो ऐसी ही दशा में सुख मिलता है।

''सभी यात्री गाड़ी में बैठ गये थे, गाड़ी छूटने को ही थी, इतने में ही दरवाजे पर झगड़े की आवाज़ सुनाई दी।

''नहीं मोशिये, नहीं। मैंने स्लीपिंगकार के लिए आज्ञा दी थी, और मुझे वही मिलनी चाहिए।'' एक स्त्री की आवाज़ थी, जिसका स्वर ताजा था, और जिसमें दक्षिणीपन की बू थी।

''परंतु मैडम, मैंने आपको बता दिया कि हमारे पास वह नहीं है।' यह उत्तर स्टेशन के एक कर्मचारी ने दिया।''

''आपको मेरे पत्र के अनुसार प्रबन्ध करना चाहिए था।''

''मैडम, मुझे आपका कोई पत्र नहीं मिला है।''

''तब कोई दूसरा डिब्बा जोड़ दो।''

''असम्भव है। नियमानुसार जितने चाहिए, पहले से ही मौजूद हैं। जल्दी कीजिए, गाड़ी छूटती है।''

''अच्छा, तो मेरे लिए कोई जगह ढूँढ़ दो।''

''कूपा में आपके लिए दो स्थानों का प्रबन्ध कर दिया गया है।''

''क्या उसमें?''

''हाँ मैडम-उसी में।''

''कुछ काले कुछ भूरे वालों वाली, एक छोटी-सी स्त्री मेरे डिब्बे में चढ़ आई। परन्तु तुरन्त ही चौंक कर इस प्रकार लौटी, मानो डर गई है।

''इसमें तो दो यात्री बैठे हैं,'' उस स्त्री ने कहा।

मैडम, मैं आपको पूरे का पूरा डिब्बा तो दे नहीं सकता।'

''बहुत अच्छा! तब मैं नहीं जाऊँगी।''

''यह आपकी इच्छा, गाड़ी छूटती है, मैं सिग्नल करता हूँ।' '

''ठहरो मोशिये, ठहरो। मैं अवश्य जाऊँगी, जब इसमें एक यही कूपा है, तब क्या किया जाए! परन्तु क्या आप यह प्रबन्ध कर देंगे, कि अगले स्टेशन पर मुझे

कोई स्लीपिंग कार मिल जाए।"

"हाँ, मैडम।"

"इसके लिए क्या आप तारे दे देंगे?"

"हाँ-हाँ मैडम।"

"आप वायदा करते हैं?"

"हाँ, मैडम।"

"आपको विश्वास है।"

"हाँ, हाँ, हाँ मैडम।"

"दरवाजा खोल दिया गया, आधी गाड़ी के लगभग पार्सलों और कम्बलों से घिरी हुई वह स्त्री डिब्बे में घुस आई। इतने ही में तेज़ सीटी हुई, और हम लोग चल पड़े।

"वह रोबीला यात्री उदारता के साथ अपना स्थान छोड़ कर मेरे पास आ बैठा। इससे सामने का स्थान नवागन्तुक के लिए पूरा का पूरा खाली हो गया। उस स्त्री ने हम लोगों की ओर एक बार भी आँख उठाकर नहीं देखा, क्रोध से उसका मुँह लाल हो रहा था, वह वैसी ही साधरण शीघ्रता से अपना सामान अपने आस-पास कायदे से रखने लगी, जैसी दूर के यात्रियों में प्रायः दिखाई देता है।

"उसके साथ एक नहीं, दो नहीं, तीन बैग थे और ओढ़ने, उनकी गिनती न पूछिये।

"मैं कनखियों से उसका धरना, उठाना देख रहा था, वह ठिगनी स्त्री मुझे सुन्दर दिखाई दी, यह देख कर मैं बहुत प्रसन्न हुआ, प्रसन्न इसलिए कहता हूँ कि यात्रा में कुरूपा स्त्री की अपेक्षा सुन्दरी-स्त्री का साथ होना सचमुच अधिक अच्छा लगता है।

"बड़ी सर्दी थी, समस्त देश बर्फ़ से ढक गया था, सूर्य का बिम्ब बिल्कुल पीला पड़ गया था, वह गाड़ी के दोनों ओर भागता हुआ सा दिखाई देता था, उस ठिगनी स्त्री ने अपने को रगों और अन्य ओढ़नों से लपेट लिया। इसके पश्चात् अपनी दृष्टि सामने की खिड़की से बाहर डालकर दृढ़ता से चुपचाप उसी ओर देखने लगी। इधर हमारे साथ का रोबीला यात्री अपने पीले, हरे और नीले काग़ज़-पत्र विभिन्न शीर्षकों के हिसाब से रखकर ध्यान-पूर्वक पढ़ने लगा। अब रह गया मैं, सो मैं एक कोने में आराम के साथ बैठ गया और उन समाचार-पत्रों की फ़ाइलें उलटने लगा, जिन्हें स्टेशन पर मैंने अपना समय काटने के लिए खरीद लिया था।

"11 बजकर 21 मिनट पर हम लोग लारोंचे पहुँचे।

"गाड़ी खड़ी हो गई, उस रोबीले यात्री ने अपने काग़ज़ पत्र उठा लिये, फिर सिर झुकाकर उसने हम लोगों को अभिवादन किया, और गाड़ी से उतर गया।

मुश्किल से उसने प्लेटफ़ार्म पर अपने पैर रखे थे कि स्टेशन मास्टर ने आकर उसका स्वागत किया।

''उसने उसे मिस्टर इंस्पेक्टर कह कर सम्बोधित किया। उस स्त्री ने दरवाज़े के बाहर झुककर कहा—

''मिस्टर स्टेशन मास्टर!''

''मैडम।''

''आपको पेरिस से स्लीपिंग कार के लिए तो तार मिला होगा।''

''हाँ मैडम, वहाँ से तार मिला था, मगर मैंने उसे अगले स्टेशन पर भेज दिया है।''

''तो क्या मुझे यहाँ भी स्लीपिंग कार नहीं मिलेगी?''

''मैडम असम्भव है, यहाँ हमारे पास स्लीपिंग कारें नहीं हैं। हाँ, ल्योंस में आपके लिए एक कार का प्रबन्ध हो जाएगा।''

''ल्योंस में! कितने बजे?''

''5 बजकर 45 मिनट पर मैडम।''

''अर्थात् यात्रा के अन्त में। परन्तु मोशिये, मैं इसमें तब तक नहीं रह सकती! असम्भव है, मैं इसमें नहीं रहूँगी।''

''सावधान मैडम, गाड़ी चलती है।''

''गाड़ी चल पड़ी, वह बड़े क्रोध से जाकर फिर अपने उसी कोने में बैठ गयी, उसने मेरी ओर देखा तक नहीं, एक बार फिर मैं अपने समाचार-पत्र पढ़ने लगा, यह दसवाँ पत्र था।

''सच कहता हूँ। उस समाचार-पत्र के पढ़ने में अधिक समय लगा। एक-एक पंक्ति को मैं बीसियों बार पढ़ता। मुझे विश्वास है कि कम से कम कुछ समय तक मैं उसको उलटा ही पढ़ता रहा। मैंने मन में सोचा, फेंकों इसे, क्योंकि किसी लम्बी यात्रा में किसी को भी आनन्द मिल सकता है, यदि उसके साथ कोई सुन्दर स्त्री यात्रा कर रही हो।

''उस स्त्री से बातचीत का सिलसिला जारी करने की मेरी बड़ी इच्छा थी, परन्तु वैसा करने के लिए क्या बहाना मुझे मिल सकता था? तापक्रम की वैसी स्थिति में खिड़कियाँ खोलने और बन्द करने की पुरानी प्रसिद्ध चाल का भी उपयोग नहीं हो सकता था, कोई तरकीब समझ में नहीं आ रही थी, कोई मामूली बात छेड़ देने का भी साहस नहीं हो रहा था। वैसा करने की अपेक्षा चुप रहना बहुत अच्छा था। मैंने देखते ही जान लिया था कि यह स्त्री ऊँचे घराने की है। इसलिए बिना परिचित हुए उससे बोलना अपने को नीच बनाने के समान था मैं उसकी दृष्टि में एक गँवार व्यापारी यात्री ही जँचता। उससे बातचीत का सिलसिला छेड़ने का एक यही मार्ग

था कि उससे कहने के लिए कोई भड़कीली मौलिक बात खोजी जाती। मैं परिश्रम के साथ कोई वैसी बात सोचने लगा परन्तु कोई बात भी समझ में नहीं आ रही थी।

''मैं किसी वैसी ही बात की चिन्ता में था कि गाड़ी सहसा रुक गई। धन्यवाद है ब्रेक की शक्ति को, जो दुर्घटनाओं के समय जितनी अच्छी हैं, उतनी ही यात्रियों के लिए बुरी भी हैं।

''गाड़ी का दरवाजा खोलते हुए एक्र खलासी ने कहा, टोमेरे गाड़ी 25 मिनट ठहरेगी।

''मेरे साथ की वह स्त्री उठ खड़ी हुई, उसने अपने कम्बल और ओढ़ने फेंक दिए। वह उन्हें और अपने तीनों बेगों को गाड़ी में ही छोड़कर प्लेटफ़ार्म पर उतर गई, दोपहर हो गई थी, भूख लगने लगी थी, वह लाइन पार, अपनी बाईं ओर वाले भोजनालय में जाने लगी।

''मैं भी उसके पीछे लगा अब मुझे उसके स्वरूप और सुन्दरता को आराम के साथ निहारने और प्रशंसा करने का अवसर मिला। उसके फर के लम्बे लबादे से उसके शरीर की शोभा और भी बढ़ गई थी। मैंने यह भी देखा कि उसकी गर्दन बहुत सुन्दर है। वह भूरी फैल्ट हैट लगाये हुए थी, और उसके पैर बहुत छोटे-छोटे थे।

''भोजनालय के द्वार पर मैनेजर खड़ा था, वह रेशमी टोपी लगाये था, उसकी रूप-रेखा तीसरे नेपोलियन से खूब मिलती थी। उसने अपने हाथ और रूमाल से एक लम्ब मेज की ओर संकेत कर दिया, जिस तक धावा करके ही पहुँचना पड़ता था।

''यात्रियों के एक झुण्ड के साथ मैंने प्रवेश किया। भीतर घुसने के लिए यात्री शीघ्रता कर रहे थे, इसलिए वे एक-दूसरे से गुँथे से जा रहे थे संक्षेप में यह कि एक्सप्रेस गाड़ी के यात्रियों का ताँता मानव-सौन्दर्य की दृष्टि से विशेष रूप से विद्रूप और हीनता-द्योतक होता है। सभी लोग किसी न किसी प्रकार का भोजन करने में जुट गए।

''मैं भी बैठ गया। भोजन की जो प्लेटें एक के पश्चात् एक मेरे सामने आती जाती थीं, मैं शीघ्रता से उनका सामान निगलने-सा लगा। मेरे साथ वाली उस स्त्री ने एक दूसरी मेज़ के पास बैठ कर थोड़ा-सा शोरबा लिया था।

''मैं सबसे पहले उठा, और सिगरेट पीने के लिए प्लेटफ़ार्म पर चला गया। 25 मिनट जो नियम के अनुसार घटकर 20 ही मिनट रह गए थे, शीघ्र बीत गये। यात्रियों की टोलियाँ भोजनालय से निकल-निकलकर अपने-अपने डिब्बों में जा बैठीं। मैं भी अपने डिब्बे में जा बैठा मगर साथ यात्रा करने वाली वह स्त्री नहीं लौटी।

''मैंने उसे लाइन की दूसरी ओर बुकस्टाल के पास खड़ी देखा। वहाँ वह पुस्तकें देख रही थी, यद्यपि मुझे उसकी पीठ ही दिखाई देती थी तो भी उसके सुन्दर शरीर से, ओटर के चमड़े के लबादे से, और उसके भूरे हैट से मैंने उसे सरलता से पहचान

लिया। उसके बाल जैसे काले होने मैंने सोचे थे उसकी अपेक्षा वह मुझे कुछ कम काले मालूम पड़े परन्तु निस्सन्देह वह मुझे दूरी का ही प्रभाव जान पड़ता था।

"सब यात्री अपने-अपने स्थानों पर बैठ गये थे, और खलासी गाड़ियों के दरवाजे बन्द करने लगे थे, मैंने अपने मन में सोचा, क्या उस स्त्री से गाड़ी छूट जाएगी? मैडम, मैडम कहकर मैंने उसे खिड़की के बाहर से आवाज दी वह बहुत दूर थी। उसने मेरी आवाज नहीं सुनी।

"सीटी बजी गाड़ी छूटने को थी, अब मैं क्या करूँ? बिजली की चमक जैसी शीघ्रता से मेरे मन में एक विचार आया, वह इस विकट शीत में बिना अपने सामान के यहीं रह जाएगी इसलिए कम से कम कुछ छोटी-छोटी वस्तुएँ तो उस बेचारी के पास अवश्य पहुँचा देनी चाहिए।

"मैंने उसके तीनों बेग और रग एक साथ उठा लिये। और गाड़ी के पास लाइन पर जो मनुष्य रेलवे की वर्दी पहने खड़ा था, उसी के पास वे सब फेंक दिये। ज़ोर से आवाज़ देकर कह दिया गया, वहाँ जो स्त्री खड़ी है, उसे दे देना।

"वह वर्दीवाला मनुष्य सब वस्तुएँ उठाकर बुकस्टाल की ओर उस स्त्री के पास ले गया। उसी समय डिब्बे की दूसरी ओर का—प्लेटफ़ार्म से दूसरी ओर का—दरवाज़ा खुला और मेरे डिब्बे की वह यात्री स्त्री शीघ्रता से घुस आई और गाड़ी भी चल पड़ी। बड़ा अनर्थ हुआ, मैंने यात्री के पहचानने में भूल की। बुकस्टाल वाली वह स्त्री मेरे डिब्बे में यात्रा करने वाली स्त्री नहीं थी। वही ओवरकोट, वही हैट, और वही शरीर, परन्तु वह कोई दूसरी स्त्री थी। सचमुच यह समझना पूर्ण मूर्खता है कि पीठ की ओर से भी मनुष्य पहचाने जा सकते हैं। मैंने बड़ी भारी भूल की थी।

"उसने मुश्किल से डिब्बे में पैर रखा था कि वह चीख पड़ी। उसने कहा—मेरे बेग कहाँ गए? किसी ने मेरा सामान चुरा लिया है।

"अब प्रथम बार उसने मुझपर दृष्टि डाली। ईश्वर जाने, वह ऐसी दृष्टि थी, जो कभी नहीं भूली जा सकती।

"मैंने कहा—नहीं मैडम, आपका सामान चोरी नहीं गया है, वह 'टोमेरे' में पीछे छोड़ दिया गया है।

" 'टोमेरे' में, कैसे?'

"मैंने समस्त घटना कह सुनाई। प्रिय मित्र, जो दूसरी दृष्टि उसने मुझ पर डाली, उसका वर्णन करना मेरी शक्ति से परे है। परन्तु मैं तुम्हें विश्वास दिलाता हूँ कि मुझे इस बात का पूर्ण विश्वास है कि मैं पहली दृष्टि से भी अधिक समय तक उसे याद रखूँगा।

"मैंने फिर कहा— मैडम, मुझे बहुत ही दुःख है, परन्तु मेरा उद्देश्य अच्छा ही था। मैंने समझा कि आप गाड़ी से रही जाती हैं, आपको सर्दी से कष्ट होगा। सारांश

यह कि आप मुझे क्षमा करें और अपने सामान के लिए चिन्तित न हों। वह सुरक्षित है। वर्दी वाले स्टेशन के कर्मचारी के पास है। दूसरे स्टेशन पर आप तार दे सकती हैं– मैं ही दे दूँगा तार, और आपका सामान तुरन्त भेज दिया जाएगा। आपका सामान आपको मिल जाएगा, मैं प्रतिज्ञा करता हूँ, चाहे उसे लाने के लिए मुझे स्वयं टोमेरे को लौटकर जाना पड़े।''

'' 'खैर मोशिये, मैं सब ठीक कर लूँगी।'

''वह अपने कोने में ताबड़तोड़ जाकर बैठ गई, और फिर अपने दस्तानों को क्रोध से नोचने लगी।

''परन्तु खेद है कि उस बेचारी नन्ही-सी स्त्री का सर्दी की ओर ध्यान नहीं था। वह अपने गर्म रग और ओढ़ने नहीं ओढ़े हुए थी।

''दस मिनट पश्चात् ही वह काँपने लगी। व्यर्थ ही उसने अपने आपको समेटने का, अपनी देह से अपना ओटर के चमड़े का लबादा लपेटने का प्रयत्न किया। वह सचमुच सर्दी से काँपने लगी।

''मैंने कहा–मैडम, मैं घुटनों के बल होकर आपसे प्रार्थना कारता हूँ कि कृपा कर आप मेरा रग ले लें। आपको सर्दी लग जायेगी, और यह कष्ट मेरे अपराध से होगा। जीवन भर इसके लिए मैं अपने आपको क्षमा नहीं कर सकूँगा।

''उसने तुरन्त उत्तर दिया–मोशिये मैंने, तो आपको कुछ भी नहीं कहा...।'

''मैं घबरा गया। उत्तेजित हो उठा। एक तो वह सुन्दरी थी, दूसरे जो मूर्खतापूर्ण भूल मैंने की थी, उसके लिए मैं अपने ही ऊपर बहुत अधिक रुष्ट था। सारांश यह कि मैं उस समय बड़े संकट में पड़ गया था। ऐसे ही अवसरों पर दृढ़ निश्चय के साथ कोई साहस-पूर्ण कार्य कर गुज़रने की आवश्यकता है।

''मैंने कहा– मैडम, या तो आप मेरे इस रग को स्वीकार करें, नहीं तो शपथ पूर्वक कहता हूँ कि मैं नीचे लाइन में कूद पड़ूँगा।

''और रग को अपने और उसके बीच में फेंककर मैंने खिड़की खोली, और दरवाजे का बाहरी दस्ता पकड़ लिया।

''वास्तव में मैं कूद पड़ने को तुला हुआ नहीं था, परन्तु यही मालूम होता था कि बस कूदने ही वाला हूँ, मेरा ढंग वैसा था, क्योंकि वह तत्काल ही चिल्ला उठी।

'' 'मोशिये' आप पागल हो गये हैं, आप पागल हो गये हैं।'

'' आप रग उठायें नहीं तो मैं कूदता हूँ।

''उसने रग उठा लिया और मृदुस्वर में कहा 'परन्तु मोशिय आपको भी ठण्ड लगेगी।'

'' मैडम आप मेरी चिन्ता न करें। मुझे तनिक भी सर्दी नहीं मालूम हो रही है। और यदि मुझे ठण्ड मालूम भी पड़ेगी तो वह केवल मेरी अक्षम्य मूर्खता का

समुचित दण्ड ही होगा।''

''मूर्खता नहीं, अपनी अधिक शीघ्रता कहो। क्योंकि जैसा आपने कहा है, आपका उद्देश्य अच्छा था परन्तु दूसरी स्त्री को मुझे समझ लेने की भूल आपसे कैसे हो गई?'

'' 'क्योंकि मुझे वह सुन्दर मालूम हुई।'

'' वह हँस पड़ी, बातचीत का सिलसिला छिड़ गया। परन्तु मैं ठण्ड से काँप रहा था।

'' तो भी मैं ठण्ड, यात्रा, सभी कुछ भूल गया मेरे लिए तो वह स्त्री अद्वितीय थी। वह शिक्षित, हँसमुख, और तीक्ष्ण-बुद्धि थी। मेरी ही तरह उसे भी यात्रा से प्रेम था, साहित्य में, संगीत में, वस्तुतः प्रत्येक विषय में हम दानों की रुचि एक-सी थी। और बातचीत से हमें पता लगा कि हम दोनों के परिचित लोग भी एक ही हैं। उसकी सेंट चामस से, सेवेनिस से, यहाँ तक कि मांट वैज़ंस से भी घनिष्ठता थी। अब मैं सोचता हूँ कि कदाचित् मैं उससे इन लोगों के यहाँ बीसों बार मिला हूँगा, परन्तु उसकी ओर कभी ध्यान नहीं दिया। हे भगवन् मेरी आँखें कहाँ चली गई थीं!

''उसने बिल्कुल सीध-सादे ढंग से, प्रेम से, और स्पष्टता से, जिसे मैं पसन्द करता हूँ बातचीत की। उसका थोड़ा-बहुत थोड़ा, प्रान्तिक स्वर जो प्रायः मालूम नहीं पड़ता था, उसके उच्चारण को पक्षी के गीत का कुछ-कुछ रूप प्रदान करता था, और वह स्वर मनोमुग्धकारी था।

''मुझे ठण्ड लग रही है, यह न प्रकट होने देने के लिए मैंने समस्त संसार दे दिया होता, परन्तु भगवान जानते हैं ठण्ड से मैं ठिठुर गया था।

''डिजन पहुँचने तक (2 बजकर 20 मिनट) मेरा दाहिना पैर आधा ठिठुर गया। यहाँ हमने पीछे छूटा हुआ सामान भेज देने के लिए तार दिया।

''मेकन पहुँचने पर (4 बजकर 30 मिनट) मेरे बायें पैर की बारी आई। वहाँ टोमेरे से तार मिला कि दूसरे दिन वह सामान मार्सेलीज़ पहुँच जाएगा।

''ल्यौंस में (5 बजकर 40 मिनट) मेरा बायाँ हाथ सुन्न हो गया। यहाँ वह अपने लिए स्लीपिंग कार माँगना भूल ही गई।

''वेलैंस में (8 बजकर 30 मिनट) मेरे दाहिने हाथ ने बायें का अनुसरण किया। यहाँ मुझे मालूम हुआ कि वह विधवा है, साथ ही सन्तानहीन भी है।

''आवेगनान में (9 बजकर 45 मिनट) मेरी नाक नीली पड़ गई। यहाँ मैंने सोचा कि उसने अपने पहले पति को पूर्ण रूप से प्यार कभी न किया होगा।

''मार्सेलीज़ में (12 बजकर 5 मिनट) मुझे जोर की तीन छींक आईं। उसने मेरा रग मुझे लौटा दिया, और प्रेम-पूर्वक नमस्कार किया।

''नमस्कार! अहा, मैं प्रसन्नता से मस्त हो गया। मैंने होटल डेनोलेस में रात्रि

व्यतीत की। मैं रात्रि भर उत्तेजित रहा। उसकी स्मृति से बहुत देर तक नींद नहीं आई। दूसरे दिन जब मैं सोकर उठा, तो सरदी से जकड़ा हुआ था।

"उस दशा में मैं अपने मित्र रोमबोड से नहीं मिल सकता था, परन्तु और कोई उपाय ही नहीं था, मैंने अपने मन में सोचा कि यह एक प्रकार की यात्रा की दुर्घटना है। मेरे मित्रों को मुझे उसी दशा में लेना होगा। परन्तु कल मैं नाइस चला जाऊँगा। और तभी सूर्य के प्रकाश में इस व्याधि से मुक्ति पाऊँगा।

"परन्तु प्रिय मित्र, कैसी आश्चर्य की बात है, उस भले आदमी रोमबोड ने मेरा सम्मान करने के लिए अपने कुछ मित्र आमन्त्रित किये थे और उनमें वह सुन्दर स्त्री भी थी, जो मेरे साथ यात्रा कर रही थी। वही जिसने मुझे मोहित कर लिया था।

"जब मेरा उसे परिचय दिया गया, तो उसके होठों पर हँसी फूट पड़ी। झुक कर मैने उसका अभिवादन किया और धीरे से पूछा—

" 'टोमेरे से आपका सामान?'

"उसी प्रकार धीरे से उसने कहा—'मुझे मिल गया है।'

"हम मेज के पास बैठ गये। सहानुभूति दिखाते हुए रोमबोड ने ज़ोर से पूछा—'मेरे प्रिय मित्र! तुम्हें कैसे सर्दी हो गई? यह व्याधि कहाँ से लाये? कदाचित् रेलगाड़ी से लग गई है?"

मैंने कहा—'बहुत सम्भव है। परन्तु उसके लिए मुझे खेद नहीं है।'

"इस छिपे हुए उत्तर का तात्पर्य कोई नहीं समझ सका। परन्तु मुझे मालूम हुआ कि मेरे साथ यात्रा करने वाली उस स्त्री की दयापूर्ण दृष्टि मेज पर रखे हुए शोरवे की सुगन्धित भाप से होकर मुझ तक आ पहुँची।

"इससे अधिक तुम्हें और क्या बताया जाय। दूसरे दिन मैं नाइस को रवाना हो गया। अब 15 दिन पश्चात् हमारा विवाह होने वाला है।"

सच्चा सुख

पी. जी. बुड हाउस

क्लेअरेंस मैकफैडेन की कहानी तो सभी जानते हैं। उनको नृत्य सीखने की बड़ी इच्छा थी, किन्तु उनके पैर तो इस योग्य नहीं थे, अतः वे नृत्य शिक्षक के यहाँ गए और कहा कि इसके लिए जितने रुपये लगेंगे मैं देने को तैयार हूँ।

जब शिक्षक की दृष्टि उनके पैरों पर पड़ी, तो उनकी चौड़ाई देखकर वह चौंक पड़ा और ध्यानपूर्वक बड़ी देर तक देखता रहा अन्त में फीस से पाँच रुपये अधिक लेकर वह सिखाने को तैयार हो गया।

क्लेअरेंस और हेनरी वैलेस मिल्स की इतनी अधिक समानता देखकर मुझे कितनी ही बार आश्चर्य हुआ है। दोनों में अन्तर यदि है तो केवल इतना ही कि क्लेअरेंस ने नृत्यकला के बिना जीवन को अधूरा समझ कर उसे सीखना चाहा था, और हेनरी वैलेस मिल्स के नृत्य सीखने का अन्तर्निहित कारण था प्रेम। यदि वह ईबॉनी ब्रायरवुश फ़ार्म में नहीं गये होते और वहाँ मिनी से परिचय नहीं होता, तो उन्हें इस ज़लालत में पड़ने की आवश्यकता न थी, और वह न्यूयार्क– बैंक से जहाँ वह कोषाध्यक्ष के पद पर नियुक्त थे, अवकाश मिलने पर अपने समय को शान्तिपूर्वक अध्ययन में ही बिताया करते।

संध्या समय को सुन्दर ढंग से व्यतीत करने की उनकी परिभाषा भी विचित्र ही थी। घूमने के लिए कहीं बाहर न जाकर वह कोट पर ब्रुश करके उसे सुरक्षित ढंग से खूँटी पर लटका देते, जूते खोल कर पालिश का हाथ फेरकर, कोने में रखी हुई चप्पल पहन लेते, और फिर सिगरेट लाकर एक मोटी सी नोटबुक और लाल नीली पेंसिल के साथ इन्साइक्लोपीडिया ब्रिटेनिका लेकर बैठ जाते और फिर बड़े धैर्य से रात में जहाँ तक पढ़कर छोड़ दिया होता, वहाँ से आरम्भ कर देते और साथ-साथ लाल पेंसिल से नोटबुक पर नोट भी करते जाते। हेनरी उन लोगों में से नहीं थे, जो किसी पुस्तक को पढ़ने से पहले ही उसे उलट-पलट कर शुरू से आखिर

तक देख लिया करते हैं। किन्तु इसके विपरीत जब तक वह प्रथम पृष्ठ नहीं पढ़ लेते तब तक दूसरे पृष्ठ को उलटने की कोशिश भी नहीं करते। चाहे वह पुस्तक कितनी ही बड़ी हो, और चाहे उपन्यास हो, या इनसाइक्लोपीडिया।

न्यूयार्क बैंक में कोषाध्यक्ष लोग शेर और बाघ या अन्य जंगली पशुओं की भाँति सीखचों में बन्द रहते हैं। हेनरी का सहायक सिडनी दूसरी तरह का आदमी था। इसलिए उन दोनों को ऐसा कोई भी समान आकर्षण का विषय नहीं मिलता, जिस पर बातचीत कर मन बहलाया करें। सिडनी को साहित्य से बिल्कुल प्रेम नहीं था। और साहित्य सम्बन्धी मामूली बात भी वह नहीं जानता था, उसी प्रकार हेनरी भी नहीं जानते थे कि पोलका के पश्चात् वर्तमान नृत्यकला में क्या उन्नति और परिवर्तन हुए है। और इसीलिए जब सिडनी बैंक की नौकरी छोड़कर एक नृत्य संगीत पार्टी में चला गया तो हेनरी ने सन्तोष की साँस ली।

सिडनी के स्थान पर एक भावुक प्रकृति का युवक आया। वह सदैव स्त्रियों और विवाह के विषय में ही बातें किया करता। वह प्रायः हेनरी से पूछ बैठता आपको कभी विवाह की इच्छा हुई?

हेनरी उसकी ओर हल्की-सी दृष्टि जिसमें यह भी भाव रहता कि विवाह जैसी तुच्छ वस्तु को भी लोग इतना महत्त्व कैसे देते हैं—देखते और फिर एक ही शब्द में उनका उत्तर होता—"मुझे?" वह इस ढग से इस शब्द का उच्चारण करते कि वह बेचारा सचमुच ही प्रभावित हो जाता।

हाल में ही उनकी उन्नति हुई थी और अब वह इस रियायत के अधिकारी हो गए थे कि गर्मी की छुट्टियों से लाभान्वित हो सकें। इस लम्बी छुट्टी को उन्होंने पढ़ने में व्यतीत न कर ईवानी ब्रायर बुश फार्म जाने का निश्चय किया, क्योंकि इसके विषय में पत्रों से उन्होंने बहुत कुछ पढ़ रखा था।

एकान्त जीवन से निकलकर जब पहले-पहल खुली प्रकृति के सम्पर्क में आये, तो उनकी रग-रग में एक विचित्र मादकता-सी छा गई और उनके हृदय में रोमांस की भूख जाग्रत हो उठी।

इसी अवसर पर मिनी से भेंट हो गई। वह मझोले कद की लड़की थी, उसके पीले चेहरे और बड़े-बड़े नेत्रों ने जिनमें असन्तोष की एक हल्की रेखा-सी खींच गई थी, हेनरी में वीरत्व के भावों को उकसा दिया।

वह अपने को युद्ध-क्षेत्र के उस वीर सैनिक के समान समझने लगे, जिसकी ओर कोई लड़की, जिसे राक्षस ने पकड़ लिया हो, याचना भरी दृष्टि से देख रही हो उनके मस्तिष्क में मिनी की छाया घुस गई और फिर अवस्था ऐसी ही हो गई, कि उसके अतिरिक्त वे कुछ और सोच ही नहीं पाते थे।

और तब एक दिन सन्ध्या समय उन्होंने उसे रजत झील के किनारे खड़ी

पाया। वह खड़े हुए मच्छर जैसे किन्हीं कीड़ों को मार रहे थे, इतने में वह भी टहलती हुई उसी ओर को गई। वह धीरे-धीरे चल रही थी, और बहुत थकी हुई मालूम होती थी, हेनरी के हृदय में उसके लिए आधी दया की, और आधी किसी और ही भावना की एक विचित्र लहर-सी दौड़ गई। उन्होंने इसकी ओर देखा और इसने उनकी ओर।

"आप?" हेनरी ने पूछा।

"हाँ, घूमने चली आई।"

कुछ क्षण तक दोनों मौन रहे।

"आप थकी हुई मालूम होती हैं।"

"हाँ, थक तो गई हूँ।" फिर कुछ रुक कर उसने कहा– "शहर में मैंने इसकी अति कर दी थी।"

"किसकी?"

"नृत्य की।"

"ओह! नृत्य..... क्या आपने बहुत अधिक नृत्य किया था?"

"हाँ, बहुत अधिक!"

"ओह!"

बातचीत का प्रारम्भ तो सुन्दर हुआ, किन्तु अब इसको आगे कैसे बढ़ाया जाए।

आज जीवन में प्रथम बार इनसाइक्लोपीडिया पढ़ने के अपने विचित्र ढंग पर उन्हें पश्चात्ताप हुआ। अन्त में उन्हें याद आया कि कुछ दिनों पूर्व उन्होंने नृत्य-सम्बन्धी एक खेल पढ़ा था।

"मैं स्वयं तो नृत्य नहीं जानता, किन्तु इसके अध्ययन का मैं बहुत इच्छुक हूँ।"

इसके पश्चात् जो कुछ भी इन्होंने पढ़ा था, क्रमशः ग्रामोफोन रिकार्ड की भाँति आदि से अन्त तक वे बोल गये किस तारीख को, किस मौके पर और किस स्थान पर कैसा सुन्दर नृत्य हुआ था, आदि।

"तुम कितना अधिक जानते हो?" आश्चर्य से मिनी ने कहा।

"मैं, अरे कुछ भी नहीं।" और फिर रुक कर उन्होंने कहा–"मैं बहुत अधिक पढ़ा करता हूँ।"

"सचमुच, बहुत ज्यादा जानना बड़ी अच्छी चीज है।" वह प्रफुल्लित होकर गोली–"मैंने बहुत चाहा किन्तु कभी पढ़ने का समय ही न मिला, किन्तु तुम बड़े अच्छे हो।"

हेनरी का हृदय लुहार की फुँकनी जैसा फूलने और पिचकने लगा। यही पहला अवसर था, जब हेनरी किसी सुन्दरी के प्रशंसा पात्र बने थे। अन्धेरा हो चला, मच्छर

जैसे कीड़े पहले से भी अधिक काटने लगे, परन्तु हेनरी को कुछ भी मालूम नहीं हुआ।

रात भर बिस्तर पर जागते पड़े रहने के पश्चात् उन्हें इस घटना की यथार्थता मालूम हुई—उन्हें प्रेम का रोग लग चुका था।

इसके पश्चात् समस्त छुट्टियाँ साथ ही साथ व्यतीत हुइ। छुट्टी समाप्त होने पर हेनरी न्यूयार्क लौट आये। अभी उनको आये हुए बहुत दिन नहीं हुए थे कि तभी एक दिन उनके भावुक मित्र ने विनोद-पूर्वक कहा—''प्रेम के विषय में आपकी धारणा एकदम गलत है, आपको शादी कर लेनी चाहिए।''

और जब इसके उत्तर में हेनरी ने कहा कि 'आगामी सप्ताह मेरा विवाह होना निश्चित हो गया है' तो इस अनहोनी बात पर वह ऐसा अवाक् हो गया कि उसने एक मनुष्य को दस के बदले सौ रुपये का नोट दे दिया, जिसके फलस्वरूप बैंक बन्द हो जाने के बाद कई जगह उसे 'फोन' करने पड़े।

X X X

हेनरी के वैवाहिक जीवन का प्रथम वर्ष आनन्दपूर्वक व्यतीत हो गया। इनसाइक्लोपीडिया पढ़ते-पढ़ते रुक कर जब वह मिनी को अपनी ओर ताकते पाते, तो मन में सोचते—'क्या इसके बिना जीवन पूरा हो सकता है?'

वैवाहिक जीवन की पहली वर्षगाँठ थी, वे एक अच्छे से होटल में बैठे, इस उत्सव को समारोहपूर्वक मना रहे थे, कि सहसा भूतपूर्व सहकारी सिडनी से भेंट हो गई। इस वर्ष भर के बीच में उसकी हालत अच्छी हो गई थी, वह एक बहुमूल्य नया सूट पहने हुए था, जो उसके शरीर पर खूब फब रहा था, उसकी शान-शौकत देख कर हेनरी कुछ देर तक स्तब्ध से रह गये— क्या यह वही सिडनी है, जो उसके साथ बैंक में काम करता था!

''तुम यहाँ क्या कर रहे हो हेनरी! मैं तो अनुमान भी नहीं कर सकता कि अपनी एकान्त कोठरी छोड़कर तुम कभी इन होटलों में भी आ सकते हो!'' सिडनी न कहा और प्रश्नसूचक दृष्टि से मिनी की ओर देखा।

''यह मेरी स्त्री है।'' हेनरी ने उत्तर दिया और फिर मिनी से बोले—''ये मेरे पुराने मित्र हैं।''

''तो तुमने विवाह कर लिया है? विवाहोपलक्ष्य में मेरी बधाई! बैंक का क्या हाल है?''

''सब ठीक है। सब काम पूर्ववत् चल रहा है। तुम अब भी उसी नृत्य-संगीत पार्टी में हो?''

सिर हिलाकर उसने स्वीकार किया।

नृत्य के लिए बाजे बजने लगे।

"तुम क्यों नहीं चलते नृत्य में?" सिडनी ने पूछा।

"मैं नृत्य करना नहीं जानता।"

"किन्तु आप तो जानती हैं। क्या आप नृत्य करेंगी?" उसने मिनी से पूछा।

"जी नहीं, धन्यवाद।"

हेनरी को अब दुख होने लगा। वह सोचने लगे, सभी स्त्रियाँ नृत्य करना चाहती हैं, नृत्य की लालसा उनके रक्त में मिली होती है। मिनी मेरे कारण नृत्य में सम्मिलित नहीं हो रही है।

वे बोले—"क्या हर्ज है, तुम जाओ मिनी, मैं यहाँ खूब आराम से बैठा हूँ।" और इसके दूसरे ही क्षण मिनी और सिडनी दोनों नृत्य कर रहे थे।

हेनरी देखने लगे, दोनों कितने सुन्दर लग रहे हैं। बिना नृत्य के वैवाहिक जीवन का पूर्ण आनन्द नहीं उठाया जा सकता। जब सभी स्त्रियाँ अपने-अपने पतियों के साथ नृत्य करती हैं, तो बेचारी मिनी मनहूस-सी गालों पर हाथ रखे, उनकी बगल में बैठी-बैठी इनसाइक्लोपीडिया सुना करती है। हेनरी ने निश्चय किया कि मिनी के वैवाहिक जीवन को पूर्ण और सुखी बनाने के लिए मैं अवश्य नृत्य सीखूँगा।

इसके पश्चात् नृत्य समाप्त होने पर घर लौटते समय गाड़ी में मिनी को तनिक झपकी-सी आ गई और तभी उसे ज्ञात हुआ कि उसके शरीर को किसी चीज ने जकड़ लिया है। वह चौंक कर जाग पड़ी, देखा कि स्वयं उसके पतिदेव हेनरी के बाहु उसकी कमर में पड़े हैं। सम्भवतः हेनरी नृत्य की चेष्टाओं का अनुकरण कर रहे थे।

दूसरे ही दिन हेनरी ने एक पुस्तक खरीदी, नृत्य की आरम्भिक पुस्तक। परन्तु पुस्तक हाथ में लेते ही मालूम होने लगा कि पुस्तक से नृत्य सीखना कठिन ही नहीं, असम्भव भी है। अन्त में उन्होंने किसी नृत्य-शिक्षक से ही सीखना उचित समझा। परन्तु इसमें भी नई-नई कठिनाइयाँ सामने आईं। वे अपनी स्त्री से छिपाकर सीखना चाहते थे, और इस कारण उनके लिए समय बचाना भी कठिन था, क्योंकि उनकी दिनचर्या एक क्रम के अनुसार नियमबद्ध थी। और यही सोचते-विचारते रात में वे सो गये। अगले दिन भोजन करते समय हेनरी ने कहा—'मिनी, प्रिये!...'

मिनी ने प्रश्नसूचक दृष्टि से देखा।

"बात यह है कि इन दिनों मेरा स्वास्थ्य तनिक ठीक नहीं है, क्योंकि व्यायाम पूरा नहीं होता।"

"परन्तु तुम पहले से दुबले तो नहीं मालूम होते।" मिनी ने उन्हें गौर से देख कर पूछा।

"हाँ, दुबला तो नहीं हुआ हूँ, परन्तु...." गला साफ करते हुए बोले—"कभी-कभी शरीर तनिक भारी हो जाया कारता है।"

"तो?"....

"कुछ भी नहीं, घबराने की कोई बात नहीं। दो मील के बजाय तीन मील टहल लिया करूँगा। बस, सब ठीक हो जाएगा। आगे से मेरे लौटने में थोड़ी देर हो जाया करेगी।"

इस प्रकार टहलने के समय में वे नृत्य सीखने लगे, यह उनके जीवन का सबसे दुःखमय भाग था। तसल्ली उन्हें इतनी ही थी कि यह सब वे मिनी के लिए कर रहे हैं। जब मुस्कराती हुई सुन्दरी शिक्षिका उनके हाथ को अपने हाथ में लेकर उन्हें नृत्य सिखाने लगती; तो उनका कलेजा धक-धक करके लगता। नृत्य सीखते समय भूल से नृत्य शिक्षिका के पैरों को जब वे कुचल देते और कोने में बैठी हुई वृद्धा जब संवेदना से सिर हिला देती, तो वे अपने को इतना गँवार समझने लगते कि उसी क्षण नृत्य छोड़कर वहाँ से चल देने की इच्छा हो जाती। परन्तु दूसरे ही क्षण वह यह सोचते कि एक दिन जब वह नृत्य करके मिनी को आश्चर्यचकित कर देंगे, तो वह कितनी प्रसन्न होगी।

एक दिन उकताकर उन्होंने शिक्षिका से पूछा—"मुझे नृत्य आयेगा भी?"

"यहाँ आकर कोई भी निराश नहीं हुआ—एक को छोड़कर।"

"क्यों? क्या उसके तीन पैर थे?"

"नहीं, उसके पैर थे ही नहीं। नृत्य सीखते उसे लगभग एक मास हुआ था, एक दिन छत पर वह नृत्य कर रहा था, तभी नीचे गिर गया। डाक्टरों ने कहा, पैर काटना होगा। हम लोग लकड़ी का पैर लगा कर भी उसे नृत्य सिखाने को तैयार थे, परन्तु वह एकदम हतोत्साह हो गया।" फिर तसल्ली देते हुए शिक्षिका ने कहा—"आप तो शीघ्र ही सीख जाएँगे।"

नृत्य करने में हेनरी को शारीरिक कष्ट भी बहुत होता था, अब उनके शरीर की हड्डियाँ कड़ी हो गई थीं, इसका उन्हें कभी ध्यान भी नहीं हुआ था। ताल पर पैर घुमाते हुए कभी-कभी मालूम होता, हड्डियाँ टूट जाएँगी, किन्तु लाचार थे,—प्रेम!

एक दिन अकस्मात ही जब उनके पैर ताल पर घूम गये, तो उन्हें बड़ी प्रसन्नता हुई, जितनी बैंक में वेतन और पद की उन्नति हाने पर भी नहीं हुई थी। उस दिन से वह और अधिक उत्साह से नृत्य सीखने लगे। यहाँ तक कि प्रायः घर भी बहुत देर से पहुँच पाते थे।

परन्तु इसके साथ ही उन्होंने देखा कि मिनी दिन प्रति दिन दुबली होती चली जा रही है। फिर भी उन्हें दुख नहीं हुआ। वे उसकी बढ़ती हुई उदासी में भी एक प्रकार के सुख का अनुभव करने लगे। वे सोचते, खूब प्यास लगने पर पानी पीने से जितना आनन्द मिलता है, उतना बिना प्यास के शर्बत से भी नहीं मिलता।

आखिर वह दिन भी आ पहुँचा।

मिनी की वर्ष-गाँठ थी, हेनरी ने मिनी का एक हीरे का ब्रूच भेंट किया, किन्तु

इसने न कोई दिलचस्पी ली, न प्रसन्नता प्रकट की।

''अब मैं जा रहा हूँ टिकट लेने—थियेटर के लिए।'' हेनरी बोले।

''परन्तु... मैं तो थियेटर जाने की कोई आवश्यकता नहीं समझती।''

मूर्ख मत बनो। इस अवसर पर अवश्य उत्सव मनाया जाएगा। थियेटर से लौटने पर हम लोग आज फिर उसी होटल में भोजन करेंगे।''

हेनरी सोचने लगे, आज भी यदि सिडनी नृत्य करने आये, और मैं उपेक्षा से मुस्कराकर स्वयं ही मिनी के साथ नृत्य करने लगूँ, तो उसका चेहरा कैसा मलिन हो जाएगा और निराश होकर किस प्रकार मुझे कोसेगा! वह ईर्ष्या की प्रसन्नता से पुलकित हो उठे।

''परन्तु आज तुम्हारे टहलने की नागा हो जाएगी।'' उनके ध्यान को तोड़ते हुए मिनी ने कहा।

''हाँ, किन्तु एक दिन के नागे में कोई हर्ज नहीं।''

''तुम अब भी टहला करते हो?''

''हाँ, हाँ।''

''रोज तीन मील?''

''इसमें कभी भी अन्तर नहीं पड़ता। इसी से तो मेरा स्वास्थ्य अच्छा रहता है।''

''हूँ......''

''अच्छा, अब मैं चलूँ।''

''अच्छा!''

थियेटर देखकर जब ये लोग रात्रि को भोजन होटल में कर रहे थे, तो सिडनी इनको न जाने कहाँ से देख रहा था। अभी ये बैठे ही थे कि वह भी आ पहुँचा।''

''क्यों हेनरी! अब तो तुम यहाँ आने लगे।''

''इनकी वर्ष गाँठ है।''

''बहुत-बहुत बधाई है श्रीमती मिनी! जब तक ब्वॉय खाना ला रहा है, तब तक हम लोग एक बार नृत्य क्यों न कर लें। आइए।'' वह उठा।

''नहीं, आज मैं स्वयं ही अपनी स्त्री के साथ नृत्य करूँगा।'' हेनरी ने गर्व से कहा।

सिडनी चौंक पड़ा। मिनी ने भी आश्चर्य से उसकी ओर देखा।

''मैं समझता था, तुम नृत्य नहीं कर सकते!''

''ऐसा नहीं समझना चाहिए, यह तो बहुत आसान है।''

जब हेनरी नृत्य के लिए उठ खड़े हुए, तो मिनी चौंक पड़ी, किन्तु हेनरी का ध्यान उस ओर नहीं था। आज उनकी चिरसंचित अभिलाषाओं के पूरे होने का दिन था।

आरम्भ में सब कुछ ठीक रहा, और उनके पैर भी ठीक ताल पर पड़ते रहे। वह नृत्य-घर में अकेले ही थे। पर ज्यों-ज्यों नृत्य करने वालों की संख्या बढ़ने लगी, त्यों-त्यों उनकी घबराहट भी बढ़ने लगी।

वह कई बार टकराते-टकराते बचे। घबराहट के कारण, जो कुछ सीखा था— वह सब भूल गये। टक्कर एक के पश्चात् एक लगनी प्रारम्भ हुई, और फुटबाल की भाँति कुछ क्षणों तक वह इधर से उधर टकराते रहे, फिर उनका सिर घूमने लगा और वह सहसा चारों खाने चित गिर पड़े, मिनी उनके ऊपर थी। सिडनी ने दौड़कर दोनों को उठाया।

"फिर से नृत्य करो, तुम्हारा नृत्य तो बहुत ही अच्छा हो रहा था, किन्तु इन मूर्खों को क्या कहा जाए, समझे कुछ भी नहीं; लगे टक्कर पर टक्कर देने।" सिडनी ने चुटकी ली। समस्त हाल अट्टहास से गूँज उठा।

X X X

"मिनी...!" घर लौट कर हेनरी ने मिनी का हाथ अपने हाथ में लेकर कहा।

वह अब भी चुप थी।

"मिनी! मुझे इसके लिए दुख है।"

मिनी चुप।

"मैंने समझा था कि मैं नृत्य कर सकूँगा।...ईश्वर!" हेनरी के प्रत्येक शब्द के साथ दुख भरा था। "उस दिन के पश्चात् से ही, जब हम लोग पहले-पहल उस होटल में गये थे; मैं नृत्य सीख रहा था। किन्तु अब मैं महसूस करता हूँ कि वह मेरा प्रयास व्यर्थ ही था। मैंने आज तक तुमसे यह छिपाये रखा, सोचा था कि तुम्हारी वर्ष-गाँठ के दिन नृत्य करके तुम्हें चकित कर दूँगा, किन्तु...परन्तु..." कुछ रुक कर वह फिर बोले— "मैं जानता था कि मेरे जैसे मनुष्य के साथ, जो नृत्य न जानने के कारण तुम्हें कहीं बाहर नहीं ले जा सकता था, विवाह करने की मूर्खता करके तुम कितना अफसोस करती होगी। मैंने सोचा, यह मेरा कर्तव्य है कि नृत्य सीख कर तुम्हें भी वही सुख दूँ, जो और पुरुष अपनी स्त्रियों को देते हैं। मैं...।"

"हेनरी।"

उन्होंने देखा, मिनी के चेहरे से उदासी एकदम उड़ गयी थी और अब वह प्रसन्नता से दमक रहा था।

"इसीलिए तुम रोज टहला करते थे। और अब भी रोज टहला करते हो।"

"तुम जानती थीं?"

"एक दिन मैंने तुम्हें एक लड़की के साथ देखा था, तुम और वह सट कर टहल रहे थे।"

हेनरी ने आपने होठ गीले किये! "मिनी!" उन्होंने भर्राई हुई आवाज से कहा— "तुम विश्वास नहीं करोगी, परन्तु वह मुझे टहलते समय पैरों को ताल पर रखना सिखाया करती थी।"

"मैं इस पर विश्वास करती हूँ, हेनरी! अब मैं सब ठीक-ठीक समझ गयी। तुम मुझे चकित करके सहसा सुखी कर देना चाहते थे, परन्तु तुम देख ही रहे हो, तुम्हारे छिपाने से मैं कुछ और समझने लगी थी, और उस लड़की को तुम्हारे साथ देखकर मेरी शंका की पुष्टि भी हो गयी थी। तुमने देखा नहीं इधर मैं कैसी अनमनी-सी रहती थी।

"मैं तो समझता था कि अकेलेपन के कारण तुम उदास रहती होगी। मगर मैं नहीं चाहता था कि तुम्हारे सुन्दर जीवन को नित्य इनसाइक्लोपीडिया सुना-सुना कर अपने ही जैसा नीरस बना दूँ।

"परन्तु मुझे तो यही अच्छा लगता था।"

"मगर स्त्रियाँ तो बिना नृत्य के रह ही नहीं सकतीं।"

"मैं रह सकती हूँ। जब तुमसे मुलाकात हुई थी तो तुमने देखा था कि मैं कितनी उदास और थकी मालूम होती थी। तुम बतला सकते हो कि उसका क्या कारण था? मैं भी पहले नृत्य-शिक्षिका थी, और ऐसे स्थानों में मैंने वर्षों तक नौकरी की है, जहाँ तुम सीखने जाया करते थे। मैं नृत्य से इतना ऊब गयी हूँ कि अब उसके नाम से भी घृणा हो गई है।"

"तो, तो...." हेनरी ने हिचकिचाते हुए कहा—"तुम नृत्य बिना रह सकती हो? तुमको यह जीवन नीरस नहीं मालूम होगा?"

मिनी अलमारी से इनसाइक्लोपीडिया का एक भाग उठा लाई।

"पढ़ो, प्यारे हेनरी! ऐसा मालूम होता है कि इसे पढ़े युग बीत गया।" परन्तु हेनरी चुप थे।

"क्यों?" मिनी ने आश्चर्य से पूछा।

"किन्तु यह तो अन्तिम खण्ड है प्रिय!"

"ओह! अच्छा यही पढ़ो, कोई हर्ज नहीं।"

वह हेनरी की पुरानी आदत को याद कर हँस पड़ी।

"परन्तु हम लोग तो अभी इससे कई खंड पहले थे।" उन्होंने तुतलाकर कहा—

"उनको बिना समाप्त किये इसको पढ़ने में कोई हर्ज है?"

"नहीं, नहीं।" हेनरी ने गला साफ कर के पढ़ना आरम्भ किया। उन्होंने देखा, हमिनी एकटक उनकी ओर देख रही है।

वे हँस पड़े। मिनी ने आँखें नीची कर लीं।

यह सुख क्या और कहीं मिल सकता है? उन्होंने मन ही मन सोचा।

निर्णय

क्रिसवेल

वे दोनों रेल में इकट्ठे बैठे जा रहे थे। जैसा कि यात्रा में यात्रियों को करना पड़ता है, वे आपस में बातें करने लग पड़े थे। एक साथ भोजन करने के पश्चात् दोनों में घनिष्ठता यहाँ तक बढ़ गई कि वे एक दूसरे से घरेलू बातें करने लगे, कम से कम उनमें से एक जो युवा था, ऐसा करने लग पड़ा था। वह सुडौल और हँसमुख था। आयु उसकी कोई 24-25 वर्ष की होगी।

"मैं इस समय एक बड़ी दुविधा में फँस गया हूँ।" उसने अपनी टाई ठीक करते हुए कहा यदि मैं आपको अपना समस्त वृत्तान्त बतलाऊँ, तो क्या आप मुझे परामर्श दे सकेंगे? आपकी सहानुभूति किसी ओर भी नहीं है, इसलिए शायद आप मुझे तुरन्त ही बतला दें, कि मुझे क्या करना चाहिए। बात कोई बहुत बड़ी नहीं है।"

"बड़ी प्रसन्नता से"—दूसरे ने कहा—"मैं सुनते ही सारी बातें नहीं समझ जाता, फिर भी जहाँ तक हो सकेगा, मैं आपकी सहायता करने को तैयार हूँ। कहा भी है, दर्शक ही खेल का सबसे बड़ा भाग देखते हैं। कहिये।"

युवक गद्दी का सहारा लेकर बैठ गया। कुछ देर तक वह खिड़की के बाहर देखता रहा। "बात यह है कि" उसने कहा—"मैं हाल ही में पास हुआ हूँ।"

"डाक्टरी।"

"हाँ, क्या आप भी डाक्टर हैं? नहीं? यह तो और भी अच्छी बात है। मैं परीक्षा में अच्छी तरह उत्तीर्ण हुआ था, कोई-कोई तो मुझे बहुत लायक छात्र भी मानते थे। फिर मैं मेयो अस्पताल में कार्य करता रहा। क्या शानदार अस्पताल है! हाँ तो अपने भविष्य के बारे में मेरे अपने विचार हैं—मेरी समान आय वाले युवकों के प्रायः हुआ ही करते हैं—आप कहेंगे कि मैं ऐश्वर्य चाहता हूँ, परन्तु—।"

"जी हाँ, मैं समझ गया।"

"मैं समस्त ढाँचा बना चुका हूँ। अनुभव प्राप्त करने के लिए देश-पर्यटन।

फिर किसी नगर में अपनी स्त्री के साथ रहकर कुछ दिन प्रैक्टिस। उसके पश्चात् ख्याति, मोटरकार और घर के बाहर बड़े-बड़े अमीर रोगियों की कतार की कतार... ।''

''हाँ ऐसा क्यों न करो?'' वृद्ध ने मुस्कराते हुए पूछा।''

''ठीक है, ऐसा क्यों न करूँ? कल तक तो सब बातें ऐसी ही थीं, परन्तु कल रात को ही वृद्ध मेजर ने सब मामला चौपट कर दिया।''

'वृद्ध मजर?'

''ओह उसको हम लोग इसी नाम से पुकारा करते हैं। बड़ा प्रभावशाली आदमी है। हाँ, तो कल रात को कोई आठ बजे वह मुझे अपने कमरे में ले गया। कुछ मेरी प्रशंसा की, और मुझे बतलाया कि मेरा कर्तव्य क्या है? आदि। बात यह निकली कि अफ्रीका में कहीं एक नई प्रकार की, बीमारी फैली है। वह न तो एलो फीवर है, और न ही स्कारलेट-फीवर, परन्तु दोनों का सम्मिश्रण-सा है। निस्सन्देह कोई नई बीमारी है। उसी स्थान के निकट कुछ खानें हैं, और वहीं मजदूरों की एक बड़ी आबादी है, स्थान का नाम मैं आपको नहीं बता सकता क्योंकि अभी तक यह बात प्रकाशित नहीं की गई है, मालूम होता है कि इस बार सरकार सचमुच कुछ कर दिखाना चाहती है। वह डाक्टरों की एक पार्टी वहाँ अन्वेषण करने के लिए भेज रही है, हब्शियों में तो अब तक बहुत मर चुके हैं, मगर अब अन्य लोग भी मरने लगे हैं। इस बीमारी का प्रकोप विशेषतः बालकों पर ही है। परन्तु मैं बात को बेकार ही बढ़ाता चला जा रहा हूँ। सारांश यह कि वह चाहता है कि मैं वहाँ जाऊँ।''

''क्या तुम्हें इस विषय में दिलचस्पी है?'' वृद्ध ने पूछा।

''कोई खास दिलचस्पी नहीं। मैं कह नहीं सकता। यह तो मैं अवश्य चाहता हूँ कि मैं इस नवीन बैक्टेरिया को ढूँढ़ निकालूँ, परन्तु सारी बात यह है कि मैं वहीं पैदा हुआ था, और वहीं मेरा बाल्यकाल भी व्यतीत हुआ था, और मैं हब्शियों की बोल-चाल और रहन-सहन से भी अच्छी तरह परिचित हूँ। वे तो मेरा वहाँ जाना बिल्कुल ही आवश्यक समझते हैं।''

''पर अभी तुम्हारी आयु ही क्या है? तुम आसानी से कुछ समय वहाँ व्यतीत कर सकते हो। तुम्हें अनुभव भी हो जाएगा। शायद तुम कोई नई चीज़ ढूँढ़ निकालो और... ।''

''जी, हाँ! और उसकी निशानी एक लकड़ी का क्रास छोड़ जाऊँ, आजकल बड़े अच्छे रंग-बिरंगे क्रास मिलते हैं। मेरी माता और बहन की कब्रों के ऊपर भी ऐसे ही क्रास लगे हुए हैं।''

''परन्तु?''

''निस्सन्देह वहाँ सब ही नहीं मर जाते। मेरे कहने का यह मतलब नहीं था,

इस नई बीमारी को छोड़कर भी वह संसार भर में सबसे गन्दी और अस्वाथ्यकर जगह है। क्या मुझसे यह बात छिपी है? हमें वहाँ एक-दो वर्ष शायद तीन साल भी रहना पड़े, क्या पता हम वहाँ से वापस आयें या न आयें। यदि हम आ भी गए, तो तिल्ली हमारी बढ़ कर बन गई होगी घड़े जैसी और हमें समस्त आयु बड़ी सावधानी से रहना पड़ेगा और दूसरी ओर क्या है?–किसी को ब्रोमाइड दिया, किसी को जुलाब, कुछ खेल खेल डाले। एक दो लड़के कालेज में पढ़ते हुए–।"

"हाँ, मैं सब समझता हूँ?" दूसरे ने कहा–"परन्तु तुम वहाँ जाने के लिए बाध्य तो नहीं हो?"

"नहीं, परन्तु मेरे लिए वहाँ जाना नितान्त आवश्यक है। और फिर वहाँ बच्चे भी हैं,–मुझे बच्चों से विशेष प्रेम है।–दुर्भाग्य से...।"

"समझा।"

युवक ने उसकी ओर देखा–"मुझे विश्वास है कि आप सब समझ गए हैं, अब आप ही सोच कर बताइये कि मुझे क्या करना चाहिए, प्रश्न यह है कि मैं जाऊँ या न जाऊँ? जैसी आप आज्ञा देंगे, मैं वैसा ही करूँगा। मुझे आप पर एक प्रकार का अन्धविश्वास है। अब तक मैं पचासों बार कभी एक कभी दूसरी बात करने का निश्चय कर चुका हूँ, परन्तु फिर सम्मति बदल देता हूँ। सोचते-सोचते मेरा सिर चकरा गया है, आज रात को ही मुझे अपना अन्तिम निश्चय लिख कर उनके पास भेज देना है।"

वह कुछ देर चुप बैठा रहा, उसकी भौंहें सिकुड़ी हुई थीं, उसकी मुखाकृति, बर्फीले पानी में छलाँग मारने के पहले जैसी एक तैराक ही होती है, ठीक वैसी ही थी। सहसा उसने अपने मन में कुछ निश्चय कर लिया और कहा–"मैं आपको एक कहानी सुनाता हूँ, मुझे यही सबसे ठीक प्रतीत होता है।"

युवक को आश्चर्य तो हुआ, परन्तु उसने केवल इतना ही कहा–"सुनाइये।"

"जो कहानी मैं कह रहा हूँ, वह मेरे एक निकट सम्बन्धी पर घटी थी। वह पियानो बहुत अच्छी बजाया करता था, जब वह छोटा ही था, तब भी लोग उसकी तारीफ करते थे। क्या आपकी भी रुचि संगीत की ओर है?"

"नहीं, पर मैं एक बार अपने एक साथी के साथ रहा करता था, जो पक्का गवैया था, उसे जैसे संगीत की लत ही लगी हुई थी।"

"हाँ आप ठीक कहते हैं। संगीत सचमुच एक व्यसन बन जाता है, मेरे सम्बन्धी को भी आप वैसा ही समझ लीजिए, उसके लिए पियानो ही सब कुछ था।"

"क्या यह मैं नहीं जानता? उसके लिए तो संगीत भाई, बन्धु, घरवार, पत्नी, शराब, सबसे बढ़ कर है।"

"हाँ।... तो जैसे ही वह अपनी कला के शिखर पर पहुँचा, वैसे ही महासमर

छिड़ गया। उस समय उसकी आयु 37 वर्ष की थी, उसकी भी इच्छा हुई, कि वह भर्ती हो जाए और जाकर लड़े। वह अपने कर्तव्य को समझता था, वह मृत्यु से नहीं डरता था, परन्तु उसे सबसे बड़ा भय इस बात का था कि कहीं वह लूला न हो जाए।''

''ऐसी ही बात से तो सब डरते हैं। मैं नहीं समझा कि–''

''नहीं समझे? उसे अपने हाथों का भय लगा हुआ था, अगर उसकी उँगली भी कट जाती, तो उसके लिए सर्वनाश हो जाता। उस समय उससे अच्छा पियानो बजाने वाला शायद ही कोई और था, इसीलिए उसके हाथ ही उसके सर्वस्व थे। समझे आप? मगर युद्ध में कौन संगीत की परवाह करता है? वह जानता कि सेना में मनुष्यों की आवश्यकता है और उसे अवश्य युद्ध-स्थल में पहुँचना चाहिए। किंतु जब भी वह भर्ती होने के लिए जाने लगता, तो उसे तोप के गोले और बम फटते हुए दिखाई देते। जो उसका हाथ काट डालते थे–सदैव उसका हाथ ही उसे कटता हुआ दिखाई देता था, एक बार वह भरती के दफ्तर तक पहुँच भी गया। परन्तु वहाँ भी उसकी आँखों के सामने एक कटा हुआ और लहूलुहान हाथ आ गया। वह आगे न बढ़ सका, वापस आ गया।''

''तो वह भर्ती न हुआ?''

''नहीं, वह भर्ती नहीं हुआ? कई प्रकार के तर्क-वितर्क करके उसने अपने-आप को विश्वास दिलाया, कि उसका कर्तव्य घर पर रहना और अपने हाथों को सावधानी से रखना ही है।''

स्टेशन आने ही वाला था, गाड़ी धीरे-धीरे चलने लगी थी। वृद्ध उठा और अपना सामान इकट्ठा करने लगा, जैसे वह भूल ही गया हो कि उसने अभी कहानी समाप्त नहीं की है।

''क्षमा कीजिएगा परन्तु मैं नहीं समझा कि इस कहानी का मेरे मामले से क्या सम्बन्ध है?'' युवक ने कहा–

''नहीं समझे।'' सहसा वृद्ध ने अपना दाहिना हाथ आगे बढ़ाया उस पर दस्ताने पहन रखे थे, युवक को देखते ही पता लग गया कि वह हाड़-मांस का नहीं, बल्कि लकड़ी का बना हुआ है।

''क्या आप नहीं समझे?'' उस वृद्ध ने फिर कहा–''यह एक तिनका एक छोटा-सा लकड़ी का टुकड़ा ही था, जिसने ऐसा कर दिया!''

भोला अतिथि

एच. डब्ल्यू. नेविनसन

बहुत अधिक सर्दी थी। मैं अँगीठी पर झुका बैठा था, दो-चार पत्र टाइप करने और कुछ पढ़ने के लिए थोड़ी फुरसत मिल जाने से चित्त प्रसन्न था। इतने में बिना कुछ पूछे अथवा खबर दिये हुए अकस्मात् एक अद्‌भुत-सा व्यक्ति कहीं से मेरे कमरे में आ घुसा। वह अब से कोई अस्सी वर्ष पहले की पोशाक पहने हुए था, लम्बा कोट, कामदार वास्कट, धारीदार पाजामा और लटकती हुई लम्बी नेकटाई। उसके गालों पर गलमुच्छे थे, और हाथ में बहुत ऊँचा हैट, जो थोड़ा बहुत टेढ़ा हो गया था ठीक वैसा ही, जैसा चार्ल्स डिकेन्स की पुस्तकों के पुराने चित्रों में दिखाई देता है।

इस प्रकार अनधिकार चेष्टा के लिए क्षमा माँगते हुए उसने सिर झुकाया और कहा—मैं एक अज्ञात पहाड़ी पर एक झोंपड़ी में बहुत दिनों से मजे से सो रहा था, परन्तु पिछले कई दिन की भयंकर सर्दी ने मुझे नींद से जगा दिया है, इसीलिए तनिक गर्माने के लिए आपके यहाँ आ गया हूँ।

बातचीत से वह काफी सुशिक्षित मालूम होता था, उसने कहा—मैं अपना नाम भूल गया हूँ। नाम में तीन शब्द थे, पहले दो थे रिपवान, तीसरा याद नहीं आता।

मेरे रेडियो पर आधुनिक अमेरिकन संगीत बज रहा था।

“यह कानफोड़ आवाज काहे की है?” रिप ने बैठते हुए पूछा—“और कमबख्त आ कहाँ से रही है?”

“ओह! आप समझे नहीं, यह वायरलेस है। पेरिस से वायु के तरंगों पर चलकर यह आवाज इस रेडियो के बक्स के द्वारा आ रही है।”

“कैसे आश्चर्य की बात है!” उसने कहा—“क्या तुम्हारे कहने का अभिप्राय यह है कि समस्त वायुमण्डल आवाजों से भरा हुआ है, जिनमें से कुछ कर्ण-मधुर भी हो सकती है, यद्यपि यह नहीं है कि यदि ऐसा हो तब हम संसार के प्रसिद्ध से प्रसिद्ध गवैयों का गाना सुन सकते हैं, क्या यह भी सम्भव है?”

''हाँ''–मैंने कहा–''परन्तु वायरलेस का सबसे बड़ा व्यावहारिक उपयोग जंगी जहाजों को खबरें देना है। इससे उन्हें समुद्र से ही खबरें दी जा सकती हैं कि कहाँ किस बन्दरगाह पर शत्रु का सामना हो जाने की सम्भावना है। स्थल में भी फौजों को आज्ञा और समाचार आदि देने में यह बड़ा उपयोगी सिद्ध होता है। पुराने ढंग के तार देने के तरीके से यह शत्रु की सेनाओं को नष्ट करने में कहीं अधिक बढ़कर सहायक हुआ है। मैं समझता हूँ कि यह इस समय का सबसे उत्कृष्ट आविष्कार है। आकाश की बिजली को युद्ध की अकथनीय सहायता में लगाना कैसी गौरवपूर्ण बात है।''

उसी क्षण हवा में जोर की घरघराहट सुनाई दी और एक हवाई जहाज भर्राटे के साथ हमारे घर के ऊपर से निकल गया।

''अरे यह इतनी बड़ी चिड़िया कौन है?''–रिप ने खिड़की से देखकर कहा–''मैंने आज तक इससे आधे आकार का भी गिद्ध नहीं देखा!''

''यह एक साधारण हवाई जहाज है।'' मैंने उत्तर दिया, ''जल और थल के ऊपर उड़ने की शक्ति हमने तीस वर्ष पहले आविष्कार कर ली थी, और आजकल तो हवाई जहाज कौओं की भाँति साधारण चीज हो गये हैं।''

''क्या तुम लोग सचमुच ही चिड़ियों की भाँति हवा में उड़ सकते हो?''–रिप ने उत्तेजित होकर कहा–''यह कैसी शानदार बात होगी! मनुष्य सदैव ही वायु में उड़ने के लिए लालायित रहा है।''

''निस्सन्देह, निस्सन्देह!'' मैं बोला–''हम लोग केवल तीन दिन में वायु में उड़कर दक्षिण अफ्रीका पहुँच सकते हैं। भारतवर्ष के लिए तो नियमानुसार हवाई सर्विस हो गई है। परन्तु इस अनोखे आविष्कार का सबसे बड़ा उपयोग शत्रु पर विस्फोटक और आग लगाने वाले बम बरसाना है। इन बमों में प्रायः घातक गैस भर दी जाती है जिससे कुछ घंटों में ही स्त्री, पुरुष और बालक कोई भी न बच सके। जब शत्रु की जनसंख्या ही समाप्त कर दी गई, तब विजय तो निश्चित नहीं है।''

''आपकी बात आश्चर्यचकित करने के साथ ही साथ भयभीत करने वाली भी है।'' रिप ने उत्तर दिया– ''मैं तो यही जानता था कि युद्ध में यह नियम है कि निःशस्त्र प्रजा स्वतन्त्रतापूर्वक जो चाहे, सो करे, उस पर हमला नहीं किया जाता।''

''जी नहीं।'' मैंने कहा–''हवाई जहाज का सबसे बड़ा लाभ तो यही है कि इससे शत्रु के देश में इधर-उधर फैले हुए शान्त ग्रामों को बमों से उड़ाया जा सकता है। लन्दन, पेरिस और बर्लिन जैसे बड़े नगरों को हवाई हमलों का निशाना बनाना और भी आसान है। इस प्रकार इसके द्वारा शत्रुओं का नाश और भी पूरा हो जाता है। हवाई जहाजों के कुछ बेड़े बम बरसाकर बर्लिन को खलिहान बना सकते हैं और समस्त जनता को मार सकते हैं। यह हम लोगों का दूसरा आविष्कार है।''

मिस्टर रिप आश्चर्य से मुँह फैलाये बैठे थे, उनकी मुखाकृति पर भय के चिह्न

स्पष्ट रूप से दीख पड़ते थे।

"हम लोगों ने प्रकृति पर और जो बड़ी-बड़ी विजय पाई हैं। सम्भवतः आप उनके बारे में और भी कुछ जानकर प्रसन्न होंगे।" मैं बोलता गया—"हम लोगों ने एक ऐसे जहाज का आविष्कार किया है, जो समुद्र में पानी के नीचे-नीचे चलता है, उसे हम 'सबमेरीन' कहते हैं।"

"तब तो आप लोगों ने मछली मारने का अनोखा तरीका निकाला है।" रिप ने कहा, "मैं समझता हूँ कि इस जहाज से आप लोग ह्वेल मछली पकड़ते होंगे।"

"नहीं, हम लोग सबमेरीन को इस काम में नहीं लाते।" मैंने उत्तर दिया— "हम लोग उसे केवल शत्रु के जहाजी बेड़े को नष्ट करने में प्रयोग करते हैं। सबमेरीन में बड़ी-बड़ी तोपें और तारपीडो होते हैं जो पानी के भीतर ही भीतर चलते हैं, और बड़े से बड़े जंगी जहाज को चन्द मिनट में ही ऐसे डुबो देते हैं कि कोई भी न बच सके। थोड़े से सबमेरीन तोपों और तारपीडों से लैस हों, और उनके साथ-साथ ऊपर से विस्फोटक और बम बरसाने के लिए हवाई जहाजों का एक बेड़ा हो, तो इंगलैंड के समुद्री बेड़े से दुगुने बड़े-बड़े को भी बहुत सन्तोषजनक रीति से नष्ट किया जा सकता है। उस पर मजा यह कि इसमें न तो व्यय ही अधिक होता है, और न बहुत परिश्रम ही पड़ता है। हमारा यह आश्चर्यपूर्ण आविष्कार भी उसी श्रेणी का है जैसे मेरे बताये हुए पहले दो आविष्कार।"

मिस्टर रिप आश्चर्य से कुछ देर तक अँगीठी की ओर देखते रहे, फिर बोले— "आपने जो बातें सुनायीं, उनसे मेरा मन समस्त मानव जाति के लिए भयंकर आशंकाओं से भर उठा है। इससे तो उन्नति और सभ्यता की सारी आशाएँ ही नष्ट हो जाती हैं। परन्तु क्या संसार विनाश के इन आश्चर्यजनक आविष्कारों का प्रयोग न करने के लिए राजी नहीं हो सकता?"

"इसका उद्योग तो कई बार किया गया", मैंने उत्तर दिया— "मगर अब तक बेकार ही रहा, शत्रु को मारने के लिए जो-जो नये तरीके निकले हैं, अभी मैंने वे सब आपका नहीं गिनाये हैं। ऐसी तोपें निकलती हैं, जो बीस मील की दूरी पर विस्फोटक और आग लगाने वाले बम फेंक सकती हैं। छोटे टैंक निकाले गये हैं जो ऊबड़-खाबड़ पृथ्वी पर भी तीस मील की तेजी से दौड़ सकते हैं। थोड़े ही दिनों में घुड़सवारों का स्थान यही टैंक ले लेंगे। इनकी मार भी घुड़सवारों से ज्यादा कारगर होंगी। और अन्त में यह घोड़ों से सस्ते भी पड़ेंगे। फिर हम लोगों ने बारबेड वायर (कँटीलातार) निकाला है, जो पैदल सेना को आगे बढ़ने से रोकता है। होता यह है कि जब सिपाही इन तारों के जँगले को पार करके घुसना चाहते हैं, वे इसके काँटों और फलों में उलझ जाते हैं और हम लोग दूसरी ओर से अपनी राइफलों से उन्हें बहुत आसानी से उड़ा देते हैं। मैंने स्वयं अपनी आँखों से कोड़ियों सिपाहियों को इस तरह के जाल में लटके हुए देखा है। ये सिपाही यदि गोली से न भी मरें तो भूख-प्यास से तड़प-तड़प कर

मर जाते हैं और जब तक उनके मृतक शरीर सड़ गल कर स्वयं ही नहीं गिर पड़ते, इसमें लटके रहते हैं। बारबेड बायर भी फौज के बहुत कारगर हथियारों में गिना जाना चाहिए और मशीनगन की बात तो मैंने कही ही नहीं। मशीनगन फौज के समूचे दस्ते के दस्ते को भाड़ में चने की तरह भूनकर रख देती है।''

''परन्तु युद्ध के इन सब तरीकों पर बहुत पैसा खर्च होता होगा।'' रिप ने कुछ परेशान-सा होकर कहा।

''निस्सन्देह।'' मैंने उत्तर दिया—''इसके लिए हम लोगों को बहुत व्यय करना पड़ता है। उदाहरण के लिए, इंगलैण्ड की वर्तमान सरकार ने राष्ट्र की रक्षा के सामान की कमी पूरी करने के लिए 3920000000 रुपये का कर्ज़ निकाला है। इस कर्ज़ का सूद साधारण नागरिकों को देना पड़ेगा। फौज, जहाजी फौज और हवाई फौज का साधारण खर्च 1400000000 रुपये इससे अलग हैं। हमें अपनी रक्षा के लिए यह मूल्य चुकाना पड़ता है क्योंकि देश को सुरक्षित तो रखना ही पड़ेगा। एवं सब राष्ट्र भी इसी प्रकार अस्त्र-शस्त्र बढ़ा रहे हैं। अस्त्र-शस्त्रों में यह विशाल वृद्धि युद्ध ही ओर अग्रसर करती है, क्योंकि इन अस्त्र-शस्त्रों से लाभ ही क्या; यदि उनका प्रयोग न किया जाए।''

''परन्तु क्या यूरोप अब ईसाई नहीं रहा? क्या वह दया के अवतार प्रभु ईसा को नहीं मानता?'' मिस्टर रिप ने पूछा—

''लोग कहते तो यही हैं, कि यूरोप ईसा का अनुयायी है।''

मैंने कहा—''परन्तु अब पादरी लोग भी बहुत देशभक्त हो गये हैं। जब युद्ध आरम्भ होता है, तब वे सैनिकों और मल्लाहों को आशीर्वाद दिया करते हैं। एक पादरी तो इतना बहादुर निकला कि पिछले युद्ध में उसने खाकी वर्दी पहन रखी थी मानों रणक्षेत्र में जाने के लिए उतावला हो। हम लोगों ने धर्म नहीं छोड़ा है। लड़ाई में जो लोग मारे जाते हैं, हम उनकी कब्रें बनवाते हैं, और उन कब्रों पर लकड़ी के तनिक-तनिक से सलीब गढ़ देते हैं जिससे मालूम हो कि हम ईसा के अनुयायी हैं। पिछले महायुद्ध में यूरोप के अच्छे से अच्छे 1,00,00,000 नौजवान मारे गये थे।''

''परन्तु आखिर यह लोग एक दूसरे को मारते क्यों हैं?'' रिपेन ने आवश्यकता से अधिक परेशान होकर पूछा—''ये लोग एक दूसरे से इतनी भयंकर घृणा क्यों करते हैं?''

''ओह! वे एक दूसरे से बिल्कुल घृणा नहीं करते।'' मैंने उत्तर दिया।

''तब वे एक दूसरे से लड़ते क्यों हैं?'' उसने फिर पूछा।

''इस मन बहलाव के समय इस प्रश्न का उत्तर देना बड़ा कठिन है।'' मैंने कहा।

''तब माफ कीजिए। मैं अपनी शान्ति-पूर्ण कुटिया में जाकर फिर सोऊँगा। अच्छा सलाम।''

विष कन्या

रिचर्ड गार्नेट

बाल्यकाल से ही मातृस्नेह से वंचित हुई विष कन्या का पालन-पोषण बड़े अद्‌भुत ढंग से हुआ। वह विषधर सर्पों के बीच में पलकर बड़ी हुई। सर्प उसके पालने में क्रीड़ा करते, उसका कोमल मुँह अपनी खुरदरी जुबान से चाटते और उसके छोटे-छोटे हाथों पैरों से लिपटे रहते । वह बिच्छुओं से खेलती और विषधर सर्पों की पूँछ मरोड़ा करती । उसका पिता, जादूगर लुकस्त उसको काले अजगरों का विष खिलाता और बड़े स्नेह और यत्न से उसको रखता। धीरे-धीरे वह बड़ी होने लगी, और उसको अफीम, धतूरा, कुचला और संखिया खाने को मिलने लगा। उसकी आयु के साथ-साथ विषों की मात्रा में भी वृद्धि होने लगी। लुकस्त ने उसकी शिक्षा-दीक्षा का भी भली भाँति ध्यान रखा और उसे सब विषयों में पारंगत कर दिया, केवल विष-विज्ञान से ही वह अनभिज्ञ रखी गई।

हाथ में एक पुस्तक लिये हुए उसने अपने पिता की प्रयोगशाला में प्रवेश किया। उसका सुन्दर मुख-मण्डल क्रोध से तमतमा रहा था, वह बोली–

''देखिए पिताजी! बड़े-बड़े विद्वान भी कभी-कभी कैसी मूर्खतापूर्ण बातें लिख जाते हैं। झूठ की भी कोई सीमा होनी चाहिए। मेरे साथी सर्पों और मेरे प्रिय खाद्य पदार्थों को इस पुस्तक में विषैला, हानिकारक, और प्राणघातक बताया गया है। यही सब खाकर मैं इतनी बड़ी हुई हूँ और इन्हीं सबने मुझे स्वास्थ्य, स्फूर्ति और सौन्दर्य प्रदान किया है। यह भूल से ऐसा लिखा है, अथवा कल्पना और प्रलाप है?''

जादूगर ने कहा–''अब समय आ गया है, कि जो बात मैंने अभी तक गुप्त रखी थी, वह प्रकट कर दी जाए। इसीलिए मैंने तुझे यह पुस्तक पढ़ने का अवसर दिया है। इसमें जो कुछ लिखा है, वह सत्य है। बचपन से ही मैंने तुझे विषैली वस्तुएँ खिलाई हैं, जो साधारण प्राणी के लिए प्राणघातक हो सकती हैं। तेरा समस्त

शरीर-रक्त, मांस और हड्डी विष से ही बना है। मेरी रक्षा विष के प्रभाव को नष्ट करने वाली औषधियाँ करती हैं। मेरे अतिरिक्त और जो भी व्यक्ति तेरे सम्पर्क में आएगा, उसकी मृत्यु हो जाएगी।''

वह कुछ भी न बोली, केवल पिता की ओर देखती रही, अवाक्, निश्चल, निस्पन्द।

लुकस्त फिर बोला—अब इसका कारण सुनो। इस देश के राजा से मेरी पुरानी शत्रुता है। उसने मुझे तो कभी हानि नहीं पहुँचाई, परन्तु उसके पिता ने मेरे पिता की हत्या की थी। अतः मैं अपने पिता के शत्रु के पुत्र के पुत्र का नाश करूँगा। तू विषों की जीती जागती पिटारी है, राजकुमार ढक्कन खोलने का प्रयत्न करेगा, उससे तेरा अत्यन्त लाभ होगा, और उसका नाश हो जाएगा। तू अपूर्व सुन्दरी है, और राजकुमार नवयुवक और अविवाहित है। तेरे स्पर्श से उसकी मृत्यु हो जाएगी और तू उसके प्रेम के चुम्बन द्वारा विष के घातक प्रभाव से मुक्त हो जाएगी।

उसने उत्तर दिया—यदि मुझको राजकुमार पसन्द न आया तो मैं उसके प्रणय का प्रत्याख्यान कर दूँगी और यदि वह मुझको पसन्द आ गया, तो मैं उसकी छाया से भी दूर भागूँगी और उसकी मृत्यु का कारण नहीं बनूँगी।

जादूगर ने पूछा—क्या तू कुछ लाभ भी नहीं उठाना चाहती?

उसने कहा—नहीं।

जादूगर हताश होकर बोला—हाय रे लड़की की जाति! कितने प्यार से हम तुमको पालते हैं, कितने यत्न से तुम्हें शिक्षा दी जाती है, तुमसे हमें कितनी सुखद आशाएँ होती हैं, किन्तु तुम हमारे लिए एक तुच्छ हत्या भी नहीं कर सकतीं। अच्छा तुमको अपनी कृतघ्नता और विद्रोह का उचित फल मिलेगा।

उसने विनीत भाव से कहा—पिताजी, मुझे मेढक तो बनाइएगा नहीं।

जादूगर—अच्छा, मैं तुझे आपने घर से निकाल दूँगा।

पिता के घर से निकलकर वह सोचने लगी कि अब मैं क्या करूँ? क्या संन्यासिनी बन जाऊँ? किन्तु अब तो मैं पारिवारिक सुखों से सदा के लिए वंचित हो जाऊँगी। सम्भव है, कुछ दिनों पश्चात् पिताजी को ग्लानि हो, और वे मुझे क्षमा कर दें।

वह अपने पिता की प्रयोगशाला में से पारस पत्थर का एक टुकड़ा ले आई थी। उसकी सहायता से उसने बहुत-सा स्वर्ण प्राप्त किया और फिर उसने बस्ती से दूर, एक निर्जन स्थान पर अपने रहने के लिए एक मकान बना लिया। वह सबसे अलग रहती थी और किसी भी व्यक्ति की मृत्यु का कारण नहीं बनना चाहती थी। उसने कुरूप, कुत्सित और विकृत अंग के स्त्री-पुरुषों को नौकर रखा था। वे प्रत्येक समय

उसके घर पर पहरा दिया करते थे। किसी भी व्यक्ति का उसके पास पहुँचना असम्भव था। अब उसने विष का व्यवहार भी बिलकुल त्याग दिया और साधारण भोजन पर ही निर्वाह करने लगी। निर्जनता उसको काट खाने की दौड़ती, संसार से अलग रहते-रहते वह तड़प उठती, किन्तु निरुपाय थी। उसका व्यवहार दास-दासियों से भी शुष्क और कठोर था। वे उसे गर्वीली, अभिमानिनी और पाषाणहृदया समझते थे। उनके हृदय उनकी बाह्य आकृति की भाँति कुत्सित, कठोर और कलुषित थे। अपनी स्वामिनी से प्रचुर मात्रा में धन पाने पर भी वे उससे सन्तुष्ट नहीं थे।

अनेकों प्रयत्न करने पर भी वह अपने को संसार की दृष्टि से छिपा न सकी। नगर की स्त्रियाँ उसको ईर्ष्या की दृष्टि से देखतीं और नगर के युवक उस पर पागल थे। वे अनेक प्रकार से उसके पास पहुँचने की चेष्टा करते। दीप-शिखा पर लोलुप शलभ की भाँति प्राण देने के लिए प्रस्तुत रहते थे, उसको प्रेम-पत्र लिखते और उसके यहाँ नौकरी करने के लिए आवेदन-पत्र भेजते। जब वह सवारी पर बैठ कर वायु-सेवन को निकलती, तब वे चारों ओर से उसे घेर लेते।

एक दिन हताश होकर एक दुस्साहसी युवक ने बलात् उसे पकड़ कर ले जाने की चेष्टा की। इसी समय एक और युवक आ पहुँचा और उसने पहले युवक पर आक्रमण किया। शस्त्रों का प्रयोग हुआ और पहला युवक धराशायी हुआ। वह बेहोश हो गई।

जब उसे होश हुआ, तो उसने अपने आपको अपने रक्षक के अंक में पाया। वह उसके अधरों से विषपान कर रहा था। वह उछल कर अलग खड़ी हो गई और उसे बुरा-भला कहने लगी। युवक को उसके इस व्यवहार से बड़ी निराशा हुई। वह चला गया—दुखित, क्षुब्ध और निराश!

वह व्यथा वेदना और अनुताप से तड़प उठी। जिस युवक ने अपने प्राण संकट में डाल कर उसकी रक्षा की, उसके साथ उसने ऐसा कटु, कठोर और हृदयहीन व्यवहार किया। किन्तु वह निरुपाय असहाय और विवश थी। अपने रक्षक की मृत्यु की कल्पना से वह सिहर उठी थी।

उसने कई पुस्तकें मँगवाईं और उन्हें पढ़कर अनुमान किया कि उसका रक्षक विषपान के कारण क्या-क्या कष्ट भोग रहा होगा। उसको कैसी-कैसी यंत्रणा हो रही होगी। उसके पास संवाद आया कि एक युवक मृत्यु-शैया पर पड़ा है और केवल उसके दर्शन से ही उसके प्राण बचने की आशा है। परन्तु उसने जाने से इन्कार कर दिया। उससे आग्रह किया गया, उससे प्रार्थना की गई, किन्तु वह अटल रही।

उसके पास राजा की आज्ञा पहुँची। राजा की आज्ञा को टालना असम्भव था। अवगुण्ठन में अपना मुँह छिपा कर वह राजा के सामने उपस्थित हुई।

वृद्ध राजा ने कठोर स्वर में कहा—कुमारी, तूने मेरे पुत्र के साथ बड़ा कटु.. ।'

वह चकित हो गई। उसने कहा—महाराज, आपके पुत्र?

राजा ने कहा—हाँ तूने मेरे पुत्र के साथ बड़ा निष्ठुर व्यवहार किया है। उसने तेरी सम्मान-रक्षा के लिए, तेरे प्राण बचाने के लिए अपना जीवन संकट में डाला और तुझको बचाया, परन्तु तू ऐसी कृतघ्न है कि अपने रक्षक की प्राण-रक्षा के लिए एक मधुर मुस्कान भी प्रदान करने को प्रस्तुत नहीं।

युवती ने दुखित होकर कहा—महाराज आप मेरा विश्वास करें, मुझे देखकर कुमार का कष्ट दूर नहीं होगा।

राजा ने उत्तर दिया—यदि तू अपना अवगुण्ठन हटा दे, तो मैं इस बात का विश्वास कर सकूँगा।

उसने अनिच्छापूर्वक अवगुण्ठन हटा दिया।

राजा ने विस्मित होकर कहा अपूर्व रूपराशि! अनुपम सौन्दर्य-सुषमा! अवश्य ही तू मेरे पुत्र का प्राण बचाने में सफल होगी। जाओ अभी कुमार के पास जाओ।

वह बोली—मुझसे कुमार का क्या भला होगा? उसके शरीर में तो बृहत्तर विष प्रवेश कर चुका है।

राजा ने कहा—मुझे तो विष की बात नहीं मालूम है।

उसने प्रश्न किया—क्या उसका कलेजा नहीं जल गया है? क्या उसका मांस नहीं गल गया है? क्या खाल सिकुड़ कर शरीर से अलग नहीं हो गई है? क्या वह वमन नहीं कर रहा है?

राजा ने कहा—नहीं तो! जैसी उसकी दशा है, वैसी कभी-कभी मेरी भी हो जाती थी। वह शैया पर पड़ा है न खाता है, न पीता है, बार-बार तुझको ही पुकार रहा है।

वह बोली—समझ में नहीं आता। मेरे पिता की प्रयोगशाला की किसी भी औषधि का ऐसा गुण नहीं लिखा है।

राजा ने अधीर होकर कहा—वाद-विवाद की आवश्यकता नहीं है। या तो कुमार के कमरे में जाओ, और इसके पश्चात विवाह-वेदी पर। नहीं तो फाँसी प्रस्तुत है।

उसने उत्तर दिया—यदि यही आपकी अंतिम आज्ञा है, तो मैं फाँसी पर चढ़ना अधिक पसन्द करूँगी। किन्तु आप मेरा विश्वास करें, मैं यदि कुमार के निकट गई तो उसके जीवन की रही सही आशा भी नष्ट हो जायगी। मैं कुमार से प्रेम करती हूँ, अपनी आत्मा को उसके रक्त से रंजित करना नहीं चाहती।

वह विकल, विवश और विह्वल राजा के सामने पृथ्वी पर लेट गई और उसने राजा को आदि से अन्त तक सम्पूर्ण कथा सुना दी।

वृद्ध राजा की सफेद दाढ़ी को चीर कर हँसी फूट पड़ी। उसने कहा—अच्छा तो

तुम मेरे पुराने मित्र लुकस्त की कन्या हो। मुझको उसकी योजना का पहले ही पता लग गया था, उसने तुम्हें विष दिया और मैंने अपने पुत्र को विष का प्रभाव नष्ट करने वाली औषधियाँ। उसको विष से बिल्कुल हानि नहीं हो सकती। तुम दोनों एक-दूसरे के उपयुक्त हो। उसके कमरे में जाओ, और शीघ्र अपने विषैले प्रभाव को, उसके आलिंगन से नष्ट कर दो। तुम्हारे पिता को भी मैं विवाह में निमंत्रित करूँगा, क्योंकि उसने हमें बताया है कि प्रेम का चुम्बन प्रत्येक रोग की अमोघ औषधि है।

मुर्गी की दार्शनिकता

गोंसलाय

किसी मुर्गी का अण्डा अत्यन्त चंचल था। बराबर लुढ़कता रहता था। मुर्गी बेचारी का नाक में दम था। बार-बार उसे लुढ़काकर अपने नीचे छिपा लेती, मगर वह चंचल जोर लगाकर लुढ़क जाता और इधर-उधर ढुलकने लगता। मुर्गी क्रोधावेश में कहती—"ऐसा मालूम होता है कि इस अण्डे के भीतर कोई बहुत ही नटखट बच्चा है। देखना चाहिए, बाहर आकर क्या गजब ढाएगा।"

ज्यों ज्यों करके सेने के दिन समाप्त हुए। अण्डा टूटा बच्चे ने अपना नन्हा-सा सिर बाहर निकाला, चारों ओर आश्चर्य से देखा और माँ से बोला—

"अम्मा! मैं यह क्या देख रहा हूँ? यह कैसा जादू है?"

उत्पन्न होते ही बालक को बातें करते देखकर माँ सहम गई और आश्चर्य एवं भय से पंख फड़फड़ाने लगी। फिर सोचने लगी— "हो न हो यह बच्चा बड़ा होकर अवश्य ही लड़ाका मुर्ग निकलेगा।" पर ध्यानपूर्वक देखने से पता चला कि यह तो मुर्ग नहीं मुर्गी है।

रात-दिन वह इस चंचल बच्चे कि निगरानी किया करती। उसे यह देखकर आश्चर्य होता था कि उसके और सब बहन-भाई तो सीधे-सादे थे, मगर इस चंचल का पैर एक जगह नहीं जमता था, दिनभर इधर से उधर फुदकता फिरता था।

सायंकाल के समय माँ ने उसे पुकारा—"आओ, सो रहो।" और तो सब दौड़ आए, मगर वह चंचल बच्चा न आया। सुनी-अनसुनी करके वह कूदता फाँदता ही रहा। माँ ने बहुत-सी आवाजें दीं, चुमकारा और डराया, धमकाया, मगर वह पास न आया। इस पर माँ को भी क्रोध आ गया, और उसने रगेद-रगेद कर उस चंचल को बहुत ठोंगे मारी। फिर भी वह काबू में न आया। उसने खड़े होकर माँ को घूरना आरम्भ किया। माँ ने झुँझलाकर कहा—

"कलमुँही कहीं की, सोने क्यों नहीं आती।"

नन्ही मुर्गी ने गम्भीरतापूर्वक कहा—"रात को ही क्यों सोना चाहिए? दिन में सोने में क्या हर्ज है?"

इतने में घर की सेविका आ गई और 'कुट-कुट' करके मुर्गियों को दरबे की ओर बुलाने लगी। उसकी आवाज को सुनकर नन्ही मुर्गी को अत्यन्त आश्चर्य हुआ। फिर वह सोचने लगी—"बच्चों के पर पीले क्यों हैं, और बड़ों के रंग-बिरंगे क्यों हैं?"

आयु के साथ-साथ मुर्गों की आवाज भी परिष्कृत होती गई, वह सदैव अनोखे-अनोखे काम और अजीब बातें किया करती थी—"मुर्गों के शीश सुन्दर केश राशि से अलंकृत हैं और मुर्गियाँ सिर मुंडी हैं, ऐसा क्यों है? मुर्ग इन केशों पर कैसे इतराते फिरते हैं। और प्रातः सायं कैसी शान से बाँग देते हैं। बड़ों का तो कहना ही क्या छोटे मुर्ग भी कैसे अकड़ कर चलते हैं और बचपन से ही डकराने लगते हैं, जैसे यही शाहजादे हैं और मुर्गियाँ इनकी सेविकायें हैं। यह सब इस प्रकार फूले फिरते हैं, मानो यही अण्डे देते हैं, यही उन्हें सेते हैं और यही बच्चे निकालते हैं।"

ऐसी ही भावनायें उस नन्ही-सी मुर्गी के छोटे से मस्तिष्क में बराबर चक्कर लगाया करती थीं। दिन प्रतिदिन मुर्गों के प्रति प्रकृति के पक्षपात से उसका क्रोध बढ़ता ही गया, यहाँ तक कि उसने मुर्गों से खुल्लमखुल्ला विद्रोह की ठान ली।

एक दिन वह अपनी बहनों और सखियों से बोली—"बहनो! क्या तुम नहीं देखतीं कि ये मुर्ग घमण्ड के मारे कैसे फूले-फूले फिरते हैं? हमें कुछ समझते ही नहीं। हमारे लिए तो यह बड़ी लज्जा की बात है। तुम सबका स्वाभिमान कहाँ चला गया? यदि तुम मेरी बात मानो तो तुम्हें एक अच्छी सलाह दूँ। तुम्हें चाहिए कि मुर्गों को धता बताओ। ऐसी हो जाओ कि उन्हें जैसे जानती ही नहीं। हम सबको उनके विरुद्ध एक हो जाना चाहिए। ज्यों ही कोई लाल केश दिखाई पड़े, हमें तुरन्त मुँह फेर लेना चाहिए। आँख उठाकर भी उनकी ओर न देखना चाहिए।"

नासमझ मुर्गियों ने अपनी दार्शनिक सहेली का प्रस्ताव सर्वसम्मति से स्वीकार कर लिया, परन्तु जल्दी ही उनमें फूट पड़ गई। समझ आते ही प्रत्येक मुर्गी अपना ढंग बदल कर प्रकृति के वशीभूत हो जाती, वह सोचने लगती, क्या यह बिगाड़ अकारण है।

एक-एक करके सभी मुर्गियाँ उस दार्शनिक मुर्गी से अलग हो गईं और उससे घृणा करने लगीं। वह जब कभी कुछ कहने को चोंच खोलती, तुरंत सबकी सब उस पर टूट पड़तीं। कुछ दिनों के पश्चात दार्शनिक मुर्गी ने देखा कि उसके सब पर नोच लिए गए, पूँछ भी गायब है, लंडूरी होकर रह गई है। अब वह मुर्गियों के सामने बैठने से भी लजाने लगी और अलग-थलग रहने लगी भाँति-भाँति के प्रश्न उसके मन में

उठते। एक दिन उसने सोचा कि इतने बहुत से अंडे प्रतिदिन कहाँ चले जाते हैं? बच्चे उत्पन्न होते ही कहाँ गायब हो जाते हैं? यह मैली कुचैली स्त्री प्रतिदिन यहाँ क्यों आती है? अपनी झोली में वह अंडे क्यों भरने लगती है? मुर्गियाँ उसे देखकर भयभीत हो जाती हैं और भागने लगती हैं, पर फिर क्षण भर के पश्चात इस संकट को भूल क्यों जाती हैं? मुर्गे की बाँग सुनते ही सब संताप त्रास भुला देती हैं।

उसे बड़ी-बूढ़ी मुर्गियों की कहावत याद आई कि संसार चक्र प्रकृति के नियमों पर चल रहा है और उसमें कभी भी बाधा नहीं पड़ती। मुर्गी ने सोचा कि इस कथन की सत्यता की जाँच करनी चाहिए। मन में यह बात ठान कर उसने अपने बचे-खुचे पर फड़फड़ाये, कूद कर दीवार पर जा बैठी। दीवार के नीचे कूड़े का ढेर था, घूरे पर अंडे के छिलके पड़े दिखाई दिये, अब वह सन्नाटे में आ गयी। चित्रलिखित-सी देर तक देखती रही, फिर एक लम्बी-सी ठंडी साँस भर कर उसने आप ही कुटकना आरम्भ किया–"अच्छा, अब मैं समझी! मुर्गियों का अथक परिश्रम इस प्रकार अकारथ जाता है! अंडे देना और फिर उन्हें सेना! इस परिश्रम का यह परिणाम? हमारे आनन्द की किलोलें, हर्ष की तरंगें, मुर्गों का अभिमान और मुर्गियों की ममता बिल्कुल व्यर्थ है! क्या यह सब इसी कूड़े के ढेर के लिए हैं?"

वह बहुत देर तक अंडों के छिलकों को टकटकी बाँध कर ऐसी करुण दृष्टि से देखती रही, जैसे किसी रणक्षेत्र का निरीक्षण कर रही हो। वह भय चकित होकर थरथरा रही थी। फिर जात्याभिमान ने जोर मारा, क्रोध से काँपते हुए अपनी पूरी आवाज से वह चिल्लाने लगी। मुर्गियों ने यह शंखनाद सुना, बात यह थी कि दार्शनिक मुर्गी भाषण फटकार कर उन्हें खरी-खोटी सुना रही थी, उनकी मूर्खता का रोना रो रही थी। मुर्गियों को यह बड़ा बुरा मालूम हुआ, वे सब उस पर पिल पड़ीं और नोच खसोट कर उसका कचूमर निकाल दिया। फिर एक बड़ी बूढ़ी मुर्गी ने उससे कहा–"बावली कहीं की! तुझे किसी माँ का ममता और बच्चों के दुलार की क्या खबर? संसार के समस्त सुख अंड़ों पर बैठी हुई माँ की प्रसन्नता की तुलना में कुछ नहीं, जब वह अंडे अपनी छाती के नीचे दबाये रहती है। सूर्य के उदय-अवसान का मार्ग जोहती रहती है। यह कल्पना कितनी सुखद होती है कितने बच्चे सफेद होंगे, कितने लाल और पीले! अपने पिता के समान बाँग देने वाले नयनाभिराम मुर्गे कितने होंगे? कितनी अलबेली मुर्गियाँ निकलेंगी और अपनी माता जैसी सुन्दर सूरत पायेंगी। अरी, यदि तुझे ज्ञात हो जाय कि बच्चों के पालन-पोषण में माता को कितना आनन्द आता है तो फिर तेरे मुँह से कभी ऐसी बातें ही न निकले। जब यह रहस्य तुझे ज्ञात हो जाएँगे, तो कभी अपनी-अपनी बहनों और सहेलियों को बुरा-भला न सुनाया करेगी। तेरी अनर्गल बातें सुनने के लिए किसी के पास समय नहीं है, हम सब अपना कर्तव्य पालन कर रही हैं। जिसे अपने कर्तव्य का ज्ञान होता है, उसे

बातें बनाने का अवकाश नहीं होता।''

दार्शनिक मुर्गी देखती थी, किसी बिल्ली या चील को झपटते देखकर मुर्गियाँ, मुर्गों के पीछे छिप जाती हैं। इस दुर्बलता पर जब वह आक्षेप करती, जो सब एक साथ चिल्ला उठतीं–''नासमझ इस अनर्थवाद ने तेरा मस्तिष्क खराब कर दिया है। तुझे क्या मालूम कि हमारे हृदय आमोद से कैसे उछलने लगते हैं, जब हमारा सरदार अपना सिर ऊँचा करके 'कुकड़ू कूँ' करता है।''

यह सुनकर उसके दुख का पारावार न रहता था। वह मन ही मन सोचती–इन नादानों से इससे अधिक आशा की ही नहीं जा सकती कि वह सदैव मुर्गों का गुणगान करती रहें। मुझसे बड़ी हैं तो क्या? समझ तो लेशमात्र भी नहीं है।''

ईश्वर ने इस दार्शनिक मुर्गी को दीर्घायु बनाया था, ताकि जीवन के सभी रहस्य उसे अवगत हो जाएँ। एक दिन वह दरबे की छत पर चढ़ गयी, और पिछवाड़े की ओर देखने लगी। ...उफ! कैसा भयानक दृश्य था!... क्या देखती है कि बावर्ची हाथ में छुरी लिये हुए मुर्गियों को काट रहा है। वे तड़पती हैं, फड़कती हैं, लोटती हैं, खून के छींटे उड़ते हैं, और फिर ठंडी हो जाती हैं।

अब जीवन की गुत्थी उसके लिए सुलझ गयी। उसने गर्दन उठायी और चिल्लाकर कुछ कहना चाहा, मगर मुँह से आवाज तक न निकल सकी। थोड़ी देर के पश्चात् होश सँभाल कर उसने कहना आरम्भ किया–''सचमुच यह निरी मूर्खता है! रात-दिन अंडे सेना, बच्चे निकालना, उन्हें पालना-पोसना, उन्हें दाना चुगाना–सब व्यर्थ है! हाँ, ओ बहिनो! इस अथक परिश्रम का परिणाम क्या, जब तुम्हारा भविष्य ही अन्धकारमय है? जब तुम्हारा जीवन सर्वथा निरीह है? माना कि बच्चे निकल आये, वह बहुत मनमोहक भी सही। पर इसके पश्चात् वह खा-पीकर मोटे हों और छुरी की धार पर चढ़ा दिये जाएँ? यह भी कोई जीने में जीना है!''

दार्शनिक मुर्गी ने इन समस्याओं पर इतनी मगजपच्ची की, कि उसका माथा दुखने लगा वह सोचने लगी कि माता को कैसा हृदय विदारक शोक होता होगा, जब पेट से निकलते ही गर्म-गर्म अंडा उससे छीन लिया जाता होगा। फिर उसके नेत्रों के सामने यह भयंकर दृश्य आ गया, जिसका सामना निश्चय सभी भोले-भाले बच्चों को करना पड़ेगा... अर्थात् बावर्ची की छुरी!

अब उसे मालूम हुआ कि माँ यदि बच्चों को यह बात नहीं बतलाती उन्हें जान-बूझकर अज्ञान में रखती है और उन्हें माया जाल में जिसे जीवन कहते हैं, फाँस देती है, तो इसमें उसका अपराध नहीं, वह स्वयं असमर्थ है।

मगर यह कपट जाल कितना भयावना है, जिसने मातृप्रेम को भी बेबस कर दिया है, जिसने पावन हृदयोद्गार को भी कलुषित कर डाला है, जिसे इस आकाश के तले सबसे निर्मल और पवित्र प्रेम होना चाहिए। इस प्रकार विचार-सागर में डुबकियाँ लगाते हुए वह दार्शनिक मुर्गी ऐसी गुम हुई कि बेसुध होकर छत के नीचे

आ गिरी। उसने अपने कल्पना कुरंग को बहुत ऐड़ लगाई, अन्त में वह इस नतीजे पर पहुँची कि समस्त संसार की मुर्गियों को अंडे देना बन्द कर देना चाहिए, उसके विचार में मुर्गियों के निस्तार का केवल यही एक मार्ग था।

इस निर्णय से उसके भावों में बड़ी उथल-पुथल मच गई। पागलों के समान इधर-उधर दौड़ने लगी, और चोंच पीस-पीस कर पूँछ के पर नोचने लगी। फिर उसने निश्चय किया कि वह अपने सिद्धांतों का प्रचार करके अपनी जाति की अवनति को रोकेगी।

अब वह सब मुर्गियों से अलग रहने लगी। माँ, बहन, चाची, मामी—सबसे मेल-जोल बन्द कर दिया। एकान्त में बैठ कर अपने विचारों के प्रोपेगंडे के मंसूबे गाँठा करती।

एक रात उसे बिलकुल नींद न आयी। पौ फटते ही वह बाहर निकल गयी, और आँगन में प्रातः समीर के मजे लेने लगी सामने दीवार में एक छेद दिखाई दिया, वह चुपके से उसके द्वारा बाहर निकल गई उस समय सूर्य की प्रथम किरण वायु-मंडल में थिरक रही थी। क्या देखती है कि घरों पर टूटे हुए अंडों के निकट एक बाँका मुर्ग गर्दन उठाये अपनी मधुर बाँग द्वारा बाल-सूर्य का स्वागत कर रहा है।

न जाने किस प्रकार पलभर में उस दार्शनिक मुर्गी ने अपने आपको उस मुर्गे के निकट खड़ा पाया। वह एक मूर्ति की भाँति वहाँ खड़ी थी और मुर्गे के सुडौल शरीर और सुन्दर डैनों को उत्सुक दृष्टि से ताक रही थी। उसके पर बाजू के निकट हरे हो गये थे, और उसकी पूँछ कमान के समान तन गई थी।

अब मुर्गे ने भी पैंतरा बदला, राजाओं के समान बड़े रोब से उसने कदम उठाया। बादशाहों जैसी शान से वह आगे बढ़ने लगी। भरी हुई सुडौल पिंडलियाँ, राजसी ठाठ से तौर-तौर कर बढ़ाता हुआ, सिर की कलगी को थिरकाता, लाल मणि के समान चमकदार ठोढ़ी को बिचकाता हुआ, दो धारी चोंच खोले हुए, संग्राम के लिए तैयार, बाँग देते हुए—मानो रण-भेरी बजाते हुए, दार्शनिक मुर्गी को अर्थ पूर्ण दृष्टि से निहारते हुए, वह आगे बढ़ता आता था।

मुर्गी को तन बदन का होश न रहा, सजीले मुर्गे के कान्त कलेवर ने जैसे जादू कर दिया। किंकर्त्तव्यविमूढ़, वह चुपचाप खड़ी थी। उसे केवल इतनी सुध थी कि वह उस पर अपने प्राण भी न्योछावर करने को तैयार थी।

मुर्ग धीरे-धीरे बढ़ता पास पहुँच गया और हर्षातिरेक से नाचने लगा। उसने मुर्गी की परिक्रमा की। अंडों के छिलके उस सूरमा के पैरों तले चूर-चूर हो रहे थे, और उनके टूटने की आवाज मुर्गी के कान में पहुँच रही थी, पर उस समय तो जैसे वह बहरी हो रही थी, उसे कुछ सुनाई न देता था। फिर सहसा उसे मुर्ग के परों की फरफराहट सुनाई दी। अब तो वह बिल्कुल दीवानी हो गई। उसे कुछ सुझाई न देता था। इस आत्म-विस्मृति के समय सहसा उसे जान पड़ा कि वह दुल्हन बन गई है।

भीषण भूल

टामस हार्डी

शरदऋतु की एक सायंकाल को वेसेक्स के दक्षिणी तट पर स्थित, 'रोज़र' नामक एक मल्लाह अपनी जन्मभूमि हैवेनपूल में उतरा! वह व्यापार कार्य के लिए न्यूफाउण्डलैण्ड गया था, और वहाँ दो गर्मियाँ और एक जाड़ा व्यतीत करके आज ही लौटा था। इस बीच इस छोटे से बन्दरगाह में भी कई एक ऐसे परिवर्तन हो गए थे, जिनका सम्बन्ध स्वयं रोज़र से भी था।

उसके जाने से कुछ समय पूर्व उसकी एक मात्र बहिन एडिथ, एक सम्माननीय नागरिक स्ट्रोकर की धर्म पत्नी बन चुकी थी। रोज़र के बसले देकर एक यही सम्बन्धी थे। जहाज़ से उतर कर वह सीधा उनके घर की ओर को ही चल पड़ा परन्तु वहाँ पहुँचकर उसने देखा कि उसमें ताला पड़ा है। निकट खड़े हुए एक व्यक्ति से पूछने पर ज्ञात हुआ कि उसके बहनोई की मृत्यु हुए लगभग 18 मास व्यतीत हो चुके हैं।

और इसके पश्चात् मेरी बहिन एडिथ? रोज़र ने तुरन्त पूछा।

उसने दूसरा विवाह कर लिया है। लगभग 12 मास से वह विवाहित है। मैं इस बात की सत्यता का प्रमाण तो प्रस्तुत नहीं कर सकता, पर अगर अभी तक उसका विवाह नहीं हुआ है, तो अब हो जाना चाहिए।

रोज़र के मुख पर शोक की घटा-सी छा गई, वह स्वभाव से ही उग्र था। उसने अपने उत्तरदाता से विस्तृत वर्णन करने की प्रार्थना की।

उस मनुष्य ने बताया कि एडिथ के पति-मृत्यु के कुछ ही दिन पश्चात् एक अपरिचित व्यक्ति यहाँ आया था, उसने एडिथ को चिन्तित देखा और उसके यौवन और एकाकीपन से आकर्षित होकर बहुत थोड़े समय में ही उससे घुल मिलकर उसे अपने साथ ले गया और अब पता चला है कि उसने उसके साथ विवाह भी कर

लिया। यद्यपि वह समुद्र मार्ग से आया था, पर स्थल मार्ग से वह बहुत दूर का रहने वाला नहीं जान पड़ता। नवदम्पति की मौजूदगी का अन्तिम समाचार ऊजवुड गाँव से मिला था, वे वहाँ बौल नामक इमारती लकड़ी के व्यापारी के मकान में रहते थे। उस व्यक्ति ने रोज़र को यह भी बताया कि एडिथ अब भी वहीं पर रहती हैं, मगर उसका पति—यदि कानून के अनुसार उसका पति ही हो—उस स्थान पर कभी-कभी ही आया करता है।

अपरिचित भाई! रोज़र ने उससे पूछा—क्या तुमने उसे देखा है, वह कैसा आदमी था?

मुझे वह अच्छा नहीं लगा। उसने कहा—वह लुका छिपी-सी करता हुआ मालूम पड़ता था। एडिथ को साथ ले जाते हुए वह बार-बार सिर घुमा कर पीछे की ओर देखता जाता था, जैसे उसे किसी पीछा करने वाले की आशंका हो। यद्यपि यह उसकी व्यर्थ की ही चिन्ता थी। मैं उसे अच्छा आदमी नहीं समझता।

क्या मेरी बहिन से वह आयु में कुछ बड़ा था?

जी हाँ? काफी बड़ा, दोनों की आयु में बारह से बीस का अन्तर हो सकता है। सम्भव है, वह किसी उच्च कुल का मनुष्य हो, और केवल वासना-पूर्ति के लिए ही उसने यह काम किया हो। कौन जानता है कि उसका पहले ही विवाह हो चुका हो, और उसकी पहली पत्नी भी मौजूद हो! आजकल गण्यमान्य व्यक्ति प्रायः ऐसा ही करते हैं।

क़ब्रस्तान में जाकर पहले तो रोज़र ने अपने कुटुम्बियों की कब्रों के दर्शन किए। फिर अगले दिन वह ऊजवुड गाँव की ओर चल पड़ा। वहाँ पहुँच कर लकड़ी के व्यापारी बौल का मकान तो उसे तुरन्त मिल गया, मगर अपनी बहिन के पास पहुँचने में उसे समय लगा। बात यों थी कि मकान वालों को आदेश था कि किसी अपरिचित व्यक्ति को पता न दिया जाए।

ऊपर के कमरे में एक कुर्सी पर एडिथ बैठी थी, उसकी गोदी में एक बालक था, जिसे वह दूध पिला रही थी। मगर इस समय बालक सोया हुआ था। अकेली होने के कारण इस समय युवती माता को भी आलस्य आ गया था, और वह भी हल्की-सी झपकी ले रही थी, जीने पर पैरों की आवाज़ सुनकर वह चौंक पड़ी और सहसा उसके मुँह से हर्ष की एक चीख-सी निकल पड़ी, उसने दौड़कर द्वार खोला। ऊपर वाली बड़ी सीढ़ी पर उसे अपना भाई दिखाई पड़ा।

अरे भइया तुम! मुझे तो तुम्हारी तनिक भी आशा न थी। वह बोली—ओफ रोज़र, मैं समझी थी कि जौन आए हैं। उसके स्वर में निराशा थी।

रोज़र ने अपनी बहिन का एक चुम्बन लिया। और कुछ क्षण तक उसकी ओर कठोरता से देखता—या घूरता-सा रहा। फिर बालक की ओर संकेत करता हुआ

बोला—तुम्हारा मतलब इसके पिता से है?

हाँ, वे मेरे पति हैं। एडिथ ने कहा।

सम्भव है, ऐसा ही हो। उसने उत्तर दिया।

नहीं रोज़र, मेरा विवाह हो गया है, वास्तव में विवाह हो गया है। उसने क्रन्दन-सा करते हुए कहा।

यदि यह बात सत्य है, तो तुम्हें धिक्कार है, यदि असत्य है, तो भी सौ बार धिक्कार! श्री स्ट्रोकर ईमानदार मनुष्य थे और उनकी स्मृति का सम्मान तुम्हें कुछ अधिक दिनों तक करना चाहिए था। तुम्हारा पति कहाँ है?

वे यहाँ समय-समय पर आया करते हैं। मैं समझी, कि इस समय जौन ही आये होंगे। कुछ समय तक हमारा विवाह गुप्त रखा जाएगा। कई अनिवार्य कारणों से विवाह छिपाकर किया गया था, परन्तु हमारा विवाह ईमानदार आदमियों की भाँति गिरजाघर में हुआ था—बेचारे स्ट्रोकर की मृत्यु के छः मास पश्चात्!

तुमने पुनर्विवाह शीघ्र कर लिया। रोज़र ने कहा।

मैं अकेली मकान में रहती थी—न कहीं जाना न आना। तुम समुद्र पार सुदूर फाउंडलैण्ड में गये थे—जौन मेरे पास आये, और मुझे यहाँ ले आये।

किस-किस दिन वे यहाँ आते हैं! रोज़र ने पूछा।

सप्ताह में एक या दो बार। उसने उत्तर दिया।

अच्छा होता, यदि तुम मेरे लौटने तक ठहरी रहतीं। उसने कहा—सम्भव है, तुम पत्नी ही हो। मुझे ऐसा ही समझना चाहिए। अगर यह ठीक है, तो फिर लुका-छिपी क्यों? यह रहस्य क्यों? इस छोटे से निर्जन जंगली गाँव में इस तंग और टूटे-फूटे मकान में तुम रहती कैसे हो? तुम्हारा पति कहाँ का निवासी है? और क्या करता है?

वे एक कुलीन वंश के हैं। उनका नाम जौन है। वे लन्दन के निवासी हैं, मगर आज कल यहाँ निकट ही दूसरे जिले में रहते हैं। उनका पूरा नाम मुझे मालूम नहीं है।

निकट वाले जिले में किस स्थान पर?

मैं नहीं जानती। मुझसे यह भेद कोई न जान ले, इसलिए उन्होंने मुझे बताना उचित न समझा। उनके सम्बन्धियों और मित्रों में विवाह की बात प्रकट हो जाने से उनकी और मेरी हानि हो सकती है।

एडिथ के भाई की मुखाकृति क्रोध से तमतमा उठी—हमारे वंश के लोग सदैव से ईमानदार होते आये हैं, और उनकी प्रतिष्ठा प्राचीन काल से है। जिस मनुष्य के विषय में तुम कुछ भी नहीं जानतीं, उसके हाथों का खिलौना बनने के लिए तुम क्यों तैयार हो गईं।

एक दूसरे से खिंचे हुए से, वे इस प्रकार बातें कर ही रहे थे कि एडिथ चौकन्नी होकर कुछ सुनने लगी, उसके तेज कानों में कोई आवाज आ रही थी, वह बोली—आज उनके आने की रात है न? आज शनिवार है।

डरो न बहिन! रोज़र ने उत्तर दिया। मैं जाने वाला ही हूँ, मैं यहाँ उपस्थित रहना नहीं चाहता। यदि तुम्हें उचित न जान पड़े, तो मेरे आने का जिक्र भी न करना। बाहर जाने से पूर्व मैं तुमसे एक बार पुनः मिलूँगा।

यह कहकर वह कमरे से बाहर चला गया और जीने से उतर कर सामने वाले द्वार से ही निकला, जिससे आगन्तुक की झलक दिखाई पड़ जाय। मगर इस बीच में वह सवार चुपचाप पीछे की ओर चला गया। रोज़र ने झाँक कर देखा, तो उस मनुष्य को अपने ही हाथों अस्तबल में घोड़ा बाँधते हुए पाया।

पास ही एक होटल था, वहाँ जाकर रोज़र विचार मग्न हो गया। उस मनुष्य को इस प्रकार गुपचुप आता देख कर उसने निश्चय कर लिया कि वह अपनी बहन की स्थिति का ठीक-ठीक पता लगा कर ही वहाँ से हटेगा। रोज़र जानना चाहता था कि एडिथ वास्तव में उसकी पत्नी है अथवा बहकावे में आकर उस अपरिचित का शिकार हो गई है। थोड़ा-सा खा-पीकर वह होटल से निकला, अब 11 बज गये थे। पहले उसने अस्तबल में जाकर देखा, तो घोड़ा अब भी बँधा हुआ था। कुछ देर तक तो वह अपनी बहिन के द्वार के पास दुचित्ता-सा खड़ा वाट जोहता रहा। आधा घण्टा ऐसे ही व्यतीत हो गया, वह होटल में ही वापस जाकर रात काटने की सोचने लगा। वह सोच ही रहा था कि बहिन के कमरे से उसे कुछ आहट मालूम हुई। द्वार के निकट लकड़ियों के ढेर के पीछे वह छिप गया। जैसा कि रोज़र का ख्याल था, आगन्तुक उसी मार्ग से बाहर निकला, जिससे वह भीतर गया था। द्वार खुला और एडिथ के हाथ की मोमबत्ती ने एक क्षण के लिए सवार का आकार प्रदर्शित किया, वह दीर्घ देहधारी एक रूपवान पुरुष था। आयु उसकी लगभग चालीस के होगी और सूरत शक्ल से प्रतिष्ठित व्यक्ति मालूम होता था। चेस्टर पहनने में एडिथ उसे सहायता दे रही थी। फिर एक चुम्बन लेकर आगन्तुक ने विदा माँगी, द्वार के निकट खड़ी होकर एडिथ सवार को घोड़ा कसते और लगाम लगाते देखती रही। जब वह घोड़े पर सवार हो गया, तो उसने प्रस्थान के लिए हाथ हिलाकर इशारा किया और सड़क पर घोड़ा ले गया।

जिस घोड़े पर वह जा रहा था, वह रोज़र को लँगड़ाता-सा दिखाई दिया, इसलिए उसने अन्दाज़ा लगाया कि सवार की यात्रा अधिक लम्बी नहीं है। रोज़र काफी तेज चल सकता था, वह सवार का पीछा करने लगा। ऐसी निस्तब्ध रात्रि में कुछ मीलों तक घोड़े की टापों की आवाज सुनकर चले जाने में उसे कुछ अधिक कठिनाई न हुई—विशेषकर जबकि सवार बार-बार रुकता जाता था। पीछा करते-करते उसे जान

पड़ा कि सीधी सड़क से जाने की बजाय वह मनुष्य तंग रास्तों से होकर जा रहा है। रोज़र के ख्याल के विपरीत अब यात्रा लम्बी दिखाई पड़ने लगी। वह घोड़े के पीछे दौड़ते-दौड़ते बे-दम हो गया। सवार का नाम-धाम जानने के लिए पीछा किया था, उसमें भी निराशा होने लगी। सहसा तारों के प्रकाश मे उसे दिखाई दिया कि एक ओर घास के ढेर के पास ही एक खच्चर खड़ा है, जो रह-रहकर घास में मुँह मारता जाता है। रोज़र ने लपक कर उसको पकड़ लिया और उस पर चढ़कर उस बेखबर सवार के पीछे-पीछे हो लिया। अन्त में इतना ही कहना काफी होगा कि अरुणोदय से कुछ समय पूर्व. अपनी बहिन के प्रेमी अथवा पति को रोज़र ने एक सुन्दर पार्क के भीतर प्रवेश करते हुए देखा। अब रोज़र भी खच्चर से उतर पड़ा, कुछ ही दूर पर उसे एक छोटा-सा द्वार मिला और उसमें से होकर वह भी पार्क के भीतर चला गया। उसे वृक्षों के बीच में झलकता हुआ एक विशाल भवन दिखाई दिया, इससे पूर्व उसने कभी ऐसा सुन्दर स्थान न देखा था। घास पर, वृक्षों के नीचे, रविवार के मन्द प्रकाश में रोज़र इस मनोहर रमणीय प्रासाद के सामने खड़ा हो गया, उसे एकटक निहारता रहा। उसे आश्चर्य हो रहा था कि उसकी बहिन का प्रेमी और घोड़ा—दोनों भवन के पार्क में पहुँच कर कहाँ गायब हो गए।

अब रोज़र को पक्का विश्वास हो गया कि उसकी बहिन की स्थिति में कोई न कोई खराबी अवश्य है। हरी-हरी घास पर चलता हुआ वह एक कुंज के नीचे पहुँचा, अधिक जानकारी प्राप्त करने के लिए वह एक वृक्ष पर चढ़ने को सोचने लगा था कि निकट ही उसे एक सूखी घास का ढेर दिखाई पड़ा, वह उसी ढेर में घुसकर छिप गया और कुछ रोटियाँ, जो उसने चलते समय अपनी कोट की जेब में रख ली थीं—निकाल कर पेट पूजा करने लगा। रात भर का जागा और थका हुआ तो था ही, नर्म-नर्म घास पर लेट कर थोड़ी ही देर में खर्राटे भरने लगा। काफी देर तक वह गहरी नींद में सोता रहा, घंटा बजने की आवाज सुनकर जब उसकी आँख खुली, तो घास के ढेर में से उसने झाँक कर देखा, कि दिन खूब चढ़ आया है, भगवान भुवन भास्कर की प्रखर किरणें चारों ओर फैली हुई हैं। घंटे की आवाज निकट के एक गिरजे से आ रही थी और रविवार की प्रार्थना के लिए लोगों को बुला रही थी। क्षण भर पश्चात् उसने देखा कि एक पादरी साहब हरी घास को पार करते हुए, एक छोटे से द्वार से गिरजाघर के पूर्वी भाग में घुसे। फिर उस भव्य-भवन के बड़े द्वार से गृहस्वामी भी सपरिवार निकले। गृहस्वामी वही थे, जिन्हें रोज़र ने पिछली रात को अपनी बहिन के मकान पर देखा था। उनके साथ एक मोटी-सी महिला, दो लड़कियाँ और एक लड़का भी था। वे सब के सब गिरजे में चले गए। अब घंटा बजना बन्द हो गया था, मार्ग निष्कंटक देखकर रोज़र भी अपने छिपने के स्थान से निकल आया। धीरे-धीरे चलता हुआ, जब वह गिरजाघर के जीनों पर पहुँचा, तो रसोई घर की ओर से

आता हुआ एक नौकर उसे दिखाई दिया। देर हो जाने पर भी वह प्रार्थना में सम्मिलित होने जा रहा था, रोज़र ने बेपरवाही से उसे बुलाया और यात्री-सा बन कर पूछने लगा—क्यों भाई, इस भवन से अभी निकल कर जो महाशय गिरजे में गए हैं, वे कौन हैं?

वाह! आप तो बिल्कुल ही अनजान मालूम होते हो, जानते नहीं, वे सर जोन, उनकी पत्नी और उनके बालक हैं।

मैं परदेशी हूँ, मैं क्या जानूँ। अच्छा, सर जोन का पूरा नाम क्या है?

सर जोन हार्सल। उन्हें जितना धन अपने पिता से मिला है, उतना ही अपनी माता से, और कुछ अपनी पत्नी से भी मिला है। उनकी पत्नी मिस्टर रिचर्ड फिलिप्यन की पुत्री है, जिन्हें सभी लोग जानते हैं।

सम्भव है, ठीक हो, या न भी हो। ऐसे धनाधीश और कुलीन वंश के स्वामी के लिए प्रार्थना करने को तुम्हें देर न हो जाए, इसलिए तुम्हें तुरन्त गिरजे में चला जाना चाहिए। इधर मुझे भी कई मील जाना है।

यह कहकर रोज़र वहाँ से चल दिया। चलते-चलते वह सोचता जाता था—कि अब उस बेचारी मूर्खा एडिथ का क्या होगा? हाय री मूर्खा स्त्री! मुझे पहले ही सन्देह था। उसने बहुत ही जल्दबाजी से काम किया, वह सदैव से ही शृंगार प्रिय रही है। ईश्वर ही जाने, अब उसका क्या होगा? यह समाचार मैं उसे कैसे सुनाऊँगा? और यह भी कैसे हो सकता है कि उसे वास्तविक बात न बताई जाए। मेरे पिताजी के उज्ज्वल नाम पर यह कलंक का टीका! धूर्त, बदमाश कहीं का! सहसा घूम कर उसने गिरजा और उसमें उपस्थित समुदाय को घूँसा दिखाया और फिर अपनी राह ली।

शायद चित्त की व्याकुलता के कारण, अपनी बहिन के मकान की ओर सीधी राह से न जाकर, रोज़र केस्टर ब्रिज वाले लम्बे राजमार्ग से जाने लगा। केस्टर ब्रिज के होटल में उसने खूब मद्यपान किया और दो-तीन रातें सैर-तफरीह में वहीं बिता कर लम्बा चक्कर काटता हुआ शुक्रवार की रात को हैवेनपूल पहुँचा। परिचित वस्तुओं के दृश्य से कुछ सान्त्वना मिली। अगले दिन प्रातःकाल वह फिर ऊजवुड की ओर चल पड़ा। अपने मन में वह सोचता जाता था कि आज शनिवार है, पहले की भाँति आज रात को भी सर जोन फिर उसे एडिथ के घर मिलेंगे।

उसने मार्ग में जानबूझ कर देर लगाई, और सूर्यास्त से कुछ देर पहले ही ऊजवुड पहुँचा। बाग के किनारे हरी घास के मैदान में उसकी बहिन टहल रही थी, बालक आया की गोद में था। निकट आने पर एडिथ, रोज़र की ओर व्यग्रता से देखने लगी, उसके गुलाबी गालों और निर्मल नेत्रों में उसकी चिन्तित स्थिति स्पष्ट झलक रही थी, पर अपने भाई के उदास और सूखे चेहरे को देखकर क्षण भर के लिए उसके हृदय से अपनी तथा बालक की चिन्ता जाती रही।

अरे, क्या तुम बीमार हो रोज़र? तुम बहुत थके हुए दिखाई देते हो! इतने दिन कहाँ रहे? तुम कुछ दिनों तक मेरे साथ ही क्यों नहीं रहते? मेरे पति बाहर रहते हैं, मेरे घर में एक अलग कमरा है, उसमें तुम रह सकते हो। तुम्हारी न्यू फाउण्डलैण्ड की यात्रा के विषय में तो उस दिन तो कुछ बातें ही नहीं हो सकीं। तुम यकायक चले क्यों गए थे?

भीतर चलो। उसने कहा—हम अब बातचीत करेंगे, खूब बातें करेंगे। इस बालक को अच्छा हो, यदि नदी में फेंक दो। इससे इसका और तुम्हारा दोनों का हित होगा।

एडिथ बलपूर्वक हँसी, खूब जोर से हँसी। जैसे इस कथन से उसे कोई अच्छा परिहास दीख पड़ा हो, और फिर दोनों चुपचाप घर के भीतर चले गए।

कैसा बुरा घर है! रोज़र ने कोठरी को देखते हुए कहा।

वाह! देखो, कैसा सुन्दर है!

जैसा मैं देख चुका हूँ, उसके मुकाबले में यह कुछ भी नहीं। क्या उसने तुम्हारे साथ गिरजाघर में साधारण ढंग से विवाह किया था?

हैवेनपूल के अपने गिरजे में विवाह अवश्य हुआ था।

क्या गुप्त रीति से?

हाँ, अपने मित्रों के कारण विवाह रात के समय हुआ था।

अरी मूर्खा एडिथ! इतने पर भी वह तेरा पति नहीं है। तू उसकी पत्नी नहीं है, और यह बालक जारज सन्तान है! उसकी पत्नी और बालक और हैं और वे लोग ही उसका नाम धारण कर सकते हैं, उसकी सन्तान कहला सकते हैं। तुम समझती हो कि उसका नाम केवल जोन है पर उसका असली नाम सर जोन हार्सले है। ध र्म और न्याय के नाम पर वह तुम्हारा पति नहीं है, ओफ! विवाह संस्कार से भी आज कल स्त्रियों की कुछ रक्षा नहीं होती।

एडिथ का मुँह सफेद हो गया। यह सब झूठ है, रोज़र! उसने कहा—भइया! तुम शराब पिये हुए हो, इसलिए तुम्हें पता नहीं कि तुम क्या कह रहे हो! तुम्हारी समुद्रयात्रा ने तुम्हें बुरी-बुरी बातें सिखा दी हैं।

एडिथ! मैं अपनी आँखों से उन्हें देख चुका हूँ। मैं उन्हें, पत्नी और बालकों, सबको देख चुका हूँ। तुम कैसे...

बढ़ते हुए अन्धकार में वे बैठे हुए बातें कर रहे थे, कि इतने में बाहर से पैरों की आहट हुई। इस द्वार से चले जाओ—एडिथ ने कहा—यह मेरे पति हैं। मैं नहीं चाहती कि वे तुम्हें इस दशा में देखें। यदि तुम्हें मेरा तनिक भी खयाल हो तो कल तक के लिए चले जाओ।

एडिथ ने अपने भाई को एक द्वार से धकेल दिया, जो पीछे के जीने की ओर

जाता था। रोज़र के बाहर जाते ही नवागन्तुक ने प्रवेश किया। किन्तु रोज़र जीने की सीढ़ियों से उतर कर बाहर नहीं गया, वह खड़ा रहा और द्वार की दराजों से झाँकने लगा। यदि आने वाले सर जोन ही हुए, तो उनसे भिड़ने की उसने ठान ली।

वह सर जोन ही थे, उनके आते ही एडिथ ने लैम्प जला दिया, उन्होंने बालक के कपोलों पर प्रेमचिह्न अंकित किया और पत्नी के मुख की ओर देखते हुए, कोमलता से उसके कन्धे पकड़ते हुए बोले—मेरी प्रियतमा को कुछ दुख अवश्य है। उन्होंने कहा—कहो क्या बात है? तुम्हें क्या चाहिए?

ओह जोन! (रुआँसी-सी होकर कहा)—मैंने बड़ी भयानक बात सुनी है—उसका क्या अभिप्राय है? जिसने मुझसे कहा है, वह अपना ही आदमी है, उसे अवश्य धोखा हुआ है, पर किसने धोखा दिया और क्यों? प्यारे जोन! मैंने अभी सुना है कि मुझसे विवाह करते समय तुम्हारी एक पत्नी मौजूद थी और अब भी वह तुम्हारे घर पर मौजूद है।

पत्नी? हूँ!

हाँ और बालक भी। कहो, नहीं, ऐसा नहीं है।

ईश्वर की शपथ, तुम्हारे अतिरिक्त मेरी और कोई धर्मानुसार भार्या नहीं है। और रहे बालक, इस बालक को छोड़कर बाकी सब जारज सन्तान हैं।

और तुम सर जोन हार्सले हो?

हाँ, हूँगा। पर मैंने तुम्हें कभी नहीं बताया।

किंतु सब लोग जानते हैं, कि सर जोन की पत्नी है और बालक भी हैं।

सर जोन नीचे की ओर देखने लगे। और कुछ देर पश्चात बोले—तुम्हारे मन में यह बातें किसने भरी हैं।

मेरा एक निकट सम्बन्धी आया हुआ है।

बदमाश! हम दोनों के जीवन को यह कम्बख्त क्यों बर्बाद करना चाहता है? ओफ! हाँ तुमने एक बार कहा था कि तुम्हारा कोई भाई समुद्र-यात्रा पर गया है, वह आज कल कहाँ है?

"यहाँ!" निकट से ही आवाज आई। और दरवाजा खोलकर रोज़र, सर जोन के सामने आ खड़ा हुआ। झूठा, बेईमान! उसने कहा—तू अपने आपको इसका पति बताता है।

उत्तेजित होकर सर जोन ने रोज़र पर आक्रमण किया। रोज़र ने उसका कालर पकड़ लिया, और दोनों गुँथ गये। और उसमें दोनों ही गिर पड़े, रोज़र नीचे था। पर कुछ ही क्षण में रोज़र ने अपना दाहिना हाथ बाहर निकाल लिया और अपनी जेब में से चाकू निकाला, जो उसकी गर्दन में लिपटी हुई एक डोरी से बँधा था और दाँतों से उसे खोलकर उसने अपने ऊपर पड़े हुए सर जोन की छाती में भोंक दिया। इन

दोनों को लड़ते देखकर अपने बालक की रक्षा के लिए एडिथ भागकर दूसरे कमरे में चली गई थी। जब वह लौटी तो उसने रोज़र के गले में अपने पति का पंजा ढीला होता हुआ देखा। खून से लथ-पथ सर जोन लुढ़क पड़े और कराहने लगे।

अपने भाई को बुरा-भला कहती हुई एडिथ अपने पति के शरीर से बहते हुए रक्त का प्रवाह रोकने की कोशिश करने लगी। उसने रोज़र से तुरन्त निकल जाने के लिए कहा—खिन्न चित्त रोज़र कुछ देर के लिए रुका और फिर खिड़की से कूदकर वह बाहर चला गया।

X X X

अपने जीवन की अन्तिम घड़ियाँ गिनते हुए सर जोन ने बता दिया लेडी हार्सले मेरी भार्या कही जाती है, और उनसे मेरे तीन बालक भी हुए हैं, कई वर्ष पूर्व मेरा उनका विवाह हुआ था, तब वे डेंसिमस स्ट्रांग की विधवा के नाम से प्रसिद्ध थीं। वास्तव में उनके पूर्व पति की मृत्यु नहीं हुई थी, विवाह के कुछ समय पश्चात् उनका पति गायब हो गया था, तब से उसका कोई पता नहीं चला। पर दो वर्ष हुए मैंने उस व्यक्ति को फ्रांस में जीवित देखा था। चूँकि लेडी हार्सले अपने आपको मेरी ही भार्या समझती थीं, इसलिए मैं उन्हें क्षुभित और दुखित नहीं करना चाहता था। पर औरस सन्तान की इच्छा से मैंने समस्त हाल बादशाह हेनरी अष्टम को सुनाया, उन्होंने मुझे तुम्हारे साथ विवाह करने को उत्साहित किया, इसलिए तुम, और केवल तुम ही मेरी धर्मपत्नी हो। लोक अपवाद से बचने के लिए ही मैं ठीक अवसर के आने तक यह घटना गुप्त रखना चाहता था, पर अब मेरे ही सम्बन्धी ने मुझ पर सन्देह करके आक्रमण किया है, अतः इन संकल्पों तथा और सब बातों में मेरा उत्साह जाता रहा है। अब मैं अपनी आत्मा ईश्वर के भरोसे पर छोड़ता हूँ।

उस अँधेरी रात में जब चारों ओर घने जंगल में उल्लू बोल रहे थे और एबोन नदी पुल के खंभों से टकराकर घर-घरा रही थी, सर जोन ने अपनी पत्नी की गोदी में प्राण विसर्जन कर दिए।

अपने पति की मृत्यु के सम्बन्ध में, इस कलह की बात को छोड़कर एडिथ ने और कोई बात नहीं छिपाई, जब तक अपनी स्थिति का पक्का प्रमाण न मिल जाय, तब तक इस बारे में कुछ कहना उसे ठीक न मालूम हूआ। पर एक मास के भीतर ही इस गुप्त विवाह से उत्पन्न पुत्र बीमार हुआ और एडिथ को अकथनीय शोक सागर में डुबा कर इस संसार से सदा के लिए चल बसा। बस, तभी से हार्सले परिवार की समस्त कीर्ति और यश से एडिथ की रुचि हट गई। उसने अपनी स्थिति प्रमाणित करने के लिए कोई चेष्टा भी नहीं की। वह सेविका के साथ अपनी जन्म-भूमि हैवेलपूल को चली गई और मृत्यु पर्यन्त अज्ञात-सी ही बनी रही। एवं इस प्रकार अपने भाई की भीषण भूल का परिणाम भोगती रही।

'पत्र'-प्रतिनिधि

पाँसीवेज़

सज्जनो, देखते हो कि यह कार्यालय अमरीकन ढंग पर है। मेरे सामने का यह टाइप राइटर अमरीकन है, और यह जिस मेज़ पर रखा है, वह भी अमरीकन है। बिजली का प्रकाश करने का यह ढ़ग भी अमरीकन है। यहाँ तक कि जिन कलमों से हम लिखते हैं, वे भी अमरीकन बनी हुई है। मेरा प्रस्ताव है कि अब राजनीतिक चर्चा और विज्ञापन-बाज़ी भी अमरीकन ढंग पर ही हुआ करे। हाँ, सज्जनो! यदि पेरिस का सम्पादक-मण्डल मौलिकता की छटा दिखलाना चाहता है, तो उसके लिए एक यही उपाय है कि वह अपने समाचार-पत्र भी अमरीकन ढंग पर चलाया करे। साहित्यिक पुट वाले लेखों की अब आवश्यकता नहीं, जानता-साहित्य का मर्म ही नहीं समझती, जब हम उसके पढ़ने के लिए ऐसे विषयों के लेख प्रकाशित करते हैं, जिनको वह समझ नहीं पाती, तब वह नाराज हो जाती है। वह तो घटनाओं का हाल जानना चाहती है— वास्तविक घटनाओं का, क्योंकि जनता वास्तविक वस्तु है। साथ ही उसके मन है, हृदय है। हमें इन्हीं को रिझाना चाहिए। सनसनी उत्पन्न करने वाली घटनाओं के समाचार प्रतिदिन छापने चाहिए। आओ, अब हम लोग पूर्ण अमरीकन बन जायें।

सम्पादक-मण्डल एक अत्यंत सुसज्जित कार्यालय में चुपचाप बैठा 'प्रजा-पुकार' के स्वामी के मुँह से निकले हुए, उपर्युक्त आदेश सुन रहा था। उस समय पेरिस में 'प्रजा-पुकार' ही सबसे अधिक अपटुडेट और सुन्दर पत्र समझा जाता था। "संसार के सब भागों से तार और फोन द्वारा हमारा निजी संबंध है।" यह उक्ति उसके प्रत्येक अंक में मुख्य पृष्ठ पर छपती थी।

अपनी अमेरीकन मेज़ के कोने से खड़े होकर 'प्रजा-पुकार' के स्वामी ने अपने इन विचारों को प्रकट किया था। वह अपनी कुहनी मेज के अग्रभाग से टेके हुए खड़ा था और आत्मातुष्टि के भाव से मन ही मन मुस्करा रहा था। उसे अपनी वक्तृत्व शक्ति

का गर्व था। उसने अपने मन में कहा— संभव है मिस्र के पिरामिड के नीचे बोनापार्ट ने अधिक जोरदार व्याख्यान दिया हो, परन्तु वह अधिक प्रगल्भ नहीं हो सका होगा। क्योंकि सच्ची प्रगल्भता सत्य बातों को स्पष्ट रूप से उपस्थित करने की शक्ति को कहते हैं।

कुछ दिनों के पश्चात् 'प्रजा-पुकार' के संवाद-दाताओं में से गस्टन लाँगू नामक एक अत्यंत सीधे-सादे संवाद-दाता ने पत्र के स्वामी के पास अपना कार्ड भेजा, उसे किसी आवश्यक कार्य के संबंध में उससे भेंट करनी थी। लाँगू जवान आदमी था, पर न तो वह अधिक सुन्दर था और न कुरूप ही; न लंबा था, न ठिंगना, न मोटा था न दुबला, न काला था न श्वेत, न चतुर था न मूर्ख। इसीलिए जिस कार्यालय में पहले वह काम करता था— वहाँ उसके एक साथी ने हँसी में उसका नाम 'दि मिडवे'—बीच का—रख दिया था।

'प्रजा-पुकार' का स्वामी लाँगू को बहुत चतुर समझता था, क्योंकि उसने बेलग्रेड हत्याकांड के समय निम्नलिखित सनसनी खेज शीर्षक समाचार के साथ दिए थे, कहना न होगा कि इन शीर्षकों का जनता पर खास प्रभाव पड़ा था।

प्रिंस से सनसनी खेज भेंट!

रहस्योद्घाटन से इन्कार!!

इसी लिए पत्र के स्वामी ने कहा था कि उसमें असली अमरीकन प्रतिभा है और वह उसे प्रकट कर सकता है। अतएव उसका कार्ड पाते ही वह उत्साह और आश्चर्य के साथ लाँगू से भेंट करने को तुरंत तैयार हो गया। अमरीकन सजधज के साथ शीघ्रतापूर्वक बाहर आकर वह तेजी से अपने रिपोर्टर से मिला। उसने कहा— अरे मूर्ख! अपने मामले की बातें जल्दी क्यों नहीं कहते। कृपया केवल मुख्य-मुख्य बातें ही कहिएगा।

अपने स्वामी के ढंग की यथा संभव नकल करके रिपोर्टर ने उसी प्रकार उत्तर दिया— महाशय! पेरिस से 38 मील पर ओसेएट-सोमे का मुख्य नगर कार्जेविली है, इसके रेलवे स्टेशन के निकट के छोटे जंगल में एक खून हुआ है।

उपेक्षा के भाव से पत्र-स्वामी ने कहा— ऐसी घटनाएँ तो प्रायः प्रतिदिन होती रहती हैं।

रिपोर्टर ने कहा— परन्तु यह साधारण घटना नहीं है। हम इसमें बड़ी भारी सनसनी उत्पन्न कर देने का मसाला पा सकते हैं, उससे जनता अधिक समय तक उत्तेजित रखी जा सकेगी। आपके पत्र की बिक्री दस गुनी बढ़ जाएगी। मैंने एक स्कीम सोची है, उसके अनुकूल इस घटना में खास तौर से कुछ बातें मौजूद हैं।

क्या है तुम्हारी स्कीम? जल्दी बताओ न।

शव नंगा और अंग भंग मिला है। उसका पहिचानना असंभव है। हाथ-पैर और

सिर गायब है। अभी तक कोई नहीं पहिचान सका है कि यह किस की लाश है। निश्चयपूर्वक केवल एक ही बात जानी जा सकती है कि लाश स्त्री की है। और संभवतः किसी जवान स्त्री की। हत्यारे की छाया तक का पता नहीं है। पुलिस या तो उसका पता नहीं लगा सकी या वह वैसा करना ही नहीं चाहती।

और तुम्हारी कल्पना?

मैं कार्जेविली जाऊँगा। वहाँ ऐसे ढंग से रहूँगा, जिससे लोगों का मुझ पर सन्देह हो। वैसी ही कुछ बातें भी कह दूँगा, मानो मेरे मुँह से अचानक ही निकल गई हैं। वे मुझ पर संदेह करेंगे, मुझे पकड़ेंगे, हवालात में डालेंगे और मुझ पर मुकदमा चलाया जायेगा। मैं अपने आप को हत्या का अभियुक्त हो जाने दूँगा और अपने रक्षक को कुछ फीस देकर हवालात से प्रतिदिन एक लेख प्रजा-पुकार के लिए भेजने का प्रबन्ध करूँगा। उसमें हत्या के अपराध में किसी अभियुक्त बन्दी के मानसिक भावों का वर्णन रहेगा। असली रहस्य उसमें किसी भी तरह नहीं खुलने पायेगा और इधर आप अपने पत्र में मेरे उक्त विषय पर एक बड़ा भारी विवाद छेड़ सकते हैं। इस संबंध में आपको विवाद में विजय पाने वाले के लिए एक लाख फ्रैंक की घोषणा करनी पड़ेगी। जो मेरे लेख से यह अनुमान करेंगे कि मैं अपराधी हूँ, या निर्दोषी हूँ, उन्हें अपने निर्णय के समुचित कारण बता कर उसे पुष्ट भी करना पड़ेगा। यहाँ यह समझ लेना चाहिए कि पुरस्कार पाने वालों में आधे दर्जन लोग अपने ही होंगे। यह लोग यह काम कुछ डालर पा जाने पर कर देंगे। इसी को अमरीकन पद्धति कहते हैं। क्या आप मेरी बात समझ गए?

पत्र-स्वामी ने आश्चर्य से आँखें फैला कर कहा— लाँगू, तुम सचमुच एक चतुर रिपोर्टर हो। जाओ अपनी स्कीम के अनुसार काम करो। मुकदमा आरंभ होने से पहले जब तक तुम गिरफ्तार रहोगे, तुम्हारें रहने के लिए कमरे तथा दूसरी सुख की सामग्रियों का प्रबन्ध करने में जो व्यय होगा, वह सब दफ्तर से दिया जाएगा। भगवान् करे, तुम्हारी स्कीम सफल हो।

लाँगू कार्जेविली के आस-पास के स्थानों से अपरिचित नहीं था। वहाँ की एक जवान और सुन्दर स्त्री से उसका प्रेम था और वह मध्यम श्रेणी की महिला थी। पिछली गर्मियों में वह स्त्री कई सप्ताह तक अपने गाँव में रही थी और उसने लाँगू को भेंट करने के लिए अपने गाँव में कई बार आने भी दिया था। परन्तु उसकी यह भेंट और मुलाकातें पवित्र भाव से होतीं थीं। उस स्त्री के पति ने उसे दो वर्ष से छोड़ दिया था, वह कहाँ चला गया था? जीवित है या मर गया है? इस बात का पता किसी को नहीं था। इसी लिए उसने लाँगू से विवाह करने का वायदा कर लिया था। परन्तु इस कार्य में बाधा यह थी कि न तो उसे अभी तक तलाक की डिग्री प्राप्त हुई थी और न यह निश्चय था कि वह विधवा है या सधवा है?

कार्जेविली पहुँच कर एक दिन से भी कम समय में लाँगू ने अपनी स्कीम को ऐसे ढंग से कार्य में परिणत किया कि दो खुफिया पुलिस वालों ने उसे तुरन्त पकड़ लिया और घसीटते हुए मजिस्ट्रेट के पास ले गए।

उद्देश्य के इतनी शीघ्र सफल हो जाने से लाँगू को बड़ी प्रसन्नता हुई। वह द्वेषपूर्ण मुस्कराहट के साथ मजिस्ट्रेट के सामने जाकर खड़ा हो गया। वास्तव में महत्त्व की बात केवल यह थी कि भेद की बात शीघ्र ही न खुलने पाये, क्योंकि उस दशा में वह शीघ्र ही छोड़ दिया जाएगा और तब उसे अपना वही रिपोर्टरी का पुराना धन्धा फिर करना पड़ेगा। अतएव उसने मजिस्ट्रेट के सामने अंग्रेजी ढ़ग ग्रहण किया। अंग्रेजी कानून में यह है कि जब तक अपराध सिद्ध नहीं हो जाता, तब तक प्रत्येक अभियुक्त निरपराध समझा जाता है।

उसने कहा– महाशय! मैं अपनी सफाई देने का प्रयत्न नहीं करूँगा। आप मुझ पर अपराध का आरोप करते हैं, अतएव अपराध का सिद्ध करना आप का काम है।

मजिस्ट्रेट ने कहा– तो भी अभियोग की सत्यता या असत्यता के जानने में तुम अपनी सफाई देकर मेरी बहुत कुछ सहायता कर सकते हो।

लाँगू ने दृढ़ता से कहा– मैं अपनी सफाई के सम्बन्ध में एक भी बात नहीं कहूँगा। जब आप अपने समस्त प्रमाण एकत्रित कर लेंगे, तब मुझे जो कुछ कहना होगा, कहूँगा। यदि आप ठीक ही मुझ पर अभियोग लगायेंगे, तो मुझे कुछ भी नहीं कहना होगा।

मजिस्ट्रेट ने टोका– यह तो अपराध को स्वीकार करने जैसा ही हुआ।

लाँगू ने उत्तर दिया– तनिक भी नहीं। यह तो सावधानी मात्र है। कभी-कभी बिल्कुल ही निर्दोष व्यक्तियों को जिरह के चक्कर में डाल कर उनके मुँह से कोई ऐसी बात कहलवा ली जाती है, जो बाद को उनके प्राणों की ग्राहक होती है। इससे मैं मौन ही रहूँगा।

लाँगू लगातर दो-तीन दिन तक दृढ़ता के साथ अदालत में चुप रहा। उससे बराबर प्रश्न किये जाते थे, पर वह उदासीन ही बना रहा। इधर इन तीन दिनों तक मामले की जाँच भी खूब होती रही।

चौथे दिन लाँगू ने ज्यों ही मजिस्ट्रेट की ओर देखा, उसे तत्काल ज्ञात हो गया कि कोई न कोई नई बात अवश्य हुई है! उसने अपने मन में सोचा– आज मजिस्ट्रेट अधिक प्रसन्न दिखाई देता है, मालूम होता है उसे मेरी चाल मालूम हो गई है और अब मुझे मुक्त करने वाला है। अरे इतनी जल्दी? कैसी बुरी बात हुई।

मजिस्ट्रेट कहने लगा– लाँगू, जैसी तुम्हारी इच्छा हो, उत्तर दो चाहे न दो। अब कोई हर्ज नहीं है। तुम्हारें सम्बन्ध में हमें सारे प्रमाण मिल गये हैं और अब मैं तुम्हारे

मामले को सेशन सुपुर्द करता हूँ।

रिपोर्टर मुस्कराहट के साथ अपने मन को सन्तुष्ट किया।

मजिस्ट्रेट कहता गया— देखते हो, केवल एक बात के कारण मैं हिचकिचाता था, वह अपराधी के पहिचानने की बात थी। किसी व्यक्ति के मार डालने के अपराध में किसी पर हत्या का अभियोग लगाना तब तक कठिन है, जब तक यह बात न मालूम हो जाय, कि हत्यारा कौन व्यक्ति है?

मुस्कराकर लाँगू ने कहा— हो सकता है।

परन्तु जिस स्त्री की हत्या हुई है, उसका भी पता अब मुझे मिल गया है।

बहुत अच्छा हुआ। क्या आप मुझे भी उसका पता बता देने की कृपा करेंगें?

हाँ, अभी बताता हूँ, परन्तु पहले मैं यह बताऊँगा कि ठीक-ठीक हुआ क्या था?

लाँगू को इस बात का विश्वास था कि वह जब चाहेगा, एक बात कह कर प्रमाणों की समस्त विशाल इमारत को ध्वंस कर सकता है। वह कह देगा कि यह सब झूठ है। मैंने किसी को नहीं मारा है, यदि मेरा विश्वास न हो तो 'प्रजा-पुकार' के स्वामी को बुलाकर पूछ लो। उसने कहा— मैं भी सब हाल जानने के लिए बहुत उत्सुक हूँ!

मजिस्ट्रेट कहने लगा— उस अभागी स्त्री को प्रेम की आशा थी, पर मिली उसे मृत्यु उसका प्रेम पाप-पूर्ण था, उसके लिए उसे बड़ी निर्दयता से दण्ड दिया गया है।

लाँगू बीच में बोल उठा। उसने कहा— अरे तो क्या उसको मारने वाला उसका प्रेमी ही है?

हाँ,लाँगू! उसका प्रेमी ही है। उसका वध 10 अक्टूबर की शाम को हुआ था।

मेरी समझ में यह 12 वीं तारीख की संध्या की घटना है।

लाश का पता 12 वीं तारीख को लगा था। हत्या 48 घंटे पहले हुई थी।

और यह सब आपको कैसे मालूम हुआ?

क्योंकि 10 वीं की रात को तुम गुप्त रीति से पेरिस से गायब हो गये। उसी रात से उस स्त्री को किसी ने नहीं देखा, वह बेचारी तुम्हारा शिकार बन गई। यह घटना-संयोग विश्वसनीय और अकाट्य् है।

इस समय ऐसा मालूम होता था कि लाँगू किसी ऐसी बात पर विचार कर रहा है जो अभी तक उसके ध्यान में नहीं आई थी। सहसा मजिस्ट्रेट ने उससे पूछा— 10 अक्टूबर की रात को तुमने क्या किया था?

इस प्रश्न ने स्पष्ट रूप से अभियुक्त को चक्कर में डाल दिया। मेरा उत्तर नहीं है। यह तो आपको ही बताना चाहिए कि मैंने क्या किया था।

मजिस्ट्रेट ने कहा— बहुत अच्छा! सुनो, तुम सन्धा को 7 बजे पेरिस से चले।

नौ बजे कार्जेविली पहुँचे। लौटते समय तुम साढ़े ग्यारह की एक्सप्रेस से आये, और 1 बजे पेरिस को लौटे। परन्तु तुम अपने घर सबेरे साढ़े सात बजे से पहले नहीं पहुँचे।

किसने मुझे यह यात्रा करते देखा?

किसी ने नहीं।

क्योंकि तुम रूप बदले हुए थे। सम्भवः तुम किसी प्रकार अपने आपको छिपाये-सा रहे। और यह सावधानी ही तुम्हारे अपराध का प्रमाण है। जब कोई आदमी यात्रा की तरह यात्रा करता है, तब वह इस बात की परवाह नहीं करता, कि कौन मुझे देखता है, और कौन पहचानता है। अपने शिकार को मार डालने तथा उसकी लाश को अंग-भंग करने के लिए तुम्हारे पास ढाई घंटे का समय था, जो बिल्कुल काफी रहा होगा। तुम्हारे शिकार ने भी पेरिस की उसी ट्रेन से छोड़ा था, जिससे तुमने।

लाँगू ने व्यंग्य से कहा– यथार्थ घटना के रूप में जो कुछ मसला पुलिस जुटा सकती है, वह अद्‌भुत ही होता है।

मजिस्ट्रेट का कथन लाँगू को बिल्कुल ही अत्युक्ति पूर्ण जँचा। किन्तु प्रबल चिंता के आगे एकाएक उसकी दृढ़ता ने जवाब दे दिया।

मजिस्ट्रेट कहता गया– तुम्हारे साढ़े सात बजे से पूर्व घर न पहुँचने का यह कारण था कि तुमने गाड़ी से उतरते ही स्टेशन के निकट के होटल में रात्री व्यतीत करने का निश्चय किया था। होटल का नाम बताकर मजिस्ट्रेट ने कहा–और यह दौड़-धूप क्यों? इसलिए कि मौके पर मौजूद रहना न प्रमाणित हो। तुमने एक दिन उस होटल को एक बनावटी नाम से तार दिया था और अपने रहने के लिए एक कमरा रिर्जव कराया था। सायंकाल को तुम एक स्त्री को साथ लिए उस होटल में जाकर ठहरे। उसी स्त्री का अब पता नहीं है। रात को एक बजे तुम होटल के बाहर उसी प्रकार दिखाई दिए, जैसे तुम चार घंटे पूर्व दिखाई दिए थे। तुमने सोचा था कि इसी बीच में तुम्हारे जाने के सम्बन्ध में किसी ने कुछ न कहा होगां अतएव तुम कार्जेविली की यात्रा करने से इन्कार करते। यह सब बहुत कुछ सोच-विचार कर किया गया था। परन्तु वही तुम्हारी कल्पना कर सारा अपव्यय अपराध के प्रमाण स्वरूप आगे आकर खड़ा हो गया। एक निर्दोष यात्री को अपने आस-पास का उतना ध्यान नहीं रहता है, उसके सम्बन्ध में क्या हो रहा है, उसकी चिन्ता करने की उसे जरूरत नहीं रहती है, किसो होटल में अमुक निश्चित समय पर पहुँच जाने की सूचना देने का कष्ट भी वह स्वीकार नहीं करेगा। अब तुम अपना बयान दो कि 10 अक्टूबर की रात तुमने कैसे व्यतीत की।

लाँगू पीला पड़ गया था। उस तारीख के अपने कार्यों का ठीक-ठीक वर्णन करना उसके लिए असम्भव था। वास्तव में मजिस्ट्रेट को जो समाचार मिला था, वह

ठीक था। यह बात सत्य थी कि उसने जिस होटल का कमरा अपने लिए रिजर्व कराया था और जिसका नाम मजिस्ट्रेट ने लिया था, उसमें वह अपने साथ एक स्त्री को भी ले आया था और वहाँ उसके साथ भोजन किया था। केवल अपकीर्ति के विचार से वह स्त्री सार्वजनिक भोजनालय या किसी जलपान गृह में नहीं गई थी। इसी कारण दोनों अपने को छिपाये रहे। शिष्टता के विचार से भी वह अपनी साथिन का नाम नहीं बता सकता था।

उस स्त्री ने ही भेंट करने का प्रस्ताव किया था। भेंट का कार्य सर्वथा पवित्र था। लाँगू से उसका विवाह होने की सम्भावनाएँ बढ़ती जाती थीं, इन्हीं के सम्बन्ध में उसे परामर्श करना था। परन्तु अपनी बुद्धिमानी के कारण वह न तो उसके घर गई थी और न उसे अपने घर ही बुलाया था। इसी से उक्त होटल में एक एकान्त कमरे का उपयोग किया गया था। अब उस स्त्री को सामने आना और कहना चाहिए कि 10 वीं अक्टूबर की रात को 8 बजे से 11 बजे तक गैस्टन लाँगू अमुक होटल के कमरे में मेरे साथ रहा। तभी उसके विरूद्ध लगाए गए अभियोग का समाधान होगा। परंतु ऐसा होना न तो सम्भव था और न आवश्यक ही। क्योंकि अभियुक्त को निश्चिय था कि उसके बोल देने भर से ही उस मामले की समाप्ति हो जायेगा। जब आवश्यकता होगी, तभी वह अपनी विचित्र स्कीम की बात खोल देगा, कह देगा अपने पत्र के प्रचार के लिए उसने अपनी स्कीम को कार्य में परिणत भर किया है। इसके अतिरिक्त और किसी बात की आवश्यकता भी नहीं थी। मुकदमें को समाप्त कर देने के विचार से वह अपना भेद खोलने ही को था कि मजिस्ट्रेट ने उसे जोश में देख कर एक और धक्का दिया। उसने कहा–

जिस स्त्री को तुमने कर्त्तव्य से च्युत किया है, उसका पता हमें मिल गया है। पहले उसे तुम पेरिस के होटल में ले गए और फिर कार्जेविली में उसका वध करने के लिए ले गए। हमने उसके नाम का, उसकी पद मर्यादा का, उसके सम्बन्ध की प्रत्येक बात का पता लगा लिया है। यद्यपि उस स्त्री का शव भयंकर रूप से अंग-भंग कर दिया गया था, तो भी वह पहचान ली गई है। उसका नाम मैडम वालस्टीन है और वह टमटिलेस-कार्जेविली की रहने वाली है।

लाँगू ने चिल्लाकर कहा– मैडम वालस्टीन, असम्भव है! वह नहीं मरी है।

मजिस्ट्रेट ने कहा–अब यह अभिनय बन्द करो, तुम जानते हो कि वह मर गई है और तुम्हीं ने उसे मारा है।

लाँगू बोला–नहीं, इसमें भूल है, बड़ी भयंकर भूल है। तनिक विचारने की बात है कि मैं उसका प्रेमी होकर उसका वध कैसे कर सकता हूँ? महाशय! मैंने झूठ ही हत्यारा होने का बहाना किया था। मैं रिपोर्टर के काम का अनुभव प्राप्त करता था, इसी प्रकार की बात थी। 'प्रजा-पुकार' के स्वामी को समस्त हाल मालूम है, मैंने अपनी

स्कीम उन्हें बताई थी और उनके आदेशानुसार ही यह प्रबन्ध किया गया था।

बहुत ठीक है, तुम अपनी यह कहानी जजों के सामने कहना।

परन्तु आप मेरा विश्वास करें, मैडम वालस्टीन की मृत्यु नहीं हुई है।

मेरे पास उसके मृत्यु का सर्टिफिकेट है। यह उसके लापता हो जाने की बात के सिद्ध हो जाने के बाद का लिखा हुआ है। उसके सम्बन्धियों और मित्रों ने उसका शव पहचाना था।

अभागे रिपोर्टर ने चिल्लाकर कहा– तब वह बाद को मार डाली गई होगी इसका पता लगाया जाना चाहिए। यदि वह घर लौटने के लिए कार्जेविली को आधी रात की गाड़ी से नहीं गई।

मजिस्ट्रेट ने कंधे हिला कर सन्देह का भाव प्रकट किया।

दूसरे ही दिन 'प्रजा-पुकार' मैडम वालस्टीन के काल्पनिक हत्यारे की सनसनीदार भेंट का अपूर्व वर्णन प्रकाशित करने में समर्थ हुआ। पत्र खूब बिका, जिससे उसके स्वामी को बड़ी प्रसन्नता हुई। उसकी अपेक्षा दूसरे समाचार-पत्र– यहाँ तक कि अमरीका तक में भी– इससे बढ़कर गप उड़ाने में आज तक कभी समर्थ नहीं हुए थे।

सेशन में मुकदमा आरंभ होने के पूर्व लाँगू के वकील ने कहा–आपके हाथ में इस मामले के संबंध में कुछ बढ़िया दाँव है। विपक्ष का वकील पक्के प्रमाण उपस्थित करने में असमर्थ है। उसका सारा मामला केवल नैतिक आधारों पर ही निर्भर है। वह कल्पनाओं की लड़ी मात्र है, मैं उसके टुकड़े-टुकड़े कर डालूँगा। परन्तु झूठे अपराध की अपनी बेतुकी कहानी जज और जूरी के सामने दोहराने का प्रयत्न करना, नहीं तो वे सारी बातें आपके विरूद्ध आ पड़ेंगी और यदि आप ऐसा करेंगे, तो फिर मैं किसी बात का उत्तरदायी न हूँगा।

परन्तु बुद्धि मान संवाददाता अपनी बात छोड़ने को राजी नहीं था। उसने चिल्ला कर कहा–परन्तु सत्य तो यही है। इसके अतिरिक्त यह नवीन आविष्कार से अमरीकन शैली के सफल सम्पादक के रूप में मेरी कीर्ति होगी। परन्तु अपने दुःख की बात आपसे क्या कहूँ, हाय मैडम वालस्टीन मर गई! मैं उससे प्रेम करता था, जिस दुष्ट ने उसका वध किया है, यदि मिलता तो उसे चावलों की भाँति कूटता।

जब लाँगू ने अपने समर्थन में अपनी स्कीम का उल्लेख किया और कहा कि अपने समाचार-पत्र के लिए सनसनी दार रिपोर्ट प्रस्तुत करने के लिए मैंने हत्यारा बनने का ढोंग किया था, तो जज ने उसे फटकार कर कहा–कानून से दिल्लगी करने का प्रयत्न मत करो। नहीं तो तुम अदालत का अपमान करने के भी अपराधी होगे।

वकील ने धीरे से कहा–मैंने क्या कहा था? तुम सारा मामला बिगाड़ दोगे जूरी तुम्हारे विरूद्ध हो जायँगे और वे तुमको दण्ड देंगे।

जज और अदालत के दूसरे लोगों को उसके कथन पर विश्वास नहीं हुआ।

'प्रजा-पुकार' के स्वामी का भी बुलाया गया। उसने लाँगू की आशा के अनुसार ही उसके कथन की पुष्टि की।

प्रसन्नता से चिल्ला कर लाँगू ने कहा—देखा आपने?

सरकारी वकील ने पत्र स्वामी से कहा—महाशय; क्या आप जैसा चाणाक्ष, अमेरीकन सूझ-बूझ वाले पत्र स्वामी ने यह बात नहीं जान ली कि यह अत्यंत बुद्धिमान और चालाक रिपोर्टर अपनी चतुराई से हमारे लिए एक गड्ढ़ा तैयार कर रहा है और सो भी नारकीय धूर्तता से, नीच निर्लज्जता से, सफाई के साथ अपना जघन्य कृत्य करने तथा तत्सम्बन्धी प्रमाणों को यह कह कर निर्मूल कर देने के भाव से कि 'वे सब झूठे हैं' मैंने स्वयं ही ये बेड़ियाँ धारण की हैं, उन्हें जाल करके प्राप्त किया है कि अच्छा न्याय हो और जनता को प्रकट हो जाए कि न्यायाधीश कितनी सरलता से धोखा खा जाते हैं।

मामले के इस पहलू को देखकर पत्र-स्वामी चकित हो गया। परन्तु अपनी सूक्ष्म दृष्टि प्रमाणित करने के भाव से उसने शीघ्रता से उत्तर दिया— हाँ, बहुत ठीक है। मैंने तुरन्त जान लिया था कि लाँगू की यह चाल सन्देह जनक है। परन्तु मैंने अपने मन में कहा, कि यदि वह अपने आप ही भेड़िये के मुँह में जाना चाहता है—क्षमा कीजियेगा— इस आलङ्कारिक कथन द्वारा मेरा अदालत का अपमान करने से मतलब नहीं है।

सरकारी वकील ने कहा— बिल्कुल ठीक है। अब आपसे और कुछ नहीं पूछना, आप बैठ सकते हैं।

अदालत में अभियुक्त के प्रति क्षण क्रोध बढ़ता जाता। उसकी निर्लज्जता ने लोगों के क्रोध को और भी प्रज्ज्वलित कर दिया था। वे लोग कह रह थे—

हे भगवान, कैसा पाजी है।

अरे ये अखवार वाले सब कुछ कर सकते हैं!

उस बेचारी स्त्री को मार डाला है।

तुम उसे जानते थे? क्या तुम नहीं जानते? कैसी सुन्दर लड़की थी वह! कैसा दुष्ट पशु है।

चाण्डाल है।

इस चालबाज की घृष्टता को तो देखो, कहता है कि अपराधी बनने का ढोंग किया है।

ऐसे व्यक्ति का सिर उतार लेना चाहिए।

चाहे उसे मौत की सजा जज भी दें।

क्यों, क्या उसे मृत्यु दण्ड न दिये जाने का अवसर है?

क्या वह कत्ल किये जाने से बचाया जा सकता है?

इस प्रकार की बातों से लोगों का क्रोध ही बढ़ता गया, वे उसको स्वयं ही दण्ड

देने को तैयार थे।

पेशी समाप्त हो गई, मुकदमा दूसरे दिन के लिए उठा दिया गया। चार रक्षकों से घिरा हुआ लाँगू जब अपनी कोठरी में जाने के लिए सहन पार करने लगा तब बड़ी भारी भीड़ उस पर टूट पड़ी। सहसा एक आवाज सुनाई दी—उसे लटका दो। बीस ने, सौ ने, हजार ने यही दुहराया—उसे लटका दो।

पुरूषों और स्त्रियों की क्रूद्ध भीड़ रक्षकों पर टूट पड़ी, उन्हें घेर लिया और बल पूर्वक उन्हें अलग हटा दिया एवं अभागे लाँगू को पकड़ लिया। तुरंत ही उन्होंने उसके हाथ पैर बाँध दिए, उसकी गर्दन में एक रस्सी बाँध गई, एक 16-17 वर्ष का आवारा लड़का बिजली के खम्भे पर चढ़ गया। उसने रस्सी खींच ली और उसी खम्भे से उसे लटका दिया। दूसरों ने नीचे से उस संवाद-दाता को छोड़ दिया अब वह अधर लटकने लगा, उसकी आँखें और जीभ बाहर निकल पड़ीं।

उस भयंकर दृश्य को देखकर 'प्रजा-पुकार' का स्वामी पीला पड़ गया! उसने चिल्लाकर कहा— उन्होंने उसे लिंच किया है। कम से कम यह काम जरूर अमरीकन हुआ है।

दूसरे दिन काले वस्त्र पहिने एक स्त्री कार्जेविली प्रान्त के जिला अटर्नी के सामने उपस्थित हुई। उसने कहा—

महाशय! मैं मैडम वालस्टीन हूँ और मेरा वध नहीं हुआ है। पाँच सप्ताह हुए, 10 अक्टूबर की रात को आधी रात हो जाने के कुछ देर ही बाद जब मैंने अपने घर में प्रवेश किया, तब मुझे पति का तार मिला। उसने मुझे न्यूयार्क बुलाया था, जहाँ वह बीमार पड़ा था। बिना एक क्षण व्यतीत किए बिना किसी से कुछ कहे सुने मैं अपनी सेविका से कह कर वहाँ चली गई। सेविका भी मैंसेट लजारे स्टेशन को दौड़ी, हावरे की जाने को तैयार गाड़ी में जा कूदी और दूसरे दिन सवेरे जहाज द्वारा अमरीका को रवाना हो गई।

अमेरीका पहुँचने पर मुझे अपने पति की मृत्यु का समाचार मिला। यथा शीघ्र वहाँ के काम-काज से छुट्टी पाते ही मैं लौट पड़ी। हाल में विधवा हो जाने से अब मैं मिस्टर लाँगू की प्राण रक्षा के लिए अपनी गवाही स्वतंत्रता से देती हूँ।

क्रोध से चिल्ला कर जिलाधीश ने कहा—मैडम भगवान के लिए आप 24 घंटे पहले आने का प्रबन्ध क्यों न कर सकीं। आप अत्यंत अरूचिकर मामला हमारे सामने उपस्थित कर रही हैं।

यह जानते ही कि वह दुबारा विधवा हो गई है, एक बार वास्तव में और दूसरी बार भविष्य पति की आशा के रूप में, मैडम वालस्टीन बेहोश होकर मुर्दे के समान वहीं गिर पड़ीं।

कौन मारा गया? किसने हत्या कि? जो न्याय देवी-देवता को अन्धा बना देता है, वही इस पहेली का उत्तर जानता है, परन्तु वह अपना उत्तर कभी प्रकट न करेगा।

बिल्ली के बच्चे

एण्टन चेख़व

भगवान भुवन भास्कर की सुनहली किरणें, खिड़कियों की रेशमी जालियों से छन-छन कर शयनागार में पहुँच रही थीं। छः वर्षीय बालक बानिया, अपना गोल सिर और चपटी नाक कम्बल से निकाले अपनी छोटी बहन नैना की नन्हे चेहरे और घुँघराली केश राशि की ओर देख रहा था, जो कभी-कभी अपने कम्बल से बाहर झाँकती थी और फिर छिप जाती थी।

सेविका ने त्यौरी चढ़ाकर कहा—"दंगली बालको! अच्छे बालकों ने तो जलपान भी कर लिया और तुम अभी कम्बल में ही पड़े हो।"

सूर्य की किरणें, कालीन, दीवार और सेविका के वस्त्रों पर खेल रही थीं और बालकों को भी इस खेल में शरीक होने के लिए बुला रही थीं, परन्तु उन्होंने उनकी ओर ध्यान न दिया। उनका मन कम्बल से निकलने को नहीं चाहता था।

नैना कम्बल में ही अँगड़ाइयाँ लेती हुई उठी और मुँह बना कर बोली—"ज...ल...पा...न।"

बानिया ने भी नाक भौं चढ़ाई। मुँह खोले, और खुजाते हुए, कोई बहाना ढूँढ़ने लगा कि सहसा उनकी माता जी की आवाज उनके कानों में पड़ी—"बिल्ली को दूध अवश्य पिला देना, अब तो बह बाल-बच्चोंवाली हो गई है।"

बालकों के सुस्त चेहरे प्रसन्न हो गए और वे आश्चर्य से एक-दूसरे का मुँह ताकने लगे। प्रसन्नता से चिल्लाते हुए अपने बिस्तरों से निकलकर, नंगे पैरों और रात्रि में पहने हुए सोने के वस्त्रों में रसोई घर की ओर भागे।

"बिल्ली ने बच्चे दिए, अहा! बिल्ली ने बच्चे दिए।"

मेज़ के नीचे एक डिब्बा पड़ा था, जिसमें स्टीफन रसोइया आग जलाने के लिए कोयले लाया करता था। बिल्ली उस डिब्बे में बैठी झाँक रही थी। उसके भदमैले रंग

के चेहरे पर थकान के चिह्न थे, उसके चमकीले नेत्रों से कमजोरी प्रकट होती थी और उसके चेहरे से प्रकट हो रहा था कि जैसे वह किसी को स्मरण कर रही है। वह और कौन हो सकता है? बालकों का पिता, अर्थात् उसका प्यारा पति, जो किसी कारण से भाग गया था। वह धीरे-धीरे म्याऊँ-म्याऊँ कर रही थी और बच्चे उसकी छाती से चिपटे हुए दूध पी रहे थे।

दोनों भाई-बहन डिब्बे के निकट चुपचाप बैठकर बिल्ली की ओर देखने लगे। वे आश्चर्य-चकित मगर प्रसन्न थे और सेविका की डाँट-डपट से बेखबर, जो चीखती हुई उनके पीछे आ रही थी।

पालतू पशु, बालकों की शिक्षा-दीक्षा में अत्यंत लाभप्रद सिद्ध हुए हैं, बिल्लियों और अन्य घरेलू पशुओं को प्रायः देखते हैं कि वे अपने मालिकों की वफादारी से सेवा करते हैं और उनकी आज्ञा पालन करते हैं और जब कभी हम उनकी पूँछ पर पैर रख दें, तो अत्यन्त कष्ट होने पर भी वे हमें क्षमा कर देते हैं। और जब कभी मैं सोचता हूँ, सन्तोष वफादारी और क्षमा कर देने की जो विशेषताएँ पशुओं में हैं, वे बालकों पर वैज्ञानिकों के रूखे-सूखे प्रयोगों से अधिक प्रभाव डालती हैं। ''पानी हायड्रोजन और ऑक्सीजन से बनता है।'' बालक इसे याद करके भूल भी सकते हैं। परन्तु इन बेजान पशुओं के जीवित जाग्रत उदाहरण उन्हें कभी नहीं भूलते।

नैना ने अपने नेत्र भली भाँति खोले और खिलखिलाकर हँसते हुए कहा— ''कैसे नन्हे-नन्हे और प्यारे बच्चे हैं।''

''एक, दो, तीन।'' बानिया ने इन बच्चों को गिना—''तीन बच्चे! एक तुम्हारे लिए, एक मेरे लिए और एक कोई और ले लेगा।''

बिल्ली धीरे से बोली—''म्याऊँ।'' वह बालकों की बातों से प्रसन्न मालूम होती थी।

फिर दोनों ने इन बच्चों को बिल्ली के पास से उठाया और हृदय से लगा कर प्यार करने लगे, इतने से भी पेट न भरने पर उन्होंने बच्चों को अपनी कमीज की झोलियों में डाल लिया और चिल्लाते हुए, एक कमरे से दूसरे कमरे में भागने लगे।

''माताजी, बिल्ली ने बच्चे दिए।''

उनकी माता एक सहेली के साथ बैठी बातें कर रही थीं, बालकों को बिना नहाए धोए और बिना वस्त्र बदले, अपनी कमीजें ऊपर उठाए देखा, तो अप्रसन्न हुई। ''अपनी कमीजें नीचे छोड़ दो। बावले कहीं के! कमरे से बाहर चले जाओ, अन्यथा बहुत पिटोगे।''

परन्तु बालकों ने माता की डाँट फटकार की ओर तनिक भी ध्यान न दिया। उन्होंने बिल्ली के बच्चो को कालीन पर छोड़ दिया और उनके साथ खेलने लगे। बिल्ली म्याऊँ-म्याऊँ करती दौड़ती, अपने बच्चों के पास आ गई। इसी समय सेविका

भी पहुँच गई। उसने बालकों के हाथ पकड़े, और स्नानागार की ओर धकेल कर ले गई। उन्हें स्नान और जलपान कराया। बालकों ने जल्दी-जल्दी जलपान किया और रसोईघर की ओर दौड़े।

बिल्ली के बच्चों के कारण वे खेल-कूद भूल गए। यदि नैना-बानिया को एक बच्चे के बदले में चालीस पौंड मिठाई और दस सहस्र खिलौने भी दिए जाते, तो वह मना करने में तनिक भी देर न करते। सेविका और रसोइए की डाँट-डपट करने पर भी वे भोजन के समय तक बिल्ली के बच्चों के साथ खेलते रहे। सहसा उनके चेहरे चिंतित दिखाई देने लगे। वे बच्चों के भविष्य के विषय में सोच रहे थे। आखिर उन्होंने निश्चय किया कि एक बच्चा अपनी माँ की सेवा के लिए घर में रहना चाहिए, दूसरे को बाहर वाली झोंपड़ी में रख दिया जाए और तीसरा अन्न भण्डार में, जहाँ बहुत से चूहे, चुहियाँ हैं।

"परन्तु वे हमारी ओर क्यों नहीं देखते।" नैना ने आश्चर्य से पूछा—"उनके नेत्र तो अन्धे फकीरों की तरह बन्द हैं।"

बानिया भी चिंतित हुआ, उसने एक बच्चे को गोद में लिया और फूँक मार-मार कर उसकी आँखें खोलने लगा। परन्तु जब न खुल सकीं, तो लाचार होकर उसे फिर माँ के पास रख दिया। उन्हें इस बात ने बहुत उदास कर रखा था कि बच्चे, दूध और मांस, जो उनके सामने रखा जाता है, क्यों नहीं खाते। जो चीज भी उनके नन्हे नथनों के निकट रखी जाती है; उसे उनकी मटमैली माँ हड़प कर जाती है।

बानिया ने कहा—"आओ, इन बच्चों के लिए नन्हे नन्हे घर बनाएँ। प्रत्येक अपने घर में अलग-अलग रहा करेगा और बिल्ली उसके पास मिलने जाया करेगी।"

टोपियों के डिब्बे रसोईघर के कोनों में रख दिए गए और एक-एक बच्चा प्रत्येक डिब्बे में बैठा दिया गया। परन्तु गृहस्थी का यह विभाजन समय से पूर्व सिद्ध हुआ, क्योंकि बिल्ली अभी अपने बालकों को अलग नहीं कर सकती। वह म्याऊँ-म्याऊँ करती हुई प्रत्येक डिब्बे के निकट जाती और नन्हे बच्चों को उठाकर फिर अपने पास ले आती।

बानिया ने कहा—"बिल्ली तो उनकी माँ हुई न? परन्तु इनका पिता कौन है?"

नैना ने दुहराया—" हाँ, हाँ, इनका पिता कौन है? इनका पिता अवश्य होना चाहिए।"

बानिया और नैना बहुत देर तक सोचते रहे कि इन बच्चों का पिता किसे बनाया जाए। आखिर सोचते-सोचते लकड़ी के एक लाल घोड़े का ध्यान आया, जिसकी पूँछ टूट गई थी, और जो टूटे हुए खिलौने के साथ पड़ा था, वे उसे वहाँ से निकाल लाए और डिब्बे के पास खड़ा कर दिया। वे उसे शिक्षा देने लगे—"सुनो, अब तुम्हें अपने बच्चों का ध्यान रखना चाहिए और ख्याल रखना चाहिए कि ये कहीं शैतान न बन जाएँ।"

यह सब कुछ बहुत गम्भीरता से कहा गया, सोच-विचार के चिह्न उनकी मुखाकृति पर प्रकट हो रहे थे।

भोजन करने से पूर्व बानिया अपने पिता के पुस्तकालय में बैठा था और प्रसन्नतापूर्वक मेज की ओर देख रहा था। बिल्ली का बच्चा लैम्प के निकट कागजों पर धीरे-धीरे चल रहा था, बानिया उसकी हरकतों को देख रहा था। और कभी पेंसिल लेकर उसके मुँह में ठूँसता था, तो कभी दियासलाई से उसके मुँह को खोलता था। सहसा बच्चे ने पृथ्वी पर छलाँग लगा दी। बानिया के पिता ने मुड़ कर देखा, और कड़ी आवाज में कहा–"यह क्या है?"

"यह... यह है बिल्ली का बच्चा...।"

"अच्छा ले लो परन्तु शैतान! देखो तुमने मेरे सब कागज खराब कर दिए हैं!"

बानिया को आश्चर्य हुआ, उसका पिता उसकी भाँति बच्चे पर दया क्यों नहीं करता। प्रसन्नता प्रकट करने की बजाय उसने बानिया के खूब कान खींचे और खूब बुरा भला कहा।

"स्टीफन, इस गन्दी चीज़ को यहाँ से उठा कर ले जाओ।"

भोजन के समय फिर एक दुर्घटना हो गई अर्थात् म्याऊँ-म्याऊँ की आवाज सुनाई दी। सबने इधर-उधर देखना आरंभ कर दिया। आखिर बिल्ली का एक बच्चा, तौलिया में छिपा हुआ नैना की कुर्सी में निकला।

उसके पिता ने क्रोधित होकर कहा–"नैना! मेज से उठ जाओ, बच्चे को नाली में फेंक दो। ऐसी कष्टप्रद चीजें घर में नहीं रखना चाहता।"

नैना और बानिया दुखी हो गए, बच्चों की मृत्यु के ख्याल से वह काँपने लगे। ओफ! बच्चे अपनी मटमैली माँ और अपने पिता–लकड़ी के घोड़े से सदैव के लिए जुदा हो जाएँगे, बेचारे माता-पिता को इसका बड़ा दुख होगा। बच्चों का भविष्य अन्धकारमय हो जायगा। एक बच्चा माँ की सेवा न कर सकेगा, दूसरा झोंपड़ी में न जा सकेगा और तीसरा कोठरी की चुहिया न मार सकेगा। बेचारों का घर तबाह हो जाएगा।

इन विचारों ने, भाई-बहन को बहुत प्रभावित किया और उनके नेत्र अश्रुपूर्ण हो गए। उन्होंने प्रार्थना की, कि बच्चों को इस प्रकार जान से न मारा जाए। अन्त में पिता इस बात पर राजी हुआ कि वे दोनों रसोई-घर में न जाएँ, और बिल्ली के बच्चों को न छेड़ें।

भोजनोपरान्त नैना और बानिया इधर-उधर कमरों में उदास फिरने लगे। रसोईघर में न जाने से उनकी दशा बिगड़ती जाती थी। उन्होंने मिठाईखाने से इन्कार कर दिया, सुस्त और उदास एक कोने में जा बैठे।

जब उनका चाचा 'सटरूसा' सायंकाल को घर आया, तो वे उसे खींचकर एक

कोने में ले गए और अपने पिता की शिकायत की, कि वह बिल्ली के बच्चों को नाली में फेंकना चाहता है। दोनों ने चाचा से हाथ जोड़ कर प्रार्थना की–"चाचाजी, आप माताजी से कहें कि बिल्ली के बच्चों को हमारे कमरे में भेज दें। अच्छे चाचाजी, आप उनसे अवश्य कहें।"

चाचा सटरूसा अकेला न आया करता था, प्रायः उसके साथ रोमन नस्ल का एक काला कुत्ता भी होता था, जिसके लम्बे-लम्बे कान थे। उसका नाम उसने नैरो रखा था कुत्ता खामोश और घमण्डी था। वह इन भाई-बहिन की तनिक भी परवाह न करता था। और जब उनके निकट से निकलता था तो उन्हें अपनी दुम से मारता था, जैसे वे कुर्सियाँ हैं। वे दोनों भी उससे घृणा करते थे।

बानिया ने गम्भीरता से कहा "नैना! मेरी सम्मति में घोड़े की जगह नैरो को उनका पिता बना देना चाहिए। तुम देखती हो कि घोड़ा तो बेचारा बेजान है, और यह जीवित है।"

वह रात को इस ताक में रहे कि कब उनका पिता ताश खेले और वे चुपके से नैरो को लेकर रसोईघर में जाएँ। आखिर उनका पिता ताश खेलने लगा और उनकी माँ अँगीठी गर्म करने लगी और बच्चे उनकी दृष्टि से ओझल थे।

बानिया ने अपनी बहन के कान में कहा–"आओ चलें।"

परन्तु उसी समय स्टीफन भीतर आया और कहने लगा–"नैरो ने बिल्ली के बच्चों को हड़प कर लिया है।"

नैना और बानिया का रंग पीला पड़ गया, और वे रुआँसे से होकर स्टीफन की ओर देखने लगे।

दूसरे नौकर ने कहा–"हाँ, हाँ, उसने निगल लिए हैं।... वह डिब्बे के पास गया और उन्हें हड़प कर गया है।"

दोनों बालकों का ख्याल था कि सब लोग दुखी होंगे और नैरो पर पिल पड़ेंगे। परन्तु वे सब आराम के साथ कुर्सियों पर बैठे रहे। और कुत्ते की भूख और हाजमे पर आश्चर्य प्रकट करते रहे। उनका पिता और माता दोनों हँस रहे थे। नैरो कमरे में इधर-उधर अपनी दुम हिलाता और होठों को चाटता घूम रहा था...। केवल बेचारी बिल्ली दुखी थी। अपनी पूँछ उठाए वह कमरों में घूमती-फिरती थी–जैसे बच्चों को खोजती हो। वह लोगों को सन्देह की दृष्टि से देखती थी और शिकायत के तौर पर म्याऊँ-म्याऊँ करती थी।

सहसा माता ने कहा–"बालको, साढ़े नौ बज चुके हैं, जाओ–सो जाओ। बानिया और नैना दोनों अपने-अपने बिस्तरों पर चले गए और देर तक आँसू बहाते रहे। बेचारी बिल्ली के दुख से वे भी दुखी थे, निर्दयी नैरो का स्मरण उन्हें क्रोधित कर देता था; कि इतनी अधिक निर्दयता और अन्याय का दण्ड उसे कुछ भी न दिया गया।

भाई का प्रेम

विलियम मेरिस

मैं एक गिरजाघर का प्रधान मैमार था। उसे मैंने छः सौ वर्ष पहले बनाया था। कोई दो वर्ष से अब वह गिर कर मिट्टी में मिल गया है। और उसका चिह्न तक शेष नहीं, यह भी कोई नहीं जानता कि यहाँ गिरजा किस स्थान पर था। परन्तु यदि आपको उस स्थान का पता है, तो वह आज भी आपको वैसा ही सुन्दर देख पड़ेगा जैसा वह उस समय था, जब वहाँ गिरजा की भव्य इमारत खड़ी थी। उस स्थान का अधिक हाल मुझे इस समय स्मरण नहीं है, यहाँ तक कि उसके आस-पास भू-भाग को मैं भूल गया हूँ। परन्तु मुझे इतना अवश्य स्मरण है कि वह स्थान बहुत सुन्दर था, आज भी जब उसकी याद आ जाती है, तो उसका भव्य चित्र आँखों के आगे तत्काल अंकित हो जाता है। वसन्त, ग्रीष्म और शीत में तो उस स्थान का सौन्दर्य उतना स्पष्ट नहीं दीख पड़ता, पर पतझड़ के मौसम में वह फूट-सा पड़ता था। परन्तु इसका यह मतलब नहीं कि वसन्त में उसके सौन्दर्य में कमी आ जाती थी। नहीं, उस मौसम में भी उसकी सौन्दर्य-छटा मनमोहक रूप धारण करती थी। उस समय पृथ्वी हरितमा से पूर्ण होकर उसकी शोभा में खासी वृद्धि करती थी। उस प्रकार ग्रीष्म अपने निर्मल, नीले और शीत अपने ज्योत्स्ना-पूर्ण ग्रह-नक्षत्र मण्डित आकाश से उसे भव्य रूप प्रदान करते थे। तो भी इन सबकी अपेक्षा मुझे केवल पतझड़ के समय की ही उसकी शोभा का स्मरण रह सका है। वह मेरे स्मृति-पटल पर अंकित-सी हो गई है। वास्तव में उस स्थान की तत्कालीन शोभा अनोखी थी, उसका चित्र आज भी ज्यों का त्यों मेरी आँखों के सामने नाच जाया करता है, पर दूसरे मौसमों के सम्बन्ध में ऐसा नहीं होता, उन मौसमों के समय को उसकी शोभा का वैसा पूर्ण चित्र मेरी आँखों के सामने नहीं आता।

यों तो पतझड़ के समय की वहाँ की एक-एक दिन की शोभा मुझको याद है, एक दिन की शोभा विशेष रूप से याद है। उस दिन गिरजे के बन जाने का अन्तिम

दिन था। हम लोग मुस्तैदी से अपने काम में जुटे हुए थे। और पादरी तथा समीप के नगर निवासियों के समूह के समूह बीच-बीच में हम लोगों के पास आकर हमारा काम करना देख रहे थे।

गिरजा और मठ, पड़ोस के नगर से लगभग तीन मील दूर थे। वह नगर एक पहाड़ी पर बसा हुआ था। अतएव वहाँ से पतझड़ के समय की नीचे की रमणीक छटा भली प्रकार दिखाई देती थी। इस नगर के चारों ओर शहर पनाह की दीवार थी; उस पर जगह-जगह पर मीनारें और बुर्ज बने हुए थे। वहाँ झण्डे फहराते हुए शूर सामन्त तथा सैनिक लोग इधर-उधर आते-जाते हमें प्रायः दिखाई देते थे, उस नगर का सैनिक समारोह गिरजे के मैदान या मठ के बाग से हमें भली-भाँति दिखाई पड़ता था। हमें उस नगर के बड़े गिरजेघर तथा तीन दूसरे गिरजों के मीनार भी अपने स्थान से दिखाई देते थे। उनमें बड़े गिरजे का मीनार सबसे ऊँचा था, उस पर सोना चढ़ा था। उसके छत और क्रास के ठीक बीच प्रकाश का भी प्रबन्ध था।

जिस स्थान पर मैंने गिर्जा बनाया था, वह चुनार के वृक्षों से चारों ओर से घिरा हुआ था, यही उसकी चारदीवारी थी। इस सुन्दर गोलाकार पंक्ति के वृक्षों की पक्तियाँ तनिक-सी हवा में लहराने लग जाती थीं, और जब कभी हवा जोर से चलने लगती थी, तब तो वह वृक्ष अचला चुम्बन करने लगते थे। हवा के कारण हिल-हिल कर जब इन वृक्षों की हरी-हरी पत्तियाँ क्षण-क्षण भर में उलट-उलट कर अपना श्वेत रूप प्रकट करती थीं, तब क्षण भर के लिए ये हरे-भरे वृक्ष श्वेत से दिखाई देने लगते थे। उन लोट-पोट होते हुए सघन वृक्षों की शाखों और डालियों के बीच से होकर जब मेरी दृष्टि आगे जा पड़ती थी, तब मुझे वहाँ अन्न के खेतों का सुनहरा समुद्र मीलों तक लहराता हुआ दिखाई पड़ता था। इस भूखण्ड से होकर एक नदी भी गई थी। उसके दोनों किनारे हरियाली से आवृत थे, जो लम्बे-लम्बे चुनार वृक्ष के कुंजों से और भी मनोहर रूप धारण किये हुए थे।

पुराना गिरजा आग लगने से जल गया था। इस कारण पादरियों ने मुझसे उसी स्थान पर नया गिरजा बनवाया था। वहाँ के मठों की इमारतें आग के प्रकोप से बच गई थीं, यह सब गिरजे से उत्तर की ओर थीं और वे अपने एक अंश विशेष द्वारा सम्बद्ध थीं, जो इमारत गिरजे को मठ से जोड़ती थी, उनके मध्य में घास का मैदान था। इस मैदान के बीच में संगमरमर का एक फव्वारा था, उस पर पुष्पों और विचित्र जीवों के सुन्दर चित्र अंकित थे। उस मैदान के एक किनारे, इमारत की गोल महरावों के निकट सूर्यमुखी के पौधे उगे हुए थे, वे सब उस दिन विकसित पुष्पों से लदे हुए थे। यही नहीं, उस इमारत के अधिकांश स्तम्भ भी पुष्पित लताओं से शोभायमान थे।

गिरजे से दूर और उसे मठ से जोड़ने वाली इमारत के पीछे, कई और भी इमारत

थीं, इनके निकट ही एक बड़ा भारी बाग था। पर ये सभी पूर्वोक्त चुनार के वृक्षों की पंक्ति के घेरे के भीतर ही थीं। उस बाग में भाँति-भाँति के वृक्ष और पुष्पों की क्यारियाँ थीं बाग के बीच में एक पक्की नहर निकाली गई थी, इसके किनारे-किनारे पत्थर पर बाइबिल की ऐतिहासिक घटनाएँ उत्कीर्ण थीं, इसके अतिरिक्त जगह-जगह पुष्पों और जीव-जन्तुओं के चित्र भी बने हुए थे।

यह गिरजा कब्रस्तान से घिरा हुआ था, केवल उसका उत्तरी भाग खुला हुआ था। कब्रस्तान में पादरियों एवं गृहस्थियों, दोनों की कब्रें थीं। मृत व्यक्तियों के सम्बन्धी प्रायः यहाँ आते, और अपने प्रिय स्वजनों की कब्रों पर फूल मालाएँ अर्पित कर उनके प्रति अपने स्नेह का परिचय देते। वहाँ की एक कब्र का मुझे भली-भाँति स्मरण है, उस पर सिर की ओर लकड़ी का क्रास गढ़ा था, और पैरों की ओर सूर्यमुखी के तीन पौधे थे। इस कब्रस्तान के बीच में पत्थर का एक बड़ा क्रास गढ़ा था। इसके एक ओर प्रभु ईसा की शूली का दृश्य अंकित था और दूसरी ओर महामाता मेरी अपनी स्वर्गीय सन्तान को गोद में लिए हुए दर्शन देती थीं।

अस्तु, पतझड़ के मौसम के उस दिन गिरजे का काम समाप्त हो जाने का अन्तिम दिन था। मैं पश्चिम की ओर की दीवार में शेष काम पूरा कर डालने में लगा हुआ था, मुझसे कुछ दूरी पर मेरी बहन मारगरेट फूल और राशि चक्र बना रही थी। उस समय मारगरेट की आयु कोई बीस वर्ष होगी, वह अत्यन्त सुन्दर लड़की थी। दुर्भाग्यवश इधर कई वर्षों से हम दोनों अकेले रह गये थे हमारे माता-पिता का स्वर्गवास हो गया था। अतएव मैं उसको बहुत प्यार करता था। गिरजे में हम दोनों अपने-अपने काम में लगे थे। मैं अपने काम में इतना तल्लीन था कि मुझे इस बात का भी स्मरण न रहा कि मेरी बहन भी वहाँ उपस्थित है। मैं सावधानी से अपनी कन्नी बसूली चला रहा था अन्तिम न्याय का दृश्य मैं उत्कीर्ण कर चुका था, बेल बूटों के घेरों से यह दृश्य तीन भागों में विभक्त हो गया था। उसके नीचे के भाग में, जो ठीक दरवाजे के ऊपर था मृतकों के उत्थान का दृश्य अंकित था, उसके ऊपर के दृश्य में देवदूत लम्बी-लम्बी तुरहियाँ बजा रहे थे। प्रधान देवदूत माइचल आत्माओं को तौल रहे थे, आशीर्वाद-प्राप्त आत्माओं को देवदूत स्वर्ग को लिये जा रहे थे और पथभ्रष्ट आत्माओं को शैतान नरक को लिये जा रहा था। सबसे ऊपर के भाग में संसार के सबसे प्रधान न्यायाधीश का चित्र अंकित था।

गिरजे के उस भाग की सभी तस्वीरें बन चुकी थीं, केवल एक शेष रह गई थी। उस दिन 'जब मैं सो कर उठा था, मुझे अच्छी तरह याद है, गिरजे के बन जाने की याद आते ही मेरी प्रसन्नता का ठिकाना नहीं था। जो तस्वीर बनाने को रह गई थी, वह अब्राहीम की थी। उसके दोनों ओर हमें दो पुष्पित वृक्ष तराशने थे, इनके

अतिरिक्त उन आज्ञाकारी आत्माओं के चित्र भी, जिनके वे पिता कहलाते हैं। उन्हें मुझे इस रूप में दिखाना था, कि अब्राहीम के चोगे के कोने अपने दोनों हाथों में पकड़े हुए अपनी छाती पर लगाए हुए हैं। मूर्ति बना डालने के लिए मैं अपने स्थान पर जाकर खड़ा हो गया। मारगरेट अपने काम में पहले से ही लगी हुई थी। अपने औजार हाथ में लिए हुए मैं भीतर के अन्य राजों का शोर सुनने लगा। इसी समय मठ के दो पादरी नीचे आकर खड़े हो गये। उनके साथ एक सरदार और उसकी बालिका भी थी, जो उसका हाथ पकड़े हुए थी और जब तब उससे अद्‌भुत और विचित्र प्रश्न पूछती थी। मैंने इनका अधिक देर तक ख्याल नहीं किया और शीघ्र ही अपने चित्र की कल्पना करने लगा। परन्तु अपने आगे के चित्र में न्याय की तुरही बजती देखकर मैं अब्राहीम के गम्भीर और शान्त भाव की कल्पना नहीं कर सका। मेरी कल्पना में उनका सामरिक रूप ही प्रतिबिम्बित हुआ। मैंने देखा कि वे राजाओं को पीछे हटाते हुए जा रहे हैं। अपने साथियों से वे बहुत आगे निकल गए हैं, उनका शिरस्त्राण स्थान च्युत होकर पीठ पर जा लटका है, उनके काले-काले बाल पछवा हवा में उड़ रहे हैं, उनके भाले की रक्तवर्ण-पताका अलग हवा में फर-फर कर रही है। सवार लोग घोड़ों पर चढ़े चट्टानों और रेतीले मैदानों को लाँघते चले जा रहे हैं, गिरि संकट में प्रविष्ट भयभीत राज-समूह आँखों से ओझल-सा हो रहा है और उनके साथ वाले इतनी दूर पीछे रह गए हैं कि कठिनता से दिखाई देते हैं। मैंने देखा कि इस प्रकार क्रोधावेश में आकर दुष्ट राजाओं को खदेड़ते हुए वे अपने घोड़े के सहित एक गहरी नदी में जा गिरे और उनके घोड़े से धक्का खाने से उस नदी का कमल-समूह ऐसे ढंग से हिल उठा, कि मेरी कल्पना एक दूसरे ही प्रकार की अद्‌भुत मनोराज्य में जा पहुँची, यहाँ तक अब्राहीम का मुझे ध्यान ही न रहा। मैं एक अपरिचित स्थान में जा पहुँचा।

मैंने देखा कि मैं एक नदी के किनारे अकेला खड़ा हूँ। आस-पास कोई भी जीवित प्राणी दिखाई नहीं पड़ता था, केवल दूर से संगीत की मधुर ध्वनि अवश्य सुनाई पड़ती थी। मेरे आस-पास का समस्त भू-भाग समतल था। वहाँ न तो कोई पर्वत था न वृक्ष ही। वह नदी बहुत कुछ टेढ़े-मेढ़े रूप में होकर उस स्थान से बही थी। जहाँ मैं खड़ा था, उस स्थान में नदी के किनारे बड़ी ऊँची घास उगी हुई थी, परन्तु नदी के दूसरी ओर लाल रंग के फूलों से आवृत हरे-हरे खेतों का एक समुद्र-सा उमड़ा हुआ था। इसे स्थल-कुमुदों की टेढ़ी-मेढ़ी पंक्तियाँ छोटे-छोटे खंडों में विभक्त किए हुए थीं। इन खंडों में स्थान-स्थान पर सूर्यमुखी के सुनहरे पुष्प खिल कर उनकी शोभा में सोने में सुगन्ध का काम कर रहे थे।

मैंने नदी के जल पर अपनी दृष्टि डाली, उसका रंग गहरा नीला था, वह द्रुतगति से बह रही थी, अपने किनारे पर उगे हुए तृण-समूह को धक्का दे-दे कर

उन्हें इधर-उधर करती हुई वह उनसे खेल-सा करती हुई चली जा रही थी। मैं चुपचाप खड़ा हुआ उसकी इस लीला को बहुत देर तक देखता रहा।

सहसा मुझे मालूम हुआ कि किसी ने मेरे कन्धे को छू दिया है। चौंककर देखा, तो मेरे पीछे अमियट खड़ा था। अमियट मेरा परम मित्र था, मैं उसे हृदय से चाहता था। मगर उस समय उसे देखकर मैं भयभीत हो गया, क्योंकि उसका चेहरा उतरा हुआ था और नेत्र भी विचित्र ढंग के हो गए थे। उसकी ऐसी परिवर्तित मुखाकृति मैंने पहले कभी नहीं देखी थी। मेरे भय का यही मुख्य कारण था। अमियट अत्यंत सुन्दर था, जिस समय मैं उसके उतरे हुए चेहरे की ओर टकटकी बाँधे देख रहा था, पूर्वोक्त दूरस्थ संगीत ध्वनि मुझे अपने अधिक समीप से आती हुई सुनाई दी। इसके साथ ही मुझे तुरन्त यह भी महसूस हुआ कि वह हम दोनों के पास से होकर झटपट निकल गई और इतनी दूर निकल गई कि फिर सुनाई भी न पड़ने लगी। इतने में ही मेरा हृदय डूबने-सा लगा, मेरा कंठ सूख गया, अतएव मैं पानी पीने को नदी की ओर झुका, परन्तु ज्योंही नदी का जल मेरे होठों से लगा, नदी भी अन्तर्धान हो गई, यही नहीं, न वह समतल भू-भाग ही रह गया, और न नदी के उस पार का उद्यानोपम तट ही।

मुझे ऐसा मालूम हुआ, कि मैं एक नाव पर चित पड़ा हूँ और टकटकी बाँधे गहरे नीले आकाश को देख रहा हूँ। मेरी नाव उत्तरी सागर की एक खाड़ी में बह रही है। वह सागर की ऊँची-ऊँची लहरों में हिचकोले खाती हुई किनारे की अन्धकारपूर्ण चट्टान की ओर धीरे-धीरे चली जा रही है। इतने में उक्त चट्टान की चोटी पर स्थित दुर्ग पर मेरी दृष्टि पड़ी, इस दुर्ग में अनेकों बुर्ज थे, जो बुर्ज सबसे ऊँचा था, उस पर सफेद रंग का एक झंडा लहरा रहा था, उस झण्डे पर लाल रंग का एक चिह्न बना हुआ था, जिस पर तीन सुनहरे तारे चमक रहे थे। दूर्ग की ओर ध्यानपूर्वक देखते समय मुझे सहसा वहाँ बिगुल बजने की-सी आवाज सुनाई दी, इसके साथ ही मैंने देखा कि अस्त्र-शस्त्रों से सुसज्जित सैनिक दुर्ग की दीवार पर आ पहुँचे और वहाँ एक भयंकर युद्ध छिड़ गया और यह युद्ध शीघ्र ही समाप्त भी हो गया। एक सैनिक ने दौड़कर पूर्वोक्त झण्डे को उतार लिया और उसे नीचे समुद्र में फेंक दिया। वायु के झोंकों में धीरे-धीरे उलटता-पलटता हुआ वह झण्डा अन्त में मेरी नाव के ऊपर आ गिरा। छाती से लेकर पैरों तक मेरा समस्त शरीर उससे ढक गया, मैंने उसे जैसा का तैसा अपने ऊपर पड़ा रहने दिया।

इसके पश्चात् जब मैंने फिर अपनी दृष्टि दुर्ग पर डाली, तब देखा कि पूर्वोक्त झण्डे के स्थान पर एक नया झण्डा चढ़ा दिया गया है। इसका रंग अम्बरी था और यह पहले से कुछ बड़ा था। दुर्ग की दीवार पर एक आदमी खड़ा था, जो मेरी ओर

देख रहा था उसका शिरस्त्राण चमक रहा था, उसके जिरह-बख्तर के ऊपर अम्बरी पोशाक उसकी शोभा बढ़ा रही थी, वह अपने दाहिने हाथ को ऊपर उठाए हुए था और उसमें लाल रंग के फूलों का गुलदस्ता लिए हुए था उसका वह हाथ बिल्कुल गोरा और स्त्रियों जैसा कोमल दिखाई पड़ता था। उसने अपने हाथ के फूल दुर्ग के नीचे खड्ड में फेंक दिए, वे मेरी नाव में आकर ठीक मेरे सिर के पीछे गिरे इसके पश्चात् मैंने देखा कि उसी दीवार से मेरा मित्र अमियट मेरी ओर देख रहा है। उसकी निगाह से दुःख प्रकट हो रहा था, उससे मेरा अधिक प्रेम होने के कारण मुझको उसके लिए बहुत ही अधिक दुःख हुआ, क्योंकि मुझे ऐसा भासित हुआ, मानों महीनों की बीमारी के पश्चात् उसने अभी चारपाई छोड़ी है। वह बहुत ही दुबला हो गया था, उसके सिर के लम्बे-लम्बे काले बाल बेतरतीबी से उसके मुँह पर पड़े हुए थे। वह बिल्कुल पीला पड़ गया था, उसके गाल बैठ गए थे, और उसकी बड़ी-बड़ी आँखों से दुःख झलक रहा था।

इतने में ही मैं सहसा उसके पास पहुँच गया और उसके हाथ में अपना हाथ डाल कर एक सुन्दर उद्यान में टहलने लगा। हमने परस्पर कुछ भी बातचीत न की, क्योंकि पूर्वोक्त संगीत-ध्वनि फिर निकट ही सुनाई देती थी। उस उद्यान के वृक्षों की टहनियों पर अनेकों पक्षी बैठे थे। यह पक्षी क्या थे, साक्षात लाल, पन्ना, पुखराज और स्वर्ण के बने थे। ये चहक नहीं रहे थे, बल्कि चुपचाप बैठे थे, मानो हमारी ही भाँति पूर्वोक्त संगीत-ध्वनि सुनने में यह भी तल्लीन थे। इस समय हम दोनों केवल एक दूसरे को ताक रहे थे। परन्तु कुछ देर पश्चात् मैंने अपना मुँह फेर लिया। ज्यों ही मैंने ऐसा किया संगीत-ध्वनि भी एक दीर्घ दुःख व्यंजक स्वर के साथ एकाएक बन्द हो गई। जब मैंने अपना मुँह फिर अमियट की ओर किया, तो वह मुझे अपनी बगल में दिखाई न दिया, वह अन्तर्धान हो गया था। उसके चले जाने से मैं अत्यंत दुःखी हुआ और पास के एक वृक्ष के सहारे खड़ा हो गया, एवं दोनों हाथों से अपने नेत्र बन्द कर लिये।

जब मैंने फिर नेत्र खोले, तो वह उद्यान भी दिखाई न पड़ा। मेरा सारा स्वप्न हवा हो गया। उस समय मेरी छैनी की चोट खाकर पत्थर के टुकड़े इधर-उधर उछल रहे थे और मैं अपने काम में व्यस्त था। इतने में ही किसी ने मुझे मेरा नाम लेकर पुकारा, मैंने दृष्टि उठाकर देखा, नीचे अमियट खड़ा था। उससे इतनी जल्दी मिलने की मुझे आशा न थी, मैं तो अपने स्वप्न राज्य की बदौलत यह समझ चुका था कि वह सुदूरदेश में धर्म-युद्ध में लिप्त है, मगर उसे सशरीर नीचे खड़ा देखकर मैं आश्चर्य-चकित रह गया। मैं यथासंभव तुरन्त ही नीचे उतर आया। उसके सम्बन्ध में मेरे समस्त कल्पनात्मक विचार उसे पा जाने की प्रसन्नता में अपने आप दूर हो गये।

मागरेट को भी हद से ज्यादा खुशी हुई, क्योंकि उसके धर्म-युद्ध में जाने के कुछ समय पहले ही अमियट से उसकी सगाई हो गई थी, अब वह पूरे दो वर्ष पश्चात् लौटा था, यह दीर्घकाल हम दोनों ने उसी की चिन्ता में व्यतीत किया था। जब तक उसकी मुखाकृति का चित्र हमारे नेत्रों के सामने अंकित हो जाया करता था। उसकी सत्य और वीरता द्योतक मुखाकृति थी भी अत्यन्त सुन्दर, मैंने तो आज तक ऐसा सुन्दर मुखड़ा किसी पुरुष या स्त्री का नहीं देखा।

जिस दिन अमियट ने युद्धार्थ प्रस्थान किया था, वह मुझे उस दिन की एक-एक बात याद है। हाँ, जिस नगर से उसने सेना के साथ प्रस्थान किया था, उसका नाम मैं अवश्य भूल गया हूँ। मगर मुझे याद है कि उसकी यात्रा के समय में वहाँ के गिरजे से उसका हाथ अपने हाथ में लिये हुए निकला था। उस समय सैनिकों की घोड़ों की टापों की जो आवाज आ रही थी, वह भी मुझे याद है। अन्त में मेरा हाथ छोड़ कर उसका सैनिकों के बीच में जा घुसना और अपने घोड़े की रकाब में पैर रखते हुए, उत्कण्ठापूर्वक घूम कर मेरी ओर देखना, यह सब कुछ मैं नहीं भूल सका हूँ। वास्तव में यह सामरिक दृश्य था भी अभूतपूर्व! उस यात्रा के समय सेनानियों की तुरहियाँ गम्भीर उच्चस्वर में बज रही थीं, अस्त्र-शस्त्र चमचमा और झंडे फहरा रहे थे, जिरह बख्तरों की झंकारें सुनाई पड़ रही थीं। तलवारों की लपक, भालों की चमक और झंडों की फरफराहट उस दृश्य को और भी अधिक आतंकमय बना रही थी। अंत में यह दृश्य भी थोड़ी देर पश्चात मेरी आँखों के आगे से गायब हो गया। और उसके साथ मेरा प्रिय अमियट भी, उसकी यह यात्रा मेरे लिए स्वप्न हो गई। उसकी यात्रा के समय की समस्त शानशौकत और ठाट-बाट का भी वही हाल हुआ। वह मुझको छोड़कर चला जाए, यह भी एक स्वप्न ही था, क्योंकि मेरा उसका समझौता था कि हम दोनों कभी अलग न होंगे। लो, अब वह लौट भी आया है! ऐसी सूरत में प्रसन्नता का क्या ठिकाना।

मारगरेट और मैं दोनों उसके पलंग के पास खड़े थे, मैं झुक हुआ उसे ध्यानपूर्वक देख रहा था, मेरे सिर के बाल आगे की ओर लटककर उसके मुँह को स्पर्श कर रहे थे। मारगरेट मेरी बगल में घुटनों के बल बैठी थी, उसके शरीर का अंग प्रत्यंग काँप रहा था, वह दुख से नहीं, किन्तु प्रार्थना के आवेश से काँप रही थी। कुछ देर पश्चात् मैंने अपना सिर ऊपर उठाया। जिस खिड़की के नीचे वह लेटा था, उससे होकर मेरी दृष्टि बाहर जा पड़ी। मैं नहीं कह सकता कि उस समय क्या बजा था। हाँ, इतना अवश्य याद है कि पतझड़ का मौसम था और उसका भी वह दिन एक मनोरम दिन था। उस खिड़की पर अंगूर की बेल चढ़ी हुई थी, जिससे आधी खिड़की ढक गई थी। अतएव मुझे सुन्दर नीले आकाश की पूर्ण छटा नहीं देख पड़ती थी और

न नगर या मैदान का ही कोई दृश्य मेरी निगाह में आता था अंगूर की लता की पत्तियों पर कहीं-कहीं लाल-लाल छींटे से दिखाई पड़ते थे। उस लता के साथ जो पीला गुलाब का पौदा था, उसके तीन बड़े-बड़े फूल भी वहाँ लटक रहे थे। मैं लता को एकटक देखने लगा और पतझड़ के मौसम के चमत्कार को रह-रह कर मन ही मन सराहने लगा। मैंने अंगूर की पत्तियों में लाल-लाल बिन्दुओं के रूप में पतझड़ के मौसम का स्पष्ट प्रभाव पाया। एक पत्ती का रंग इतना बदल गया था कि वह तुरन्त ही गुलाब के फूल पर गिरा चाहती थी, मैं उसके गिरने की प्रतीक्षा कर रहा था; पर वह अपने स्थान पर ज्यों की त्यों लटकी रही गिरी नहीं। मुझे बड़ी निराशा हुई, इस धक्के से मेरे हृदय से मौसम की मधुरता का प्रभाव जाता रहा, और मेरा निरावलम्ब मन भाँति-भाँति की नई-नई कल्पनाओं की सृष्टि करने लगा। मैं वही सुखद स्वप्न फिर देखने लगा, जिन्होंने मुझे किसी समय प्रसन्न किया था। वे स्वप्न भविष्य के द्योतक थे। पर इस बार के सुख स्वप्न उन बातों के सम्बन्ध में थे, जिनके आगे नहीं होने को थीं। पर ये अपने पूर्ण रूप में दिखाई दिए, उनकी स्थिरता और मनो-मोहकता में तनिक भी कमी नहीं थी, तो भी इनमें से प्रत्येक कुछ न कुछ दुख व्यंजक अवश्य था। मैं इनके फेर में देर तक पड़ा रहा।

आखिर मुझे मालूम हुआ कि किसी ने मुझे धीरे से छू दिया है। सचेत होते ही मैंने अपने आपको पलंग के सिरहाने खड़ा पाया। मुझे ऐसा मालूम हुआ कि किसी ने मेरा माथा चूम लिया है और मुझे कुछ कहा भी है। मगर मैं कुछ भी नहीं सुन पाया। अन्त में उन दुखद स्वप्नों ने मेरे लिए और भी अधिक बुरी स्थिति की सृष्टि कर दी। क्योंकि मैंने अमियट को उस सबेरे को पलंग पर मृतक अवस्था में ही पड़े पाया। वह उसी दिन अपनी यात्रा से लौट कर आया था। अपने पलंग पर वह आँखें बन्द किए पड़ा था, जब मैंने फिर उसकी ओर देखा तो वह वैसा ही निश्चल पड़ा था, मारगरेट उसके पास घुटनों के बल झुकी हुई अपने चेहरे से उसका चेहरा छूए थी। इस समय वह पहले की भाँति नहीं थी और न उसके होठ ही हिल रहे थे। इतने में ही मुझे उसके वे शब्द याद आ गए, जो उसने मुझसे मेरा माथा चूमते हुए कहे थे और जो मुझे उस समय स्पष्ट नहीं सुनाई दिए थे। उसने कहा था—वाल्टर, विदा होती हूँ, प्रभु ईशु तुम्हारी रक्षा करें और मैं, मुझे तो उसी के साथ जाना चाहिए। मैं वचनवद्ध हूँ। कल रात को ही मैंने उससे कभी साथ न छोड़ने का वायदा किया था। भगवान दया कर मुझे उसके साथ अवश्य जाने देंगे।

मारगरेट और अमियट—दोनों ही—मुझे अकेले दुखित को यहाँ छोड़ कर चले गए।

गिरजे के पूर्वोक्त पश्चिमी मेहराब के ठीक नीचे मैंने उनकी कब्र बनाई। मैं

उसे बहुत दिनों तक बनाता रहा। मैं पहले नहीं समझता था कि उसे बनाने में मुझे इतना समय लग जाएगा। मैंने कहा था कि जब यह पूरी बन जाएगी, तो मैं भी मर जाऊँगा। उसके सम्पूर्ण हो जाने पर मैं घर द्वार छोड़ कर पादरी हो गया और जब-जब समय मिलता, उस कब्र के पास जा पहुँचता और उस पर कुछ न कुछ तराशी का काम करता ही रहता। वे दोनों पति-पत्नी की भाँति, परस्पर हाथ पकड़े हुए मृत्यु को प्राप्त हुए थे और वे दोनों ही मुझे अत्यंत प्रिय थे। उनके निकट ही सदा बने रहने के लिए ही मैं साधु हुआ था। मैं उनकी कब्र के पास बैठ कर भजन गाया करता और भविष्य जीवन में उनके मिलने की कामना किया करता था।

इसी प्रकार मेरा शेष जीवन व्यतीत हो गया, अमियट की मृत्यु के पश्चात् मैं उस मठ में बीस बरस तक रहा। अन्त में एक दिन प्रातःकाल पादरियों ने आकर देखा कि छेनी हाथ में पकड़े कब्र का अन्तिम कमलदल बनाते हुए मैं उसके नीचे मृतक रूप में पड़ा हूँ।

विवाह

हार्थन

न्यूयार्क के एक गिरजाघर का स्मरण मुझे सदैव बना रहता है। मेरी दादी के बाल्यकाल में उसमें एक विचित्र विवाह कार्य सम्पन्न हुआ था। विवाह के समय मेरी दादी वहाँ उपस्थित थीं। वही उसका हाल सुनाया करती थीं। जो इमारत उस स्थान पर इस समय वहाँ मौजूद है, वह वही गिरजाघर है, यह मैं नहीं कह सकता हूँ और न मुझे इस बात में कुछ लाभ दिखाई पड़ता है कि मैं उसके द्वार पर लगे हुए निर्माण काल-सूचक शिला खण्ड को पढ़कर अपने कथन की सत्यता को सिद्ध करूँ। उस गिरजे के चारों ओर जो अहाता बना हुआ है, उसमें मन को हर्षित करनेवाली हरियाली छाई हुई है और जगह-जगह बड़े-बड़े स्मृति स्तम्भ, फव्वारा आदि उसकी शोभा बढ़ा रहे हैं।

जो विवाह उस गिरजे में हुआ था, उसकी बातचीत बहुत पहले हुई थी। परन्तु बीच में दुल्हिन के दो विवाह हो चुके थे और बेचारे दूल्हा को लगातार चालीस वर्ष तक कौमार व्रत धारण करना पड़ा था। दूल्हा का नाम था—मिस्टर एलेनउड। विवाह के समय उनकी आयु 65 वर्ष की थी, स्वभाव का लज्जाशील होने पर भी वह बिल्कुल एकांतप्रिय न था। जो लोग अपने मन में कुछ न कुछ गुना करते हैं, और स्वार्थी होते हैं, वैसा ही वह भी था, कभी-कभी वह अपने उदार स्वभाव का भी परिचय दे दिया करता था। अध्ययनशील होने पर भी वह सदा आलस्य में पड़ा रहता था। क्योंकि उसके पढ़ने-पढ़ने का कोई निश्चि उद्देश्य न था। वह उच्च कुल सम्भूत था, पर कभी-कभी साधारण सामाजिक नियमों की अवहेलना कर देने की परवाह न करता था। सच्ची बात तो यह है कि उसके चरित्र में विशृंखलता थी और यद्यपि वह लोगों से प्रायः दूर ही रहता था तो भी वे उसकी चर्चा किया करते थे। उसके किसी उजड्ड व्यवहार को देखकर लोग कहा करते थे कि उसका पागलपन वंशगत है। पर उन्हें

इतनी दूर सोचने की आवश्यकता नहीं थी, उसके वहमों की उत्पत्ति का स्थान उसका मन था, जिसे स्थिर होने के लिए उसके पास साधन का अभाव था। यदि वह पागल रहा हो, तो यह उसके उद्देश्यहीन जीवन का परिणाम था।

अब दुल्हिन का हाल सुनिए। केवल आयु को छोड़कर वह और सभी बातों में अपने इस तीसरे 'वर' से सर्वथा विपरीत थी। जब वह अपने विवाह की प्रथम बातचीत अस्वीकार करने को बाध्य हुई तो उसने अपने से दुगनी आयु वाले पुरुष से विवाह किया। इसका कारण प्रेम नहीं, सम्पत्ति का लोभ था, तो भी वह उसकी आदर्श पत्नी बनी और उसकी मृत्यु के पश्चात् वह बड़ी भारी सम्पत्ति की अधिकारिणी हुई। इसके बाद उसने दक्षिणी राज्यों के निवासी, अपने से कम आयु वाले एक युवक से विवाह किया। इसके साथ वह चार्ल्सटन चली गई, वहीं उसके कई वर्ष दुख के साथ व्यतीत हुए और संयोग से वह फिर विधवा हो गई। विधवा मिसेज डैबने के जीवन का यही संक्षिप्त परिचय है।

मिसेज डैबने अत्यन्त चतुर थी, पर वह अपने पड़ोसियों की प्रीति नहीं पा सकी। उसे हम उच्च विचार वाली स्त्री कह सकते हैं क्योंकि उसने सारे कष्टों को धैर्य से सहन किया था। उसने उन सब बातों का त्याग कर दिया, तो उसके लिए सुख के साधन थे। तो भी एक बात के कारण वह अप्रिय थी। वह था उसका शृंगार, जो उसकी अवस्था के अनुरूप नहीं था। हजार चेष्टा करने पर भी कृत्रिम उपायों से वह अपने सौन्दर्य की रक्षा न कर सकी। उसने उसकी रक्षा के लिए कोई उपाय शेष न रखा, पर वृद्धावस्था ने उसके समस्त प्रयत्नों को विफल कर दिया। तो भी उसकी शृंगार करने की लालसा कम न हुई।

मिसेज डैबने के अपनी जन्म भूमि को लौट आने पर मिस्टर एलेनउड के साथ उसके विवाह की बात लोगों को तुरन्त मालूम हो गई। और लोगों ने यही समझा कि वह विवाह मिसेज डैबने की चतुरता का सुफल है। परन्तु आश्चर्य तो यह था कि मिस्टर एलेनउड जैसे मनुष्य ने इस हास्यजनक विवाह को स्वीकार कैसे कर लिया। लोगों में इसकी चर्चा होती रही, कि विवाह का दिन आ गया। विवाह कार्य खुले गिरजे में धूम-धाम से होने वाला था अतएव बहुत से दर्शक गिरजे में पहले से ही आ डटे। पूर्व निश्चय अनुसार दूल्हा और दुल्हिन गिरजे में अलग-अलग आने वाले थे। संयोगवश दूल्हा देर से आया, पर दुल्हिन अपनी सहेलियों सहित यथा समय आई। पुराने ढंग की कई गाड़ियों के भद्दे पहियों की खड़खड़ाहट से उनके आगमन की सूचना मिली। दुल्हिन के साथ जो स्त्री-पुरूष आये, उन्होंने मुख्य-द्वार से गिरजे में प्रवेश किया दुल्हिन को छोड़कर सब के सब—क्या स्त्री और क्या पुरुष—युवावस्था ओर सुन्दरता की प्रतिमूर्ति थे। ज्योंही उन्होंने गिर्जे में प्रवेश किया, उसका भीतरी भाग जाज्वल्यमान हो गया। उनके पदविन्यास से ऐसा ज्ञात होता था कि मानों उन्होंने

किसी नाच घर में प्रवेश किया हो। वे एक दूसरे को पकड़े हुए वेदी की ओर नाचते से जा रहे थे। जब दुल्हिन ने गिरजे के भीतर अपना पैर रखा था तब गिरजे का मृत्यु-सूचक घंटा अपनी अति उच्च ध्वनि में गूँज उठा था। जब वह गिरजे के भीतर आ गई थी, तब भी उसकी ध्वनि और प्रतिध्वनि वैसी ही गम्भीरता से होती रही। एक युवती ने अपने प्रेमी के कान में कहा—भगवान्! यह कैसा शकुन है? उसने उत्तर दिया—मेरी समझ में घंटा भी समयानुसार बजना जानता है। भला इसे विवाह करने की क्या आवश्यकता थी! प्यारी जूलिया, यदि तुम वेदी की ओर चलती होती, तो घंटा भी हर्षातिरेक से नाद करता यह तो उसके लिए जनाजे का घंटा है।

दुल्हिन और उसके साथी भीड़-भाड़ की गड़बड़ी में घंटे की इस अपशकुन-सूचक ध्वनि को न सुन सके। अतएव वे बड़ी शान के साथ आगे को ही बढ़ते गए। समयानुयार भड़कीली और रंग-बिरंगी बहुमूल्य पोशाकों और आभूषणों में वे अतिथि केवल भड़कीले चित्र ही मालूम होते थे। असली सौन्दर्य का अभाव-सा था। यहाँ तक कि स्वयं दुल्हिन भी, यद्यपि वह नख से शिख तक भली भाँति सजी हुई थी, मुरझाई-सी मालूम पड़ती थी। वेदी तक पहुँचने का दो तिहाई भाग इन लोगों ने बड़ी आन-बान के साथ तय किया कि इतने में ही घंटे की आवाज फिर हुई। पर इस बार ऐसा प्रतीत हुआ कि मानों गिरजे में उदासी छा गई हो। घंटे की ध्वनि बंद हो जाने पर स्वयं दुल्हिन भी ऐसी दिखाई पड़ी, मानों कुहरे के हट जाने पर प्रकाश प्रकट हुआ हो।

घंटे का उदासीनता सूचक शब्द सुनकर दुल्हिन के साथ के लोग काँप गए। वे ठिठुर गए, और गोल बाँध कर खड़े हो गए। वे यहाँ तक घबरा गए कि उसमें कुछ महिलाएँ चीख तक उठीं और पुरुषों में भी उद्विग्नतासूचक काना-फूसी होने लगी। परन्तु दुल्हिन का साहस सराहनीय था। यद्यपि घंटे के शब्द से वह भी अपने को काँपने से न बचा सकी पर सँभल कर वह आगे हुई और धैर्य के साथ निर्दिष्ट स्थान तक चली गई। घंटा उसी प्रकार बजता रहा। जैसे लाश को कब्रस्तान ले जाते समय बजा करता है।

दुल्हिन ने मुस्करा कर वेदी पर बैठे हुए पादरी से कहा—मेरे युवा संगी-साथी कुछ घबरा से गए हैं। परन्तु ऐसे अनेकों विवाह हुए हैं, जिनमें घंटा यद्यपि आनन्द सूचक शब्द सुनाता रहा है, तो भी उनका अन्त सुखमय नहीं था। अतएव इस विपरीत स्थिति में मेरा विवाह अवश्य सुखदायक होगा?

पादरी भी बड़ी कठिनाई से उत्तर दे सका। वह बोला—श्रीमती जी! इस विचित्र घटना के समय मुझे प्रसिद्ध पादरी टेलर का विवाह सम्बन्धी एक उपदेशा याद आ गाया है, उसमें उसने मृत्यु के विचारों तथा आने वाले दुखों का सम्मिश्रण कर दिया

था। गोताखोर लोगों में यह प्रथा थी कि वे अपने विवाह-कार्य में इसलिए कुछ दुख सूचक कार्य भी करते थे कि जीवन के इस सब से अधिक सुखद कार्य के सम्पादन के समय मृत्यु की स्मृति भी बनी रहे। अतएव इस शोक-सूचक ध्वनि से हम उपादेय तत्त्व ग्रहण करते हैं।

इस प्रकार समाधान करने पर भी पादरी साहब घंटे का रहस्य जानने के लिए नौकर को भेजने से विरत न रह सके। गिरजे में थोड़ी देर तक सन्नाटा छाया रहा। उस समय केवल एकाध बार काना-फूसी तथा दबी हुई हँसी भर हुई। घंटे की शोक-सूचक ध्वनि से जो उदासीनता उनमें आ गई थी, उसे हटा कर वे इस प्रकार प्रसन्न होने की चेष्टा करने लगे।

गिाजे की एक खिड़की से उस विधवा दुल्हिन की दृष्टि बाहर की ओर एक क्षण के लिए इस प्रकार जा पड़ी, मानों वह अपने प्रथम पति की कब्र का जीर्ण-शीर्ण स्मृति-स्तम्भ खोज रही हो। इसके पश्चात् उसके नेत्रों को पलकों ने ढक लिया। किन्तु उसके विचारों ने उसे दूसरे पति की कब्र की ओर देखने को फिर विवश किया। दो मृत पुरुषों की आवाज उसके कानों में कह रही थी कि तुम भी यहाँ आकर हमारे पास लेटो। शायद उसने सोचा कि मैं कैसी सौभाग्यशालिनी रही होती, यदि वर्षों के सुख के पश्चात् आज यह घंटा मेरे जनाजे के साथ बजता और मेरा सर्वप्रथम प्रेमी उसके साथ रहा होता!

घंटा फिर बजा। इस बार उसकी ध्वनि इतनी अधिक शोक-सूचक थी कि सूर्य का प्राकाश धुँधला-सा प्रतीत होने लगा। खिड़की के निकट खड़े हुए लोगों ने धीरे से कहा—ऐं! एक मुर्दे वाली गाड़ी कुछ गाड़ियों के साथ गली से गिरजे को आ रही है और यहाँ दुल्हिन जीवित का स्वागत करने को वेदी पर खड़ी है। कुछ देर पश्चात् वर और उसके साथियों के पैरों की ध्वनि गिरजे के द्वार पर सुनाई दी। विधवा वधू ने उस ओर देखा, इसके पश्चात् उसने अपने साथ की एक कुमारिका का हाथ अपने अस्थि चर्मावशिष्ट हाथ में लेकर अज्ञातावस्था में इतनी ज़ोर से दबाया कि वह सुकुमार बालिका काँप गई। उसने कहा—प्यारी मैडम! तुम मुझे भयभीत कर रही हो। ओह भगवान! क्या बात है?

विधवा ने कहा—कुछ भी तो नहीं। फिर उसके कान में उसने धीरे से कहा—मेरे मन में एक मूर्खतापूर्ण बात उठी है। मुझे ऐसा मालूम हो रहा है कि मेरा दूल्हा मेरे पहले के दोनों मृतक पतियों को अपने साथ लेकर आवेगा। इतने में उस लड़की ने चीख कर कहा—अरे देखों तो! यह क्या है? जनाजा!

इसी क्षण में बाहर के लोगों ने गिरजे में प्रवेश किया। पहले एक वृद्ध पुरुष एक स्त्री के साथ आए। ये दोनों सिर पैर तक काली पोशाक पहने थे। उनकी

मुखाकृति पीली और केश राशि सफेद थी। पुरुष एक डंडे के सहारे आ रहा था और अपने दुर्बल हाथ से अपने साथ की स्त्री को पकड़े हुए था। इनके पीछे उसी प्रकार के काले वस्त्र पहने, वैसे ही बूढ़े स्त्री पुरुषों की कई पंक्तियाँ आईं। ज्यों-ज्यों वे समीप आती गईं विधवा वधू अपने पुराने विस्मृत मित्रों के कुछ चिह्न प्रत्येक की मुखाकृति पर पाती गई।

जब यह वृद्ध स्त्री पुरुष वेदी की ओर धीरे-धीरे आ रहे थे, तब दर्शक भय से काँप उठे। कई एक ने तो उस ओर से अपना मुँह भी फेर लिया। कुछ उस ओर देखते रहे, पर एक युवती पागल की भाँति जोर से हँस पड़ी और हँसती हुई मूर्च्छित हो गई। जब यह जलूस वेदी के पास पहुँचा, तो लोग लाइन तोड़ कर धीरे-धीरे जाकर अलग-अलग खड़े हो गए। केवल बीच में मनुष्य के आकार की एक चीज खड़ी रह गई। यह वर था, जिस पर कफ़न का कपड़ा पड़ा था, वह मृतवत् निश्चेष्ट खड़ा था। उसने उस विधवा को सम्बोधन करके कहा—

मेरी दुल्हिन! आओ, जनाज़ा तैयार है। कब्र के निकट पादरी हमारी प्रतीक्षा कर रहा है। आओ, पहले विवाह-कार्य हो जाए, तब ताबूत के लिए तैयार हों।

उस विधवा के भय का वर्णन किस प्रकार किया जाए? उसके मुख की आकृति भयंकर हो गई थी उसकी सहेलियाँ अलग हटकर खड़ी थीं और वे शोक सूचक काले वस्त्रोंवाली कफ़न ओढ़े हुए वर तथा वधू को देखकर काँप रही थीं। गिरजे के भीतर भयंकर निस्तब्धता छाई हुई थी। सबसे पहले पादरी ने उसे भंग किया। उसने कहा— मिस्टर एलनउड, तुम्हारी तबीयत ठीक नहीं मालूम होती। तुम्हारा मन असाधारण परिस्थितियों के कारण उद्विग्न-सा हो गया है। इसलिए अति उत्तम होगा कि विवाह-कार्य स्थगित कर दिया जाए। मैं तुम्हारा पुराना मित्र हूँ, अतएव मेरी प्रार्थना है कि तुम घर को लौट जाओ।

एलनउड ने उसी धीमे स्वर में उत्तर दिया—घर, अच्छी बात है, पर मैं बिना वध ू के नहीं जाऊँगा। तुम मेरे रूप को नकल समझते होगे, या शायद पागलपन! यदि मैंने अपने इस अस्थि-चर्मावशिष्ट शरीर के ढाँचे को बहुमूल्य वस्त्रों से सजाया होता—अपने बुझे हुए हृदय को अपने होठों पर हँसी लाने को बाध्य किया होता, तो वह निस्सन्देह नकल या पागलपन हुआ होता। परन्तु यहाँ एकत्रित युवा और वृद्ध बतावें कि हम में से कौन—दूल्हा या दुल्हिन—विवाह के वस्त्र पहनकर आया है।

यह कहकर वह भूतों की भाँति पैर रखता हुआ, उस विधवा के निकट जा खड़ा हुआ। वर अपने कफ़न का कपड़ा ओढ़े हुए खड़ा था, उसके बगल में वधू अपनी भड़कीली पोशाक में सजी हुई थी। कैसी अद्भुत तुलना थी! वधू ने कराह कर कहा— निर्दय! निर्दय!

एलनउड तनिक कठोर होकर बोला—निर्दय? भगवान् न्याय करेंगे कि हम से कौन निर्दय रहा है। युवावस्था में मेरे सुख, मेरी आशाओं, और मेरे उद्देश्यों पर तुमने पानी फेरा। तुमने मेरे जीवन के समस्त अंश को मटियामेट कर दिया और उसे स्वप्नतुल्य कर दिया। यहाँ तक कि बैठकर किसी से दुख तक प्रकट करने की वास्तविकता मुझमें न रह गई और उसी अवस्था में निरुद्देश्य होकर मैं आज तक भटकता ही फिरा। परन्तु 40 वर्ष पश्चात् जब अनन्त विश्राम के लिए मैं अपना अन्तिम विश्राम-गृह निर्माण कर चुका हूँ और जिसमें आश्रय ग्रहण करने का लोभ मैं संवरण नहीं कर सकता, तब तुम मुझे गिरजे की वेदी की ओर उस जीवन के सुख का उपयोग करने को बुलाती हो, जिसका चित्र हमने किसी समय खींचा था। अच्छा, मैं तुम्हारी आज्ञानुसार यहाँ उपस्थित हूँ। जनाज़े के साथ शोक करनेवाले यह मेरे मित्र मेरे ही कहने से आए हैं; तथा शोक-सूचक घंटे की ध्वनि भी मेरे ही आदेश से हुई है। इन बातों और कफ़न के वस्त्र पहनकर आने का अभिप्राय यही है कि तुम्हारे साथ मेरा विवाह हो जाए और हम दोनों साथ-साथ क़ब्र में प्रवेश करें।

यह प्रदर्शन पागलपन का नहीं था और न हृदयगत प्रबल भावों की उत्तेजना ही थी। इस समस्त प्रदर्शन का गम्भीर प्रभाव पड़ा। वधू की सांसारिक वासना जाती रही, उसने दूल्हे का हाथ मजबूती से पकड़ लिया और जोर से कहा—हाँ, तब आओ, विवाह हो जाए और क़ब्र के द्वार पर ही। मेरा सारा जीवन मिथ्याभिमान में ही व्यतीत हुआ है, परन्तु उसकी समाधि पर एक सच्चा भाव अभी बना है। उसकी बदौलत मैं फिर वैसी ही हो गई हूँ, जैसी युवावस्था में थी और इसलिए तुम्हारे उपयुक्त बन गई हूँ। अब हम दोनों के लिए अधिक समय शेष नहीं है, आओ, अब हमारा विवाह भविष्य के अनन्त जीवन के लिए हो जाए।

दूल्हे ने दुल्हिन के नेत्रों की ओर स्थिर दृष्टि से देखा, उसके नेत्र अश्रुपूर्ण हो गए। उसने अपने कफ़न के वस्त्र से नेत्र पोंछकर कहा—युवावस्था की प्रिये! मैं पागल हो गया हूँ। जीवन भर की निराशा ने मुझ पर अपना अधिकार कर मुझे पागल बना दिया था। मुझे क्षमा करो और तुम भी शान्ति ग्रहण करो। अब हम दोनों का सन्ध्या काल है। अपने प्रातःकालीन सुखद-स्वप्न हमने अनुभव नहीं किए हैं। परन्तु आओ, इस वेदी के सामने एक दूसरे का पाणिग्रहण उन प्रेमियों की भाँति करें, जो प्रतिकूल परिस्थितियों के कारण एक दूसरे से जीवन भर पृथक रहे। अब हमारा अन्तिम समय निकट है और इस पुनर्मिलन पर हम अपने सांसारिक प्रेम को धर्म में परिणत करेंगे। जिसने अनन्त जीवन के लिए विवाह किया है, उसके लिए समय की क्या अपेक्षा है।

जिस समय उन दोनों अमर आत्माओं का पाणिग्रहण हुआ, अनेकों की आँखों से आँसू बह रहे थे। और उनके हृदय-गत उच्च भावों का निदर्शन हो रहा था। शोक करनेवाले वृद्धों की टोली, कफन लपेटे हुए वृद्ध दूल्हा, वृद्ध दुल्हिन का पीला रूप, उस समय के शोक-सूचक घंटे की ध्वनि, इन सब बातों से सांसारिक आशाओं को मृत्यु की सूचना हुई। परन्तु ज्योंही वैवाहिक क्रिया के कार्य का श्रीगणेश हुआ, आरमन बाजा ऊँचे स्वर में बजने लगा। मानों इस प्रभावात्मक दृश्य के कारण विवाह से उसने सहानुभूति प्रकट को हो। जब विवाह-कार्य सम्पन्न हो गया और वे दोनों वहाँ से हट गए, तब उस बाजे के स्वर में घंटे की मृत्यु-सूचक ध्वनि दब गई।

माँ

बालज़ाक

सन् 1793 ई. के नवम्बर मास में एक दिन सन्ध्या के समय केरण्टन नगर के गण्यमान्य व्यक्ति मैडम के यहाँ एक सुसज्जित कमरे में एकत्र हो रहे थे। यों तो प्रतिदिन ही लोग यहाँ आया-जाया करते थे। परन्तु आज की चहल-पहल देखकर तो लगता था, कि कोई विशेष घटना अवश्य हुई है। बात यह थी, कि दो दिन पहले से मैडम डे ने लोगों से मिलना-जुलना बन्द कर दिया था, और सेवकों द्वारा अतिथियों से कहलवा दिया गया था कि वे बीमार हैं। वैसे भी इस बात का केरण्टन जैसे छोटे नगर पर वही प्रभाव पड़ता, जैसा कि आजकल पेरिस पर पड़े, यदि वहाँ के कुल सिनेमा और थियेटर बन्द कर दिये जायँ। और फिर वह तो क्रान्ति का समय था, जब कि छोटी-छोटी बातें भी लोगों को संशय में डाल देती थीं। उस समय जीवन अत्यन्त सन्देहात्मक था। किसी भी समय किसी कारण मौत का पर्वाना आ सकता था। विशेषतः उच्च कुल के रईसों के लिए तो भारी भय था। खानदानी होना जुर्म था, जिसके लिए केवल एक ही दण्ड था—प्राण दण्ड। इसी करण मैडम डे के यहाँ एकत्रित लोग कानाफूसी कर रहे थे। मैडम डे भी आज बहुत चिन्तित दिखाई देती थीं।

इस परिस्थिति को समझाने के लिए हम पाठकों को उनका थोड़ा-सा परिचय देते हैं।

मैडम डे एक फौजी अफसर की विधवा पत्नी थीं। क्रान्ति के आरंभ होने पर जब पेरिस से लोग भागने लगे, तो ये भी निकल आईं। केरण्टन नगर के आस-पास देहात में इनकी काफी जायदाद थी। इसी कारण यहाँ भागकर इन्होंने शरण ली थी। यह भी अनुमान था, कि सम्भवतः क्रान्ति का प्रभाव पेरिस से इतनी दूर तक न फैलने पाएगा। यह अनुमान सच भी निकला। फ्रांस का यह भू-भाग क्रान्ति की ज्वाला से

बहुत कुछ बचा रहा। पहले जब कभी भी मैडम डे अपनी जमींदारी में आती थीं, तो केवल कुलीन तथा धनी-मानी लोगों से ही भेंट करती थीं; परन्तु अब की बार तो उन्होंने सभी प्रतिष्ठित व्यक्तियों के लिए अपने घर का द्वार खोल रखा था। इन लोगों को अपनी इस विजय पर बड़ा गर्व था। मैडम डे के प्रशंसनीय व्यवहार ने सभी को जीत लिया था। उनकी नम्रता और स्नेह-भाव में अद्भुत आकर्षण था। वे अपने पुराने और नये मित्रों को प्रसन्न रखने में सफल हुई थीं। खूबी की बात यह थी, कि यह समस्त कार्य उन्होंने आत्म-सम्मान की रक्षा करते हुए किया था उन्हें कभी किसी के सामने सिर नहीं झुकाना पड़ा।

लगभग चालीस वर्ष की आयु होते हुए भी, मैडम डे की मुखाकृति पर एक प्रकार की सुन्दरता थी। छोटा-सा भोला मुखड़ा, छरहरा शरीर, और प्रत्येक अंग सुडौल। मुख की कान्ति उनके उच्च कुल में उत्पन्न होने का परिचय देती थी। बोलते समय मुख पर एक अनोखी आभा दिखाई देती थी। उनके बड़े-बड़े, काले नेत्रों में कुछ और ही बात थी। उनमें एक मद था। यह मद युवावस्था का नहीं, वरन् उनके भावुक होने का प्रमाण था। यौवन के प्रारम्भ में ही उनका विवाह हो गया था। पति की आयु अधिक थी, और वे संदेही भी थे। फ्रांस का राज-दरबार उस समय पाप का गढ़ हो रहा था। ऐसी हालत में एक सुन्दर महिला का रोज घूमने जाना काउण्ट डे को अच्छा न लगता था। वे सदैव सशंकित और उदास रहते थे। परन्तु मैडम डे बड़ी पतिव्रता थीं। वे सदैव यौवन के उच्छृंखल भावों को कुचलने का प्रयत्न करती रहीं। इसी कारण उनका हृदय अब भी उच्च भावनाओं से परिपूर्ण था, और उनका भोलापन अब भी, कभी-कभी छलक पड़ता था, और यही इनकी आकर्षण-शक्ति का रहस्य था। उनके विचारों में अपूर्ण आकांक्षाओं का आभास था। उनके मुख की ओर देखकर सबसे मस्तक सम्मान से नीचे झुक जाते थे। उनकी आत्मा बहुत ऊँची उठी हुई प्रतीत होती थी। वे इस लोक की नहीं, किसी दूसरे लोक की देवी मालूम पड़ती थीं।

ऐसी आत्मा का किसी रस में सदैव निमग्न रहना स्वाभाविक था। मैडम डे के लिए यह रस था—पुत्र-स्नेह। अपने एकमात्र पुत्र के लिए उनके हृदय में उसीम प्रेम था। यह मातृ वात्सल्य ही उनके हृदय में उमड़ते हुए तूफान को रोके हुए था। बिना पुत्र के उन्हें जीवन नीरस मालूम होता था। उसका बिछोह उनके लिए असह्य हो जाता था। उसे देखने से उनका मन नहीं भरता था। सारांश यह कि वे पुत्र के लिए ही जीवित थीं। ऐसा प्रगाढ़ प्रेम अकारण नहीं था। यह पुत्र ही डे दम्पति के वंश का दीपक था। मैडम डे के जीवन की आशा और सुख, सब इसी पुत्र में केन्द्रित था। यों तो यह भाव प्रायः सभी स्त्रियों में न्यूनाधिक मात्रा में होता ही है, परन्तु मैडम डे में बहुत अधिक था। दूसरी बात यह थी, कि वह बालक सदैव रोगी रहता था। कई बार तो डाक्टर भी उसके जीवन से निराश हो चुके थे। परन्तु फिर भी मैडम डे

उसे एक शक्तिशाली युवक के रूप में देख सकीं। इसलिए उनके हर्ष का पारा-वार नहीं था, और इसी कारण उनकी ममता और अधिक बढ़ गई। फिर वह पुत्र भी अपनी माता से बहुत प्रेम करता था। यह सौभाग्य बहुतेरी माताओं को प्राप्त ही नहीं होता। उन दोनों में ऐसा प्रेम था, कि यदि वे माता-पुत्र न होते, तो भी यह भाव दोनों में रहता। अट्ठारह वर्ष की अवस्था में ही इस लड़के को शाही सेना में सब-लेफ्टिनेंट का पद मिल गया। क्रांति के कारण भगदड़ में यह भी राजकुमारों के साथ पेरिस से निकल गया।

क्रांति-काल में भागे हुए शत्रु की माता होना खतरे से खाली न था। फिर मैडम डे कुलीन और धनी भी थीं। इसलिए उनकी दशा विशेष रूप से संकटमय थी। पुत्र को सुखी देखने की आशा से पैतृक सम्पत्ति के संरक्षण के लिए, उन्होंने वियोग का दुख स्वीकार किया था। संतोष केवल यही था, कि जब प्रजातन्त्र कानून गढ़-गढ़ कर जमींदारों से उनके अधिकार छीन रहा था, तो वे अपने पुत्र की सम्पत्ति को सँभाले हुए थीं। फिर जब खबर मिली, कि 'कन्वेन्शन' अन्धाधुन्ध रक्त बहा रहा है, तो भी मैडम डे को कोई चिंता न हुई, क्योंकि उन्हें विश्वास था, कि उनका वास्तविक कोष संकट से बहुत दूर है, सुरक्षित है। वे अपना वियोग-दुख कभी किसी पर प्रकट नहीं होने देती थीं। परन्तु माता की हिम्मत की भी एक सीमा होती है।

उन्होंने समस्त क्रांतिवादी कर्मचारियों से सम्पर्क स्थापित कर रखा था। उनमें से कई तो मैडम डे से प्रेम भी जताने लगे थे। शहर कोतवाल तो डरा-धमका कर उनसे विवाह कर लेना चाहता था। इस संकट से बची रहना उन्हीं-जैसी स्त्री का काम था। इन लोगों को नित्य अपने घर बुला कर खिलाना-पिलाना और सम्मान करना साँपों को दूध पिलाने के समान था। परन्तु बड़ी होशियारी से वे अपने मित्रों को प्रसन्न रखती थीं। यों कहना चाहिए, कि नारी-चरित्र इन लोगों को कठपुतली की भाँति नचा रहा था। फ्रांस में रहने वाले शाही सत्तावादियों को विश्वास था, कि प्रजातन्त्र का शीघ्र नाश होने वाला है। इसी विश्वास से प्रभावित हो, मैडम डे भी किसी तरह समय काटने का प्रयत्न कर रही थीं।

सफलतापूर्वक इन संकटों को निवारण कर लेने पर भी, न जाने क्या बात हुई, कि मैडम डे ने उस दिन से सबसे मिलना-जुलना बन्द कर दिया। लोगों से मैडम डे की कुछ ऐसी घनिष्ठता हो गई थी, कि उस दिन उन्हें बड़ी निराशा हुई। तुरन्त ही पूछ-ताछ आरम्भ हो गई, कि "आखिर कैसे एकदम बीमार हो गई। क्या बीमारी है? क्या पीड़ा अधिक है? किस डाक्टर का इलाज हो रहा है?" प्रश्नों का उत्तर देते-देते सेवकों की नाक में दम आ गया। मैडम डे की विश्वस्त सेविका ने सबसे कह दिया, कि उसकी स्वामिनी अपने कमरे में बीमार पड़ी हैं, और वहाँ सेवकों तक को जाने की आज्ञा नहीं है। परन्तु पूछने वालों को चैन कहाँ? छोटी-सी जगह में रहने

वाले किसी भी स्थानीय घटना की जानकारी प्राप्त किए बिना नहीं मानते। टीका-टिप्पणी करना तो उनका कर्तव्य-सा रहता है। केरण्टन-निवासियों को मैडम डे से सहानुभूति तो अवश्य थी, परन्तु उनके इस तरह अचानक बीमार हो जाने के कारण जान लेने की उत्सुकता ज्यों-की-त्यों बनी रही। एक उत्सुक महाशय कहने लगे, कि ''यदि वे बीमार होतीं, तो अपने डाक्टर को अवश्य बुला भेजतीं। परन्तु डाक्टर साहब तो दिन भर मेरे साथ बैठे शतरंज खेलते रहे। इसमें अवश्य कोई रहस्य है।''

फिर क्या था, रहस्य की बात चारों ओर फैल गई। तरह-तरह की अफवाहें उड़ने लगीं। स्त्री, पुरुष, बालक, वृद्ध, सभी इस समस्या को हल करने में लग गये। अगले दिन की घटना से शक और भी बढ़ गया। बस्ती की कतिपय महिलाओं ने उसी दिन सेविका को बाजार में बहुत-सी खाने-पीने की सामग्री खरीदते देखा। सबसे अधिक आश्चर्य की बात तो यह थी, कि उस दिन एक ही खरगोश बाजार में बिकने को आया था, और उसे उस सेविका ही ने मोल लिया। जब स्वामिनी बीमार हैं, तो खरगोश क्यों खरीदा गया। अब तो तीव्र आलोचनाएँ होने लगीं। सेवकगण जितना ही अधिक छिपाने की कोशिश करते, उतना ही लोगों का अविश्वास बढ़ता जाता। उन्हें ऐसा प्रतीत होता था, कि आज कल मैडम डे के घर बड़ी तैयारियाँ हो रही हैं। यह किसके स्वागत की तैयारियाँ हैं, कि इस प्रकार रहस्यमय रूप से की जा रही हैं?

दूसरे दिन सन्ध्या समय नगर के प्रधान-प्रधान व्यक्ति शहर कोतवाल के भाई के घर गये। यह केरण्टन नगर का अग्रगण्य व्यापारी था, और सच्चरित्रता के कारण मैडम डे की उस पर विशेष श्रद्धा थी। उन लोगों में मैडम डे के प्रेमी भी थे। सभी इस रहस्य के सम्बन्ध में अपनी-अपनी गाथा तैयार किये बैठे थे। सरकारी वकील की सम्मति में, मैडम डे ने रात्रि में अपने पुत्र को बुलाने के लिए यह अभिनय रचा था। शहर कोतवाल की धारणा थी, कि उस घर में कोई पादरी छिपा बैठा है। परन्तु यह उसकी भी समझ में न आया, कि खरगोश क्यों खरीदा गया? मजिस्ट्रेट का विश्वास था, कि वहाँ कहीं के शत्रु ने आकर शरण ली है। कुछ लोगों की राय थी, कि कोई खानदानी जमींदार पेरिस के कारागार से भाग कर, यहाँ आ छिपा है। सारांश यह कि सभी लोग किसी न किसी प्रकार मैडम डे को उन कृपाओं की अपराधिनी ठहरा रहे थे, जिन्हें उस समय के कानूनों ने जुर्म करार दे रक्खा था, और जिनकी सजा थी सिर काट लेना। सरकारी वकील ने तो धीरे से यह भी कहा, कि इस बात की चर्चा न फैला कर मैडम डे को किसी प्रकार इस संकट से मुक्त करना चाहिए। उसने कहा, कि ''यदि आप लोग चुप न रहेंगे, तो मुझे कल ही वारण्ट जारी करा के उनके मकान की तलाशी लेनी पड़ेगी। और फिर....''

उसने अपना अन्तिम वाक्य पूरा नहीं किया, परन्तु उसका अर्थ सब लोग

समझ गये।

मैडम डे के मित्र उनकी जीवन-रक्षा के लिए ऐसे चिन्तित थे, कि तीसरे दिन प्रातःकाल नगर के एक उच्च कर्मचारी ने पत्र लिख कर, उसी शाम को सबसे भेंट करने की मैडम डे से प्रार्थना की। एक वृद्ध व्यापारी काउन्टेस से भेंट के कमरे में चलने की प्रार्थना करने के लिए घर के भीतर चला गया। जैसे ही वह काउन्टेस के कमरे की ओर बढ़ा, काउन्टेस को वाटिका में अपने गुलदस्तों के लिए फूल तोड़ते देखकर, आश्चर्य-चकित रह गया।

वृद्ध व्यक्ति ने दयार्द्र होकर. अपने मन में कहा, 'अवश्य ही यह अपने किसी राजसत्तावादी प्रेमी को आश्रय दे रही है!'

काउन्टेस की मुखाकृति देख कर, उसका विचार और भी पुष्ट हो गया। वृद्ध व्यापारी का हृदय दया से पिघल गया। वह नगर में फैली हुई अफवाहों का सारांश कह कर, काउन्टेस को समझाने लगा। फिर उसने कहा—"याद रहे, कि एक भागे हुए पादरी को छिपा रखने के लिए तो नगर-अधिकारी शायद आपको क्षमा भी कर दें, पर एक प्रेमी को शरण देना उनकी दृष्टि में अक्षम्य आपराध होगा।"

काउन्टेस का चेहरा पीला पड़ गया। हतबुद्धि-सी होकर, थोड़ी देर तक वह इस भद्र व्यक्ति की ओर देखती रहीं। फिर सहसा उन्होंने वृद्ध का हाथ पकड़ लिया, और उसे कमरे में ले जाकर बोलीं—"लीजिए... पढ़िए!"

यह कहकर, वह एक कुर्सी पर बैठ गईं, जैसे हताश हो गई हों। व्यापारी चश्मा निकाल कर पोंछने लगा। काउन्टेस चुपचाप उसकी ओर देखती रहीं। अन्त में क्षीण स्वर में बोलीं—"मुझे आप पर भरोसा है।"

वृद्ध ने कहा— "क्या मैं भी आपके अपराध में हिस्सेदार नहीं बन रहा हूँ?"

काउन्टेस खुशी से उछल पड़ीं। उन्हें आज ज्ञात हुआ, कि कोई दर्द में शरीक है। वृद्ध तुरन्त ही इस हर्ष-विषाद का कारण जान गया। पत्र काउन्टेस के पुत्र के पास से तीन दिन हुए आया था। वह आज रात्रि को आने वाला था। उसे पूर्ण विश्वास था, कि वह कारागार से सफलता-पूर्वक निकल भागेगा। 'परन्तु यदि ऐसा न हुआ, तो—विदा!' पत्र की यही अंतिम पंक्ति थी।

वृद्ध पत्र पढ़ कर, काँपने लगा। काउन्टेस ने वह पत्र वृद्ध के हाथ से छीन लिया, और पागलों की भाँति कमरे में चक्कर लगाने लगीं। सहसा वह रो पड़ीं। "और आज ही तो उसके आने का दिन है!"

काउन्टेस ने उत्तेजित होकर, फिर कहा—"शायद वह भूख से तड़प रहा है, शायद वह थका माँदा आये। और..." स्नेह के आवेग में वह और कुछ न कह सकीं।

व्यापारी ने धीमे स्वर में कहा—"मुझे अपने भाई के ऊपर पूर्ण विश्वास है मैं जाकर उससे सहायता माँगूँगा। मुझे आशा है, कि वह अवश्य सहायता देगा।"

तत्पश्चात् दोनों में बड़ी देर तक परामर्श होता रहा। व्यापारी के बड़ी चतुरता से तर्क करने के पश्चात्, यह निश्चय हुआ, कि वह केरटन नगर के गण्यमान्य व्यक्तियों के पास जाकर मैडम डे का निमंत्रण दे आये, जिससे कि उन लोगों का अविश्वास दूर हो जाय...।

लोगों की उत्सुकता मिटाने का दुस्तर कार्य बड़ी कुशलता से किया गया। सभी को उसने कुछ-न-कुछ ऐसा उत्तर दिया, जिससे उन लोगों का भ्रम दूर हो गया। खरगोश के विषय में जो आफत उठ खड़ी हुई थी, उसे यह कहकर दूर कर दिया गया, कि काउन्टेस के पैरों में दर्द हो गया था, इसलिए खरगोश खरीदा गया था। एक डाक्टर ने समर्थन करते हुए कहा, कि ''हाँ, खरगोश की गर्म-गर्म खाल लपेटने से यह रोग अच्छा हो जाता है।''

सायंकाल हो गया। काउन्टेस के यहाँ लोग आने लगे। धीरे-धीरे सारा हाल भर गया। सभी मैडम डे के मुँह की ओर निहार रहे थे, जैसे जाँच रहे हों, कि उन्हें क्या बीमारी थी। अधिकाश लोग मैडम डे के निरोग हो जाने पर प्रसन्न हो रहे थे। मैडम डे की आज विचित्र हालत थी। वह न जाने कैसे अपनी अंतर्वेदना को दबाये हुए थीं, और सबसे सहज भाव से बोलने का प्रयत्न कर रही थीं। फिर भी कभी-कभी उनका चित्त चंचल हो उठता था, और मन की उद्विग्नता मुखाकृति पर झलक जाती थी। बात करते-करते वह बीच में चौंक उठती थीं। उन्हें ऐसा मालूम होता था, कि सब लोग उन्हीं की ओर घूर कर देख रहे हों। कैसी विकट परिस्थिति थी।

सिर्फ सरकारी वकील एक कोने में कुर्सी पर बैठा और बड़े गौर से काउन्टेस की ओर देख रहा था। शेष सब लोग अपने मजे में मस्त थे। कोई शतरंज खेल रहा था, तो कोई ताश, और कुछ लोग काउन्टेस से खड़े-खड़े बातें कर रहे थे। सहसा कोई वस्तु लाने का बहाना करके, काउन्टेस अपने निजी कमरे में चली गई। वह अपने पुत्र से मिलने के लिए व्याकुल हो रही थी। उन्होंने अपनी विश्वासपात्र सेविका की ओर देख कर, व्यथित स्वर में कहा—''मेरा दम घुटा जा रहा है। क्या वह न आएगा? ओफ। कुछ अच्छा नहीं लगता। वह मर नहीं सकता, कदापि नहीं। बिना अपनी दुखी माता से मिले, उससे कैसे मरा जाएगा? शीघ्र ही मेरा बेटा यहाँ आता होगा। सुन-सुन! कोई आवाज आ रही है। क्या तुझे सुनाई पड़ रही है? आह, काश, मुझसे कोइ कह दे, कि तेरा पुत्र जेल से निकलकर तेरे पास आ रहा है। मैं सोच भी नहीं सकती कि...''

उन्होंने एक बार अश्रुपूर्ण नेत्रों से कमरे में चारों ओर देखा। अँगीठी में खूब आग जल रही थी। सब खिड़कियाँ बन्द थीं। मेज-कुर्सियाँ चमचमा रही थी। काउन्टेस ने अपने हाथों से पुत्र के लिए पलंग बिछाया था। कमरे की प्रत्येक वस्तु से मातृ-स्नेह टपक रहा था। पुष्पों से माता के प्रेम की सुगन्धि निकलकर कमरे में

फैल रही थी। एक छोटी-सी मेज पर भोजन और मदिरा रखी हुई थी। एक माता ही समझ सकती है, कि उसके सिपाही पुत्र को किन-किन वस्तुओं की आवश्यकता होगी।

"सेविका!" कैसी दर्द-भरी आवाज थी! कैसी करुण पुकार थी! "स्वामिनी, धैर्य धारण कीजिए! मैं बाइबिल से सगनौती निकाल कर देख चुकी हूँ, कि वे अवश्य आएँगे।"

"परन्तु क्या मुझे सगनौती पर विश्वास है?"

"विश्वास?... पूर्ण विश्वास है मुझे! मेरी सगनौती आज तक कभी झूठी नहीं हुई। आपके पुत्र सकुशल हैं।"

"चाहे जो हो, मैं अभी उससे मिलना चाहती हूँ!"

सेविका की आँखों में आँसू छलक आये। "मोशिये आगस्ते, शायद तुम पैदल घर की ओर आ रहे हो?"

तभी गिरजाघर की घड़ी में टन-टन आठ बजे। मैडम डे चौंक कर उठ बैठीं। वह भय से काँपने लगीं। बाहर लोग उनकी राह देख रहे होंगे। पुत्र की सुरक्षा तो इसी में है, कि वह नीचे जाकर लोगों में सम्मिलित हो जायँ। शीघ्र ही वह नीचे हाल में पहुँच गईं।

उनके चेहरे पर अब लाली छाई हुई थी, और वह कुछ युवतियों के साथ ताश खेलते हुए, मुस्करा रही थीं। फिर भी छिपा कर कभी-कभी वह सड़क की ओर देखि लेती थीं।...

मैडम डे और उनके अतिथियों को छोड़कर, अब हम आपको पेरिस से केरटन आने वाली सड़क पर ले चलते हैं।

वह देखिए, सामने एक युवक काले वस्त्र पहने हुए आ रहा है। प्रजातंत्र के सैनिकों को उस समय यही वर्दी पहननी पड़ती थी। प्रजातंत्र की सेना जब जबरदस्ती भर्ती होने लगी, तो इस नियम का अपवाद हो गया। भद्र नवयुवक अपने निजी वस्त्र पहने हुए ही फौजी कवायद में शरीके हो जाते। आज एक फौजी जत्था पेरिस से जा रहा था, और मार्ग में रात भर के लिए केरटन में ठहरने वाला था। केरटन का कोतवाल उसकी प्रतीक्षा कर रहा था।

युवा सैनिक को देखकर मालूम होता था, कि वह बहुत थका हुआ था। उसके सारे वस्त्र गर्द से परे हुए थे। इससे मालूम होता था, कि वह बहुत लम्बी यात्रा करके आ रहा है। परन्तु फिर भी उसकी चाल सिपाहियाना थी।

सहसा बादल घिरने लगे। युवक थका होने पर भी जल्दी-जल्दी कदम बढ़ाने लगा। अब वह केरटन नगर के बहुत पास आ गया था। वहाँ पहुँचकर वह सीधा मजिस्ट्रेट के पास गया। रात में विश्राम करने के लिए कोतवाल के हस्ताक्षरयुक्त पास

की आवश्यकता पड़ती थी। उसने चपरासी से अपने आने का अभिप्राय कहलाया, और उत्तर की प्रतीक्षा में एक बेंच पर बैठ गया। कोतवाल पास देने के पहले उसकी जाँच करना चाहता था। वह भीतर बुलाया गया। उसके भीतर पहुँचने पर, कोतवाल ने देखा, कि युवक किसी अच्छे घराने का जान पड़ता है। उसकी बातचीत से विद्वत्ता टपकती थी।

कोतवाल ने उसकी ओर देखक कर, पूछा—''आपका नाम?''

''जूलियन जूशू।''

''आप कहाँ से आ रहे हैं?'' यह बात कोतवाल ने तनिक हँस कर कही। ऐसा मालूम होता था, कि कोतवाल को युवक पर कुछ सन्देह हो गया था।

''पेरिस से।''

कोतवाल ने उसी विचित्र हँसी के साथ कहा—''और शायद आपके साथी पिछड़ गये हैं?''

''जी हाँ। वे इस समय यहाँ से कोई तीन मील दूर होंगे''—युवक ने उत्तर दिया।

''नागरिक'' सम्भवतः किसी का प्रेम आपको यहाँ इतनी जल्दी खींच लाया है। खैर, कोई हर्ज नहीं। यह लीजिए अपना पास। मैं जानता हूँ, कि आप कहाँ जाना चाहते हैं। सलाम, नागरिक जूशू!'' अन्तिम दो शब्द कोतवाल ने कुछ व्यंग्य के साथ कहे। पास पर मैडम डे का नाम पढ़ कर, युवक को कुछ आश्चर्य हुआ। वह पास लेकर, बाहर चला आया।

कोतवाल मन-ही-मन कहने लगा, 'मैं जानता हूँ, कि तुम इस नाम से पूर्णतया परिचित हो। मकान ढूँढ़ने में तुम्हें देर न लगेगी। ...मगर कैसा वीर युवक है। मेरे प्रश्नों के उत्तर खटाखट देता चला गया। ईश्वर इसकी रक्षा करे! यदि इस समय मेरे स्थान पर कोई और होता, और इसकी तलाशी लेता, तो बेचारे पर मुसीबत आ जाती। कहीं का न रहता बेचारा!'

केरटन के गिरजे की घड़ी में साढ़े नौ बज चुके थे। मैडम डे के कमरों में रोशनी बुझाई जा रही थी। और आए हुए लोग एक-एक करके विदा हो रहे थे। सरकारी वकील की ओर देख कर, एक युवती ने कहा—''शायद आप अभी यहाँ और रुकेंगे?''

वह एक कोने में मैडम डे के साथ बैठा बातें कर रहा था। मैडम डे बेचैनी से उसके जाने की प्रतीक्षा कर रही थीं। उनके चेहरे पर भय के चिह्न थे। सरकारी वकील ने मैडम डे से कहा—''नागरिके, मैं यहाँ प्रजातन्त्र के नियमों की रक्षा करने के लिए बैठा हूँ।''

मैडम डे काँप उठीं।

''मैं समझता हूँ, कि आप एक रहस्यपूर्ण नाटक की प्रधान अभिनेत्री हैं।''

मैडम डे ने साश्चर्य उत्तर दिया—"मैं? कैसा रहस्य? कैसा नाटक?"

सरकारी वकील ने कर्कश स्वर में कहा—"मैडम, क्यों छिपा रही हो? जानती हो, इस समय तुम्हारे मुख से निकले हुए शब्द तुम्हारे जीवन का नाश कर सकते हैं, और उसे बचा भी सकते हैं। मैं आज बहुत देर से तुम्हारे भाव को परख रहा हूँ। तुम मुझे औरों की भाँति भुलावा नहीं दे सकतीं। यदि अपने मुख से नहीं बतला सकतीं, तो सुनो, तुम अपने पुत्र की प्रतीक्षा कर रही हो।"

मैडम के ऊपर मानो वज्र गिर पड़ा। उसका शरीर एकदम पीला पड़ गया। भय से मुखाकृति बिगड़ गई। उसने भरसक इन भावों को दबाने की कोशिश की। परन्तु सरकारी वकील ताड़ गया।

"खैर, खुशी से स्वागत करो उसका। परन्तु कल सवेरे सात बजे से पहले ही विदा कर देना। मैं उसी समय यहाँ आऊँगा, और तलाशी लेकर चला जाऊँगा। मेरी बात मानने में ही तुम्हारा कल्याण है।"

मैडम डे किंकर्त्तव्य-विमूढ़ की भाँति उसकी ओर देखती रह गईं।

सरकारी वकील ने फिर कोमल स्वर में कहा—"मैं मैजिस्ट्रेट के सामने तुम्हारी प्रजातंत्र के प्रति भक्ति की प्रशंसा करके तुम्हें छुड़ा लूँगा।"

मैडम डे को भय था, कि कहीं उन्हें फँसाने के लिए तो यह जाल नहीं रचा जा रहा है। परन्तु अब उनका मस्तिष्क काम नहीं कर रहा था। सोचने की शक्ति बिलकुल नहीं रह गई थी। उसका मुख तमतमा रहा था। समस्त शरीर जैसे ज्वाला में भस्म हुआ जा रहा था। जिह्वा को मानो काठ मार गया था।

इतने में खट-खट की आवाज से सार कमरा गूँज उठा। भर्राई हुई आवाज में मैडम चीख उठीं—"मुझे बचाओ! मेरे पुत्र की रक्षा करो!"

सरकारी वकील ने प्रेमोन्मत्त नेत्रों से उनकी ओर देखकर, कहा—"हाँ, उसे किसी प्रकार बचाना ही होगा। आपको इसके लिए किसी के उपकार का बोझ न सहना पड़ेगा।"

सेविका धडधड़ाती हुई कमरे में चली आई।

"स्वामिनी, वे..." इतना कहकर, वह ठिठक गई। उसने समझा था, कि कमरे में और कोई नहीं है। सरकारी वकील को देखते ही, वह सिहर उठी। उसकी समस्त प्रसन्नता काफूर हो गई। चेहरे का रंग फ़क़ हो गया।

सरकारी वकील ने अर्थपूर्ण स्वर में कहा—"हाँ, हाँ, कहो, क्या बात है।"

सेविका ने पास दिखाते हुए कहा—"एक नया सिपाही यहाँ आश्रय चाहता है।"

सरकारी वकील ने पास देखकर कहा—"ठीक है। आज रात को यहाँ एक

जत्था आने वाला है।''

यह कहकर, वह बाहर चला गया।

मैडम डे को किसी बात की सुध न रही। उन्हें यह चिंता न थी, कि सरकारी वकील उन्हें धमकी दे गया है। जल्दी-जल्दी जीने पर चढ़कर, वह ऊपर भागीं। कमरे का द्वार खोलते ही, उन्होंने पुत्र को सम्मुख खड़ा पाया। अब उनमें खड़े होने की शक्ति भी शेष न थी। वह निर्जीव की भाँति अपने पुत्र के गले से लिपट गईं।

''मेरे बेटे! मेरे लाल!'' वह और कुछ न कह सकीं। आँसुओं से उनका कंठ रुँध-सा गया। प्रेम-विह्वल होकर, वह बार-बार उसका मुख चूमने लगीं।

''मैडम!'' आगन्तुक ने कहा।

''हैं! यह कैसी आवाज है, यह कैसा शब्द है? अरे, यह तो मेरा बेटा नहीं है!'' मैडम निरश हो; पीछे हट गईं, और एकटक आगन्तुक की ओर निहारने लगीं।

''परन्तु शक्ल-सूरत कितनी मिलती-जुलती है,'' सेविका ने कहा।

एक क्षण के लिए कमरे में सन्नाटा छा गया। आगंतुक भी मैडम डे की दशा देख कर काँप उठा।

मैडम क्षीण स्वर में बोलीं—''महाशय, मैं आपकी ओर अब और अधिक नहीं देख सकती। क्षमा कीजिए। मेरे सेवक आपकी सेवा करेंगे।'' और वह सेविका और उसके पति का सहारा लेकर, धीरे-धीरे जीने से नीचे उतरने लगीं।

''परन्तु स्वामिनी, क्या यह अज्ञात व्यक्ति मोशिए आगस्ते के लिए प्रस्तुत की गई सब वस्तुओं का उपभोग करेगा? मैं यह नहीं देख सकती।''

''सेविका!'' मैडम ने कराहते हुए कहा।

''चुप रहो!'' सेविका के पति ने तीव्र स्वर में अपनी पत्नी को डाँटते हुए कहा—''क्या स्वामिनी के प्राण ले लोगी?''

इसी समय नये आये हुए सिपाही के कमरे से कुर्सी घसीटने की आवाज आई।

''मैं यहाँ एक क्षण भी नहीं ठहर सकती,'' मैडम डे ने कहा—''मुझे बाहर ले चलो।''

बाहर चारों ओर अन्धकार था। रात्रि का सन्नाटा डरावना मालूम होता था। मैडम को पुत्र-मिलन की अब भी थोड़ी-सी आशा थी। उनमें निराश होने की शक्ति ही कहाँ बची थी?

सहसा पैरों की आहट सुनकर, मैडम चौंक पड़ीं। आशा से उनका हृदय धड़कने लगा। परन्तु फिर वही निस्तब्धता।

''अब वह न आएगा।''

केरटन-निवासियों का कथन है, कि उस दिन रात्रि बड़ी भयानक थी। सुबह

होते-होते मैडम डे अपने कमरे में चली गईं। बहुत देर हो गई, और वह बाहर न निकलीं। जब सेविका ने कमरे का द्वार खोला, तो देखा कि काउन्टेस का मृत शरीर भूमि पर पड़ा है।

''आगन्तुक आज बहुत सवेरे से प्रजातंत्र का राष्ट्रीय गान गा रहा था। उसी के गाने ने मैडम को मार डाला।''—सेविका ने दीर्घ निःश्वास लेकर कहा।

परन्तु मैडम की मृत्यु का वास्तविक कारण, निराशा की मार्मिक वेदना थी। सम्भवतः उन्होंने भविष्य को देख लिया था, क्योंकि जिस समय केरटन में यह दुर्घटना हुई, ठीक उसी समय उसके पुत्र को एक दूसरे नगर में फाँसी पर चढ़ाया जा रहा था।

राजकुमार का अभिषेक

आस्कर वाइल्ड

अभिषेक तिथि के पूर्व रात्रि की बात है। राजकुमार एक सुसज्जित कमरे में अकेला बैठा था, दरबारी गण शिष्टाचार के अनुसार अभिवादन करके अपने-अपने विश्राम-गृहों को चले गए थे, और उनमें कुछ, जो अबतक आचार व्यवहार में कोरे थे—उचित आदेश पाने के लिए राजप्रासाद के बड़े कमरे में एकत्रित हो रहे थे।

राजकुमार की आयु अभी केवल सोलह वर्ष की थी। दरबारियों के चले जाने से वह तनिक भी खिन्न न था, बल्कि इतमीनान की गहरी साँस लेकर जरी के मखमली गद्दी पर बड़े आराम से लेटा हुआ था। उस समय उसके नेत्रों में एक विचित्र प्रकार की उन्मत्तता थी और मुख खुला हुआ था—इस समय उसकी दशा, चम्पक वर्ण बन-देवता के सदृश, अथवा बहेलियों के फंदे में ताजा फँसे हुए जवान जंगली पशु की भाँति थी।

वास्तव में, बहेलियों ने ही उसे तब पाया था, जब वह अपने आपको अपने अभिभावक गड़रिये का पुत्र समझता हुआ, नंगे बदन, प्रतिदिन जंगल में भेड़ें चराया करता था। उसके एक हाथ में बाँसुरी रहती थी और दूसरे हाथ में एक पतली सी किसी जंगली लकड़ी की छड़ी। लोगों का कथन था कि बूढ़े महीपति की एकमात्र कन्या किसी अज्ञात व्यक्ति पर, उसके बीन बजाने के अद्भुत ढंग पर मोहित हो गई थी और यह राजकुमार, उसी के संसर्ग से जार पुत्र था। यह भी कहा जाता था कि वह नवजात बालक अपनी सोती हुई जननी की बगल से चुराया जाकर एक साधारण किसान दम्पति को सौंप दिया गया था। इस दम्पति की गोद अपने बच्चों से सूनी थी और वे नगर से सुदूर वन के पूर्वीय भाग में रहते थे। इधर उसकी जननी राजकुमारी की निद्रा जब भंग हुई, और अपनी संतति को बगल में खोजने पर भी नहीं पाया तो हीरे की कनी चाटकर उसने आत्महत्या कर ली। उधर छः दिन के शिशु

को घोड़े पर सवार होकर ले जाने वाला विश्वासी दूत जिस समय गड़रिये के झोपड़े में खुरदरे किवाड़ों को झकझोर रहा था, उसी समय शहर पनाह के बाहर एक एकान्त स्थान में लगाई गई चिता पर राजकन्या का शव रखा जा रहा था। इसी श्मशान में कुछ देर पूर्व एक अपूर्व परदेशी तरुण के शव—जिसके हाथ रस्सी से पीछे बँधे थे और छाती पर कई घाव थे—में आग लगाई गई थी, जो अभी भी जल रहा था।

यही कथा, जिसके सत्यासत्य के सम्बन्ध में कुछ निश्चय नहीं कहा जा सकता, लोग एक दूसरे से कहते थे। और अन्त में एक वृद्ध महीपति, जब मृत्युशैया पर पड़ा था, तो अपने उस कृत्य पर उसे बहुत ही पश्चात्ताप हुआ। साथ ही राज्य की वंश परम्परा कायम रख सकने का भी उसे ख्याल आया अतः जंगल से उस लड़के को बुलवा भेजा और राज-मंत्रियों के सामने उसे अपना उत्तराधिकारी घोषित कर दिया।

यद्यपि अब उसके शरीर पर से गाढ़े की मिरजई और कमली उतार कर फेंक दी गई थी और सुन्दर वस्त्रों और बहुमूल्य आभूषणों से वह सजाया गया था फिर भी समय-समय पर अपने जंगली जीवन की सुखद स्वच्छन्दता की स्मृति उसे नहीं भूलती थी। वह राजसभा की शुष्क रीतियों से सदा ऊबा करता था। वह विराट् राजप्रासाद, जिसे लोग 'आनन्द निकेतन' के नाम से अभिहित करते थे, राजकुमार को अपने लिए रचाया गया, एक अनोखा-संसार मालूम होता था। इसीलिए मंत्रि-मण्डल से ज्योंही उसका पिंड छूटता, वह संगमूसा के चमकीले बड़े जीने से, जिसके पीतल के शेरों पर सोने का पानी फिरा था—कूदता हुआ नीचे उतर जाता, कमरे-कमरे, बरामदे-बरामदे, इस प्रकार घूमता फिरता, मानो सौंदर्य में कोई विरही औषधि खोज रहा हो, अथवा अभिसारिका प्रेयसि की व्यग्र प्रत्याशा में संकेतस्थल में टहल रहा हो।

इससे निरुद्देश्य अन्वेषण के समय कभी-कभी उसके छरहरे उन्नत वक्ष अनुचर भी साथ रहते थे। जिनमें से किसी के हाथ में गंगाजमनी डण्डी का चँवर, किसी के हाथ में सोने का जड़ाऊ गिलौरीदान और किसी के हाथ में जरी की पंखी होती थी। अधिकतर वह अकेला ही रहता था। सम्भवतः किसी सहज बुद्धि के सहारे, जो एक प्रकार की दैवी प्रेरणा थी, उसे भासित हो गया था कि कला-कौशल के रहस्यों का भेदन एकाग्र में ही होना सम्भव है और सुन्दरता, बुद्धिमत्ता की भाँति अपने एकाकी उपासक से ही स्नेह करती है।

इन दिनों अनेकों अद्‌भुत बातें उसके सम्बन्ध में प्रचलित हो रही थीं। कहा जाता था कि पैतृक राज गुरु ने, जो उसे, राजमंत्रियों की मंत्रणा से, राजकीय कर्तव्यों की शिक्षा देने नित्य जाया करते थे, उसे एक दिन अत्यन्त भक्तिपूर्वक एक मनोहर चित्र के सामने, जो हाल ही में बाहर से आया था, नत-मस्तक हो, प्रणाम करते देख लिया था। उसकी यह क्रिया मानो नवीन देवताओं की उपासना का संकल्प था। एक

बार घंटों तक उसका पता ही नहीं लगा था और बहुत देर खोजने के पश्चात् राजप्रासाद के उत्तरी बुर्ज की छोटी सहंची में किसी बहुमूल्य पन्ने में अंकित रति देव की मूर्ति को तल्लीन-सा एकटक निरखता पाया गया था। किंवदंती के अनुसार वह एक प्राचीन प्रतिमा थी, जो पत्थर का पुल बनाते समय नदी के गर्भ में मिली थी और ज़िस पर राजकुमारी का नाम अंकित था। एक बार समस्त रात्रि उसने एक चाँदी की किन्नरी पर चटक चाँदनी का प्रभाव मनन करने में ही बिता दी थी।

सभी अनोखी और बहुमूल्य वस्तुओं में उसके लिए गजब की मोहनी शक्ति थी और उन्हें पाने की उत्कट लालसा से उसने अनेक सौदागरों को सुदूर देशों में भेजा था। कुछ सात समुद्र पर भाँति-भाँति के वस्त्र लाने गये थे। कुछ उन दुष्प्राप्य व्याल मणियों की चिन्ता में घने जंगलों और प्राचीन दुर्गों के खण्डहरों में गए थे, जो तमपूर्ण रजनी को प्रकाशमय कर देती है और जिनके बिना विषधर भुजग सिर पटक-पटककर प्राण दे देते हैं। कुछ राजमुक्ताओं की खोज में कजरी बन को भेजे गये थे। कुछ रेशमी और ऊनी चीजों के लिए विभिन्न देशों को गए थे। कपड़े के व्यापारी सुन्दरतम वस्त्रों के लिए अनेक नगरों को गए थे। कासानी मखमल, चीन की अतलस, गुल्दार हाथी दाँत, चन्द्रकांत मणि, मीनाकारी के आभूषण, गोटा किनारी, कोसों तक गंध फैलानेवाले इत्र और मिट्टी के सुरंजित खिलौने लाने की भी आज्ञा दी जा चुकी थी।

किन्तु सबसे अधिक उसका चित्त उस पोशाक में धरा रहता था, जो वह अभिषेक के दिन पहनने को थी। कीमखाब और जरवफ्त के वस्त्र, माणिक्य मण्डित मुकुट, मोतियों की लड़ियों से सुशोभित राजदण्ड! वस्तुतः आज रात को जब अपने जरी के मखमली गद्दे पर लेटा हुआ गुलदस्तों में रखे हुए गुलाब और चम्पा के पुष्पों के गुच्छों को, वह निहार रहा था, तो वह उन्हीं बातों की चिन्ता में लीन था। तात्कालिक चुने हुए कारीगरों के कौशल के नमूने जब कई मास पूर्व मंत्रियों ने उसके सामने रखे थे तो उसने आज्ञा दी थी कि दिन-रात काम करके वे समय पर काम पूरा कर दें, तथा उपर्युक्त रत्नों की खोज में समस्त वसुधा छान डाली जाये।

कुछ देर पश्चात् वह अपने बिछौने से उठा, और एक ओर लाल पत्थर की चौकी पर बैठकर जिस पर अंगूरी रंग की झालरदार रेशमी गद्दी पर बाघाम्बर बिछा था, कमरे के चारों ओर दृष्टि डालने लगा। दीवार पर लगे हुए दर्पण चमक रहे थे, जिनके फ्रेम पर चटकीले पक्के रंगों के बेल-बूटे बने हुए थे और विविध प्रकार के विचित्र पक्षी सौंदर्य का विजय-गीत गाते से जान पड़ते थे। कमरे के एक कोने में तिपाई पर एक काठ की सन्दूकची रखी थी, जिस पर हरी बनात का गिलाफ चढ़ा था और जिसके भीतर नीलोत्पलादि सुन्दरातिसुन्दर रत्न जड़े थे। उत्तर की ओर बीचवाली खिड़की के सामने पीतल की एक सुनहरी चौकी शोभायमान थी, उस पर सोने और रूपे के कई गिलास रत्न-जटित गड़ुआ और पन्ने की एक कटोरी थी। पलंग

पर बिछे रेशमी आबी पलंगपोश पर पीले-नीले कई प्रकार के फूल कढ़े हुए थे, मानो निद्राकुमारी के अलसीले हाथों से खिसक पड़े हों। उस पलंग के चारों पाये चाँदी के थे और उनके डंडे हाथीदाँत के, उन्हीं के सहारे जरदौजी की मसहरी तनी हुई थी। पैताने में संगमरमर की एक पुतली अपने माथे पर दर्पण लिये खड़ी थी। कपड़छत से रंगीन काँच के तीन झाड़ लटक रहे थे, जिनमें बीचवाला सौ कमलों का था और आस-पास के दोनों पचास-पचास के। दीवारों के ऊपरी भागों में देवताओं, रूपराशि रमणियों और विविध सुन्दर दृश्यों के चित्रों की पंक्ति, जिनके चौकटों की सुनहरी जमीन पर मीन के आसमानी रंग के बेल-बूटों की रमणीयता का वर्णन नहीं हो सकता, शोभा की पिचकारियाँ छोड़ रही थीं।

खिड़की की राह बाहर देखने पर वह राजकीय देवालय के विशाल शिखर को जो, मनों की धारा पर बुलबुले की तरह तैर रहा था, और राजप्रासाद के नदी की ओर के फाटक पर ऊँघते हुए पहरेदारों को लटपटे चक्कर काटते देख सकता था। बहुत दूर पर रसाल वन में कोकिल पंचम स्वर में गान कर रही थी और केवड़े, कामिनी मौलसिरी, मोतिया और बेले के पष्पों की सुगन्ध लेकर वायु थिरकती चली आ रही थी। उसने अपनी काली-काली घुँघराली केशराशि को मुख की ओर से समेट कर पीछे को फेंका और बाँसुरी उठाकर बजाने लगा। उसकी घनी पलकें झुकने लगीं, एक अनोखी शिथिलता से वह अलसाने लगा। सौन्दर्य का नशा उसपर इतना और कभी न जमा था—ऐसा उद्दाम आनन्द और कभी उसे नहीं मिलता था।

जब पहरेवाले ने महल के अहाते में आधीरात का घण्टा बजाया, तब उसने भी घण्टी बजायी। तुरन्त ही कई नौकर कमरे के भीतर 'आया सरकार' की आवाज लगाते हुए पहुँच गये। उन्होंने इशारा पाते ही शरीर से वस्त्र उतारे, मस्तक पर गुलाब जल छिड़का। सेज पर इत्र लगाया और तकिये के इधर-उधर सुगन्धित पुष्पों के गुच्छे बिखराये, फिर आज्ञा पाते ही वे बाहर चले गये और राजकुमार तुरन्त ही निन्द्र देवी की गोद में क्रीड़ा करने लगा।

नींद में उसने एक स्वप्न देखा, वह इस प्रकार था :—

"उसे मालूम हुआ, जैसे वह एक लम्बे और नीचे पटे हुए दालान में अनेक करघों की खटपट और ठकठक के बीच में खड़ा है। इधर-उधर लगी हुई खिड़कियों से दिवाकर का धीमा आलोक भीतर आ रहा था। उसने देखा कि कोरियों के कमजोर शरीर अपने-अपने करघों पर झुके हुए हैं, और उनके पैर गड्ढों में लटक रहे हैं। रोगी-से पीले-पीले कुछ बच्चे आँगन में खेल रहे हैं और कुछ दालान की एक ओर फटी हुई चटाई पर सोये हुए हैं। कोरी अपने बुनने के काम में व्यस्त है। उनके शरीरों पर केवल चमड़ी है, मांस का लेश नहीं । पतले-पतले से हाथ काम करते हुए थरथरा रहे हैं। कुछ खिन्नमन स्त्रियाँ एक ओर मैली कुचैली दरी पर बैठी रेशम की लच्छियाँ

खोल रही हैं। दालान में एक भीषण दुर्गन्धि का साम्राज्य है। वायु नाम को भी नहीं आती और दीवारें सीलन में सौंदी हुई हैं।

राजकुमार एक कोरी के निकट जाकर खड़ा हो गया और ध्यानपूर्वक उसके हाथों की सफाई को देखने लगा।

कोरी ने घूर कर उसकी ओर देखा और कहा– तू मुझे क्यों ताक रहा है? क्या तू मेरे मालिक की ओर से यहाँ तैनात किया हुआ जासूस है?

राजकुमार ने पूछा–तुम्हारे मालिक कौन हैं? कोरी माथे में हाथ मारकर बड़े ही उदास स्वर में बोला–''हमारे मालिक हमीं लोगों जैसे मनुष्य हैं। हाँ, उनमें और हममें इतना अन्तर अवश्य है कि वे अच्छे-अच्छे वस्त्र पहनते हैं और हमें चीथड़ों से तन ढाँकना पड़ता हैं वह तर-भोजन की अधिकता से रोग का शिकार बनते हैं और हम भोजन के अभाव से छटपटाते हैं।''

राजकुमार–देश स्वाधीन है, तो फिर तू किसी का गुलाम कैसे है?

कोरी ने कहा–''समर-काल में बलवान दुर्बलों को गुलाम बनाते हैं और शान्ति के समय में पूँजीपति और पूँजीपतियों के दल व्यापार की ओट में, गरीबों को गुलाम बनाते हैं। हमारे देश में व्यवसाय का यह नूतन विधान अपनी अनुभवहीनता के कारण हमें और भी अधिक खल रहा है। जिन्दा रहने के लिए हमें काम करना पड़ता है, पर हमें इतनी कम मजदूरी मिलती है कि हम मरे जाते हैं। दूसरों के आराम के लिए हमसे बलात् काम लिया जाता है और हठ करने पर हमारी उँगलिया काट ली जाती हैं। इन नवीन निर्दय व्यवसायियों की ज्यादतियों से जिन्हें हमने पहले कभी नहीं देखा था, और जो न हमारे धर्म के हैं, न हमारी जाति के हैं, हमारा शासक हमारी रक्षा करने में असमर्थ है। इधर हम दिनभर उनके लिए पिसते हैं, उधर वे अपनी थैलियों में अशर्फियों भरते हैं। हमारे बालक-कलेजे के टुकड़े, छटाँकभर दूध के बिना समय के पूर्व ही मुर्झा जाते हैं, और उधर विविध प्रकार की मिठाइयाँ, खिलौनों और वस्त्रों से किसी का शृंगार सजाया जाता है। जिन्हें हम प्यार करते हैं, उनके चेहरे कठोर और कुत्सित हो जाते हैं और जिसको वे स्पर्श करते हैं, वह स्वर्ग की परी और बहिस्त की हूर को भी मात करते हैं। अंगूरों को बोते, बनाते और निचोड़ते हैं हम, और अंगूरी शराब का मज़ा कोई दूसरा ही ले लेता है। अनाज भी हमी पैदा करते है, और भूखों भी हमी मरते हैं। हम ऐसी जंजीरों से कसे हुए हैं जो हमें दिखाई नहीं पड़ती। हम ऐसे गुलाम हैं जिसे लोग स्वाधीन बतलाते हैं। हमारी गुलामी यहाँ तक बढ़ी हुई है कि जो वस्तु हम निजी तौर पर तैयार करते हैं, उसे भी वे लोग मन-माना मूल्य देकर उठा ले जाते हैं और हम जबान तक नहीं खोल सकते।''

राजकुमार ने पूछा–क्यों, तुम सभी की यही अवस्था है।

कोरी ने उत्तर दिया–''हाँ! जवान और अधेड़, नर और नारी, बालक और वृद्ध

सबकी यही गति है। पण्डे और पुरोहित, पालकियों पर सवार हमारे पास से निकल जाते हैं, पर हमारी अवस्था पर भूलकर भी वे ध्यान नहीं देते। हमारी अँधेरी गलियों में जहाँ धूप कभी नहीं पहुँचती, दरिद्रता अपने क्षुधार्थ नेत्रों से हमें ताकती हुई रेंग जाती है और उसके पीछे दबे पैरों से मत्तमुख पाप अपनी लीला प्रारंभ करता है। सवेरे मुसीबत हमें जगाती है, और रात को अधमता और बेहयाई हमारे साथ बसेरा करती है। पर तुझे इन बातों को सुनने से क्या मतलब? तू हमारी श्रेणी का नहीं है, तेरा मुख-मण्डल आनन्द की ज्योति से प्रफुल्लित है।"

इतना कहकर वह मुँह बनाते हुए फिर अपने काम में लग गया। राजकुमार ने देखा कि वह रेशम और सोने के तारों का कपड़ा बुन रहा था। एक विकट आतंक ने उसे धर दबाया। कुछ देर की निस्तब्धता के पश्चात् वह फिर कोरी से बोला–यह कौन-सा वस्त्र तू बुन रहा है?

कोरी ने उत्तर दिया–हमारे राजकुमार का अभिषेक होनेवाला है, यह कपड़ा उसी के लिए है।

इतना सुनते ही राजकुमार निद्रा में बहुत जोर से चिल्ला उठा। देखता क्या है कि वह अपने ही कमरे में है और खिड़की से मधुवर्ण राकेश अपनी स्निग्ध ज्योति भीतर की ओर फेंक रहा है। अलसाया-सा वह फिर स्वप्न देखने लगा, जो इस प्रकार था:–

वह एक बड़ी नौका पर बैठा हुआ है, जिसे पूरे सौ सेवक खे रहे हैं। उसके समीप ही नौका का मालिक भी बैठा हुआ है, जिसका रंग आबनूस के समान काला था। उसके सिर पर रेशमी पगड़ी बँधी थी। उसके हाथों में हाथीदाँत का काँटा था और कानों में चाँदी की बड़ी-बड़ी बालियाँ झूल रही थीं। सेवक खुले बदन थे, केवल एक लंगोटी उनकी लज्जा निवारण कर रही थी। तेज धूप में वे पिघल रहे थे, वे अपने पतले-पतले हाथों को फैलाये हुए डाँड़ों से पानी को काट रहे थे। खारे फेन डाँड़ों के फलों से छिटक रहे थे। तट से वायु का हल्का-सा झकोला आया और नौका की विशाल तख्ते बन्दी तथा बड़े भारी पाल को महीन लाल धूल ने ढक लिया। इतने में ही लुटेरों ने बर्छा लेकर इन पर आक्रमण किया, पर नौका अधिपति की एक ही गोली ने इन्हें भयभीत बना दिया। एक लुटेरे का गला बिंध गया, जिससे धड़ाम से वह तरंगों में जा गिरा, और उसके अन्य साथी सरपट भागकर नौ-दो ग्यारह हो गये।

यहीं लंगर डाल दिया गया, पाल उतर आया। एक नौकर नौका के गोदाम में घुसा और रस्सों की एक बड़ी सीढ़ी निकाल लाया, नौका अधिपति ने एक ओर उसे जल में फेंका और सिरे को लोहे की दो मेखों में बाँध दिया, फिर नौकरों में से एक सबसे कम उम्र सेवक की बेड़ी काट दी गई, उसके कमर में पत्थर बाँध दिया और कान-नाक में मोम की डाटें लगा दीं। वह धीरे-धीरे सीढ़ी से उतरा और अगाध जल

में विलीन हो गया। जहाँ उसने गोता लगाया वहाँ कुछ बुलबुले उठे, और अन्य सेवक नौका के पतवार के निकट बैठकर ढोल पीटने लगे। कुछ मिनटों के पश्चात् गोताखोर पानी से बाहर निकला, वह हाँफता-सा सीढ़ी से चिपट गया, उसके दाहिने हाथ में एक मोती थी। नौकरों ने उससे मोती ले लिया और उसे पीछे ढकेल दिया। इसी प्रकार वह बार-बार पानी में गोता लगाता गया और प्रति बार अपने हाथ में एक सुन्दर मोती लाता गया। अन्त में नौका अधिपति ने मोतियों को परखा और तोला। फिर हरे चमड़े की एक थैली में उन्हें रख लिया।

यह देख राजकुमार कुछ बोलने का प्रयत्न करने लगा। पर उसके मुख से आवाज न निकली। गोताखोर जब अन्तिम बार पानी के ऊपर आया, तो अपनी मुट्ठी में एक ऐसा अद्‍भुत मोती लाया, जैसा अब तक किसी के देखने में न आया था! उसकी आकृति पूर्णिमा के चाँद के समान थी, और रंग भोर के तारों से भी कुछ स्वच्छ! पर गोताखोर के मुख पर एक विचित्र प्रकार का पीलापन था। वह ज्योंही नौका के तख्ते पर आया, बेहोश होकर गिर गया। उसके कानों और नथनों से रक्त बहने लगा। थोड़ी देर तक वह तड़पता रहा, फिर वह ठण्डा हो गया। सेवकों ने अपने कंधे चमकाए, और सामने पड़ी निर्जीव देह को उठाकर नीचे पानी में फेंक दिया।

इस करुण काण्ड से नौकापति को कुछ व्यथा, कुछ चिंता न हुई बल्कि वह हँसने लगा। मोती को देख देखकर प्रसन्न होने लगा। उसने अपना सिर झुकाया और फिर बोला—यह मोती राजकुमार के राज-दंड में लगाया जाएगा। फिर सेवकों को लंगर उठाने का संकेत किया।

राजकुमार यह देख सुनकर चीखते हुए जाग पड़ा। खिड़की के द्वारा प्रातः काल की लम्बी भूरी उँगलियों को कुम्हलाते हुए तारों को दबोचते देखा।

कुछ देर पश्चात् वह फिर सो गया और फिर स्वप्न देखने लगा, जो इस प्रकार था—

वह एक अँधेरे वन में घूम रहा है। इस वन में अद्‍भुत प्रकार के फल और विविध प्रकार के फूल लग रहे हैं। जिधर वह जाता है, उधर ही भयंकर सर्प उसे फुफकारते हैं। हरे-हरे तोते टेंटें करते हुए एक डाली से दूसरी डाली पर जा बैठते हैं। गर्म-गर्म कीचड़ पर कछुए सोये हुए हैं। वृक्ष वानरों और मयूरों से भरे हुए हैं।

चलते-चलते वह आखिर जंगल के सिरे पर पहुँचा। वहाँ उसने सूखी हुई नदी की तह में मनुष्यों के एक बड़े समूह को काम करते देखा, चींटियों के समान वह काम में तन्मय थे। वे भूमि में गढ़े खोदते थे और उनमें उतर जाते थे। कुछ बड़े-बड़े कुदालों से पत्थरों को भी काट रहे थे। कुछ इधर-उधर दौड़ रहे थे और एक दूसरे को पुकार रहे थे। अभिप्राय यह कि एक आदमी भी निकम्मा नहीं था।

एक गुफा के अन्धकार में से मृत्यु और लोभ उन्हें ताक रहे थे। मृत्यु बोली—

मैं थक गई हूँ, उनमें से तीसरा मेरे हवाले कर दो, तो मैं चली जाऊँ।

किन्तु लोभ ने सिर हिलाकर कहा—वे सब मेरे भृत्य हैं।

मृत्यु ने पूछा—तेरे हाथ में क्या है?

लोभ ने उत्तर दिया—मेरे पास तीन दाने अन्न के हैं, पर तुझे इनसे क्या मतलब?

मृत्यु ने कहा—उनमें से एक—केवल एक, तुम मुझे दे दो। मुझे बाग में बोना है।

लोभ बोला— मैं कुछ भी न दूँगा। फिर वस्त्रों के भीतर उसने अपना हाथ छिपा लिया।

मृत्यु खिलखिलाकर हँसने लगी। फिर अपनी झोली से उसने एक कटोरा निकाला और पानी के एक कुण्ड में डुबोकर निकाल लिया। कटोरे से जूड़ी निकली, जिसके देखते ही काँप कर तीसरा आदमी ढेर हो गया। शीतज्वर उसके पीछे जा रहा था और पनीले सर्प अगल-बगल दौड़ रहे थे।

जब लोभ ने मजदूरों के समूह में से तीसरे मनुष्य को मरा देखा तो छाती पीट-पीट कर रोने लगा, वह चिल्लाकर कहने लगा—तूने मेरे सेवकों में से तीसरा खून किया। हे चाण्डाल! अब यहाँ से लम्बी हो। देश के सीमान्त पर समर हो रहा है। देख, दोनों पक्षों के सेनापति तेरा आवाहन कर रहे हैं। वे काले बैल की कुर्बानी कर चुके, और रणस्थल की ओर अग्रसर हो रहे हैं। वे अपनी तलवारों को चमका कर बाँध चुके, और शरीर पर लोहे की कवच भी पहन चुके। क्या मेरी यह घाटी ही तुझे पसंद है, जो तू यहाँ ठहरी है? तू यहाँ से दूर—अतिशीघ्र दूर, हो जा; और कृपा कर फिर यहाँ कभी न आना। मृत्यु ने उत्तर दिया—न आऊँगी, किन्तु जबतक तुम अनाज का एक दाना मुझे न दोगे तबतक मैं कदापि नहीं जाने की!

पर लोभ राजी न हुआ, उसने अपनी मुट्ठी और भी जोरों से कस ली और तनकर कहा—मैं तुझे एक कण भी न दूँगा।

मृत्यु अट्टहासपूर्वक हँस पड़ी। एक पत्थर उठाया और वन की ओर फेंका। तब धतूरे की झाड़ी से ज्वाला का परिधान पहने विषमज्वर बाहर निकला। वह मजदूरों के समूह में गया, उन्हें स्पर्श किया और वे सभी मनुष्य चल बसे जिन्हें उसने छू दिया था। चलने से उसके तलवों के तले दबनेवाली घास झुलस गई।

लोभ डर के मारे काँपने लगा, शोक से उसकी मुखाकृति उदास हो गई। उसने कहा—तुम निष्ठुर—महा निष्ठुर हो। देश में घोर दुर्भिक्ष है और समस्त नदियाँ सूख गई हैं, तथा सफेद टिड्डियों के दल पश्चिम से समुद्र लाँघकर आ गए हैं, वर्षा एकदम नहीं हुई है। किसान इन्द्र को कोस रहे हैं। तू वहाँ जा, जहाँ तेरी आवश्यकता है। मेरा सेवक मेरे लिए छोड़ दे।

मृत्यु बोली—मैं तैयार हूँ, पर पहले तू अनाज का एक दाना तो मुझे दे दे।

लोभ बोला—मैं तुझे अनाज का एक टूटा कण भी नहीं देने का।

मौत फिर हँसी। मुँह में उँगलियाँ लगाकर वह सीटी देने लगी। तुरन्त एक नारी हवा में उड़ती हुई आ धमकी। उसके वस्त्र लाल थे, केशराशि सर्प के समान खुली हुई। माथे पर महामारी के दाग थे। उसके चारों ओर गिद्धों का झुण्ड मँडरा रहा था। उसने आते ही सबों को बेसुध बना दिया। अब एक भी मनुष्य जीवित न बचा।

बेचारा लोभ निरुपाय-सा चीखता हुआ जंगल की ओर भाग गया। मृत्यु भी अपने लाल घोड़े पर सवार होकर सरपट चली। उसकी गति हवा को भी मात कर रही थी। इस भयावह दृश्य को देखकर राजकुमार बिलखता हुआ बोला—वे मनुष्य कौन थे? और किस वस्तु की खोज में लगे हुए थे?

उसके पीछे खड़ा हुआ एक मनुष्य बोला— वे सब मजदूर थे और भावी सम्राट के मुकुट के लिए माणिक्य निकाल रहे थे।

तरुण कुमार चौंक पड़ा और पीछे फिरकर देखा, तो एक मनुष्य तीर्थ-यात्री के वेश में चाँदी का दर्पण लिए खड़ा था।

कुमार पीला पड़ गया और काँपते हुए स्वर में बोला—किस सम्राट् के लिए?

तीर्थ-यात्री बोला—इस दर्पण में देख। वह सम्राट तुझे दिखाई देगा। राजकुमार ने दर्पण पर नजर डाली तो उसे अपना ही मुख दिखाई पड़ा। वह जोर से चीखा और बिछौने से उछलकर जाग पड़ा। सूर्य की कमनीय किरणें कमरे को कान्तिमय बना रही थीं और बाग तथा वृक्षों से पक्षियों के गाने की ध्वनि आ रही थी।

इसी समय राज्य के प्रधान-प्रधान कर्मचारी और मुख्यामात्य जी राजकुमार के कमरे में उचित अभिवादन के लिए आए। सेवकों ने उस समस्त सामग्री को पहुँचाया, जो अभिषेक के लिए मँगवाई गई थी। सभी की दृष्टि उस समय राजकुमार की ओर थी और सभी यह जानने को इच्छुक थे कि वे सामग्री देखकर कितनी प्रसन्नता प्रकट करते हैं।

राजकुमार ने ध्यानपूर्वक उस समस्त वस्तुओं को देखा। वास्तव में इतनी सुन्दर पोशाक, राजमुकुट और राजदण्ड आज तक कभी किसी ने एकत्र नहीं किया था। कुमार को वे सारी वस्तुएँ सुन्दर लगीं। पर ज्योंही उसे अपने स्वप्न याद आए, वह खिन्न हो गया। अतः प्रधानमंत्री से उसने कहा—यह समस्त सामान ले जाओ मैं इसे धारण नहीं करूँगा।

राज्य के सभी कर्मचारी इस बात को सुनकर विस्मृत हो गये। उन्हें सहसा अपने कानों पर विश्वास न हुआ, किन्तु जब पुनः राजकुमार ने कड़ककर कहा—कि ये चीजें ले जाओ, मेरी आँखों के सामने से इन्हें दूर करो यद्यपि आज मेरे अभिषेक की शुभ घड़ी है, तथापि मैं इनका उपयोग नहीं करूँगा। क्योंकि विषाद के करघे पर व्यथा के शुष्क हाथों से मेरी यह पोशाक तैयार हुई है। माणिक्य के हृदय में खून है,

मोती के हृदय में मौत। अतः तत्काल इसे मेरे सामने से हटाओ।

यह सुनकर सब एक दूसरे की ओर ताकने लगे। साहस कर मत्री ने इसके प्रमाण पूछे। तो उसने अपने स्वप्नों की सारी बातें स्पष्टतया सुनायीं। यह सुनकर लोग काना-फूसी करने लगे कि सचमुच यह पागल हो गया है, क्योंकि स्वप्न और है ही क्या, केवल स्वप्न है, और कल्पना केवल कल्पना है। उसमें वास्तविकता का अभाव है, अतः उस पर विश्वास करना फिजूल है। और जो लोग हमारे लिए श्रम करते हैं, उनके विषय में सोचने की हमें क्या आवश्यकता है? बोने वाले को बिना देखे, क्या मनुष्य को रोटी नहीं खानी चाहिए? और ग्वाले से बिना बातें किए, क्या दूध नहीं पीना चाहिए?

राजमंत्री ने राजकुमार का एक बार और नम्रतापूर्वक अभिवादन किया और कहा—राजन्! मेरी आपसे प्रार्थना है कि अपने इन भ्रान्त विचारों को त्याग दीजिए और यह ताज अपने सिर पर धारण कीजिए यदि आप बादशाही वस्त्र न पहनेंगे, तो लोग कैसे जानेंगे कि आप ही महाराजाधिराज हैं।

राजकुमार ने उनकी ओर देखा और फिर प्रश्न किया कि क्या सचमुच ऐसी बात है? यदि मैं राज्योचित वस्त्र धारण न करूँगा, तो वे नहीं जानेंगे कि मैं सम्राट हूँ?

एक दूसरे कर्मचारी ने कहा—हाँ, वे आपको कभी भी नहीं जान पायेंगे।

राजकुमार ने उत्तर दिया—मेरी तो धारणा इसके विपरीत थी, पर सम्भवतः आपका कथन ही सत्य हो। पर इससे क्या? मैं तो इन पोशाकों को कदापि स्वीकार नहीं करूँगा, और यदि आवश्यकता हो, तो मैं जैसे आया था, वैसे इस महल से जाने को भी तैयार हूँ।

इसके पश्चात् एक युवक को छोड़कर जो आयु में राजकुमार से छोटा था, उसने और सभी को चले जाने का आदेश दिया। अपने साथी परिचारक को वह सखा के समान समझने लगा। स्नान कर चुकने पर उसने एक बक्सा खोला, और उसमें से गाढ़े की मिर्जई तथा कमली निकाली, जो उसकी पहली पोशाक थी। इसे उसने पहन लिया और हाथ में ले लिया चरवाहे का भद्दा सोटा जिससे वह पहले भेड़ें चराया करता था।

युवक सेवक, जो चकित नेत्रों से उसकी ओर देख रहा था, मुस्कराकर बोला—मालिक! आपकी पोशाक और राजदण्ड तो मैं देख रहा हूँ, किन्तु आपका ताज कहाँ है?

राजकुमार ने गमले में लगे हुए गुलाब की कटीली फुनगी तोड़ ली और उसे मंडलाकार बनाकर अपने सिर पर रख लिया, फिर बोला— देख, यही मेरा राजमुकुट है।

इसी रूप में वह कमरे से निकल, उस विशाल राजप्रसाद में गया, जहाँ मंत्री, सेनापति, मुसाहिबगण और रईस लोग बैठे उसकी बाट जोह रहे थे।

राजा को देखते ही रईस लोग हँसते-हँसते बोले, —राजन्! हम लोग अपने राजकुकार की प्रत्याशा कर रहे हैं और आप उन्हें भिखारी का रूप दिखा रहे हैं।

कुछ लोग क्रूद्ध हो गये और तपाक से बोले— यह हमारे राज्य के नाम पर हँसी कराता है, हमारा राजा होने के सर्वथा अयोग्य है।

किन्तु उसने इन कटूक्तियों के उत्तर में मुँह से एक शब्द नही निकाला। केवल आगे बढ़ता गया। फिर संगमूसा की चमकीली सीढ़ियों से नीचे उतरा और पीतल के फाटक से राज्यप्रासाद के बाहर निकला। यहाँ से घोड़ पर सवार होकर वह भगवान के मन्दिर की ओर बढ़ा। युवक नौकर भी उसके पीछे-पीछे दौड़ा। आगे चलकर वह एक विशाल मैदान में पहुँचा, जहाँ लोगों की मण्डली कहकहा लगाते हुए कहने लगी— यह देखों, हमारे सम्राट का स्वाँग घोड़े की पीठ पर सवार होकर जा रहा है।

उसने लगाम खींचकर घोड़ा रोका और कहा—सम्राट का स्वाँग नहीं, मैं ही सम्राट हूँ। और उन्हें तीनों स्वप्न सुनाये।

यह सब सुनकर भीड़ से निकलकर एक मनुष्य आगे आया और वेदनापूर्ण शब्दों में बोला— महाराज, क्या आप यह नहीं जानते हैं कि अमीरों की विलासिता से गरीबों का पालन होता है। आपका ठाठ-बाट ही हम लोगों के जीवन का सहारा है। आपका दुर्व्यसन ही हमारा चारा है। हृदयहीन मालिक के लिए काम, करना दुखद है किन्तु मजदूरों के लिए मालिक का न होना और भी अधिक चिन्तनीय है। अधिक चिन्तनीय है। क्या आप समझते हैं कि इन भुखमरों से हमारा पेट भरेगा? क्या आप खरीददार से कहेंगे कि इतने ही दामों पर इसे खरीद और इसे बचनेवालों से कहेंगे कि इतने ही दामों पर इसे बेच? मेरी समझ में तो यह बात नहीं आती। अतः आप अपने शाही वस्त्र धारण कीजिए। आप को हमसे, और हमारे कष्टों से क्या मतलब?

राजकुमार ने पूछा—क्या निर्धन और धनवान भाई नहीं है?

उस मनुष्य ने उत्तर दिया— है क्यों नहीं, पर उस भाई का नाम है घातक?

राजकुमार के नेत्रों से आँसू आ गए। वह लोगों की कानाफूसी के बीच अपना घोड़ा बढ़ाता हुआ मन्दिर में पहुँचा। यहाँ पुजारी ने उसे गाढ़े की मिर्जई और काँधे पर कमली लादे देखा तो वह आश्चर्य विभोर हो रहा और अपने उच्चासन से उठा और बोला—

"वत्स! क्या यही बादशाही पोशाक है? किस मुकुट को मैं तुम्हारे शीश पर रखूँ, और कौन-सा दण्ड तुम्हारे हाथों में दूँ? आज का दिन तुम्हारे लिए आनन्द का दिन होना चाहिए, न कि विमर्श का, चिन्ता का।"

राजकुमार ने कहा—"क्या हर्ष के समय विषाद निर्मित वस्तुओं का उपभोग करना चाहिए?" फिर उसने अपने तीनों स्वप्न कह सुनाए।

जब वह उसके तीनों स्वप्नों को सुन चुका तो बोला—मेरे बच्चे। मैं वृद्ध हूँ। मेरे जीवन का अब शीतकाल है और मैं जानता हूँ कि संसार में अनेक अत्याचार होते हैं। भीषण लुटेरे बनवीथियों में बैठे, भोले-भाले पथिकों को लूटते हैं, उनकी जान-माल के प्यासे बनते हैं। सिंह, जलाशयों के तट पर छाया में बैठे भूले-भटके शिकार की ताक में रहते हैं और शिकार को देखते ही झपट कर चोट करते हैं। जंगली सूअर हरे-भरे खेतों को नष्ट-भ्रष्ट कर डालते हैं, तोते सुन्दर-सुन्दर फलों को कुतरकर पकने से पहले ही चौपट कर देते हैं। लंगड़े-लूले नगरों की पगडंडियों पर पड़े दाने-दाने को बिलबिलाया करते हैं, पर कोई उनके पास तक नहीं जाता। भिखारी घर-घर घूमकर भीख माँगते हैं और गन्दे नालों के किनारे कुत्तों के साथ बैठकर खाते हैं। तो क्या तुम इन सारी बातों को संसार से मिटा सकते हो? क्या तुम अपने कोढ़ी को अपने साथ पलंग पर सुला सकोगे और भिखारी को एक साथ थाल में बैठाकर खिलाओगे? क्या सिंह तुम्हारी आज्ञा मानेंगे? और बनैले शूकर तुम्हारे इशारों को समझेंगे? जिसने कष्टों की सृष्टि की, क्या वह तुमसे अधिक बुद्धिमान नहीं हैं, इसी से तुमने जो कुछ किया है, मैं उसकी प्रशंसा कदापि नहीं कर सकता। तुम्हें आदेश देता हूँ कि राजप्रासाद को लौट जाओ। अपना हृदय प्रफुल्लित कर सम्राट् के उपयुक्त वस्त्रों को पहनों और सेवकों से काम लो। अन्यथा मैं तुम्हारे सिर पर मुकुट नहीं रखूँगा। और न मोतियों का राजदण्ड ही हाथ में दूँगा। अपने स्वप्नों को तुम भूल जाओ। इस संसार का भार एक मनुष्य के लिए बहुत भारी है, और विश्व का विषाद एक आदमी के लिए बहत तीव्र है।"

मगर राजकुमार " छिः आप भगवान के मन्दिर में ऐसी बातें कहते हैं।" कहता हुआ ठीक भगवान की मूर्ति के सामने जाकर खड़ा हो गया। फिर थोड़ी देर वन्दना करने के पश्चात् साष्टांग झुककर वह प्रणाम करने लगा। इसी समय राजपथ पर सहसा कोलाहल सुनाई पड़ने लगा और तलवारें चमकाते हुए दरबारी लोग मन्दिर के प्रांगण में आते दिखाई दिए। वे रोष से कह रहे थे— "कहाँ है वह स्वप्न देखनेवाला? वह लौंडा कहाँ है, जो सम्राट का नाम रखता हुआ, हमारे राज्य को हँसाता है, हम उसका सीस उतारे बिना न मानेंगे।"

पर, वह तो भगवान् की आराधना में तन्मय था। उसे इस कोलाहल और दौड़धूप का कतिपय ज्ञान न हुआ। झरोखों से आनेवाली सूर्य की सुनहली किरणों ने उसके शरीरा को, जिस आवरण से घेर लिया था, वह उन वस्त्रों से अधिक जगमगा रहा था, जो उसके अभिषेक के लिए विशेष यत्न से बनवाये गये थे। उसके पास पड़ा हुआ सूखा डण्डा हरा हो गया था और मोतियों से भी अधिक सुन्दर फूल उसमें

दिख रहे थे। उसके मुकुट के काँटे लहलहा रहे थे और जरी के काम को मात कर रहे थे। गले में झुलती हुई लालगुलाब की माला मानिकों से भी अधिक लाल थी, जिनकी पंखड़ियाँ सोने के पत्तरों की मालूम होती थी।

उनके इस सौन्दर्य को देखकर ही क्रुद्ध दरबारियों की तलवारों ने मियानों का घूँघट काढ़ लिया। दरबारी लोग स्तुति करने लगे और समस्त मनुष्य-समुदाय अभिवादन! राजपुरोहित का मुँह उतर गया और उसका शरीर थर-थर काँपने लगा, उसने कहा, आज तुम्हारे अभिषेक ने मुझे भी महान् कर दिया और वह राजकुमार की चरण धूलि माथे पर लगाने लगा।

यह समाचार ज्यों ही सभा-मण्डप में पहुँचा, कि नवल नर्त्तकियाँ आनन्द नृत्य करने लगीं, और सिंह द्वार के ऊपर नौबत बजने लगी।

सहसा राजकुमार का ध्यान भंग हुआ वह मन्दिर के बाहर निकला और जनता के बीच से राजप्रासाद की ओर चला। पर किसी का भी साहस नहीं हुआ कि उसके उद्भासित मुख-मण्डल की ओर नजर डाले, क्योंकि स्वर्गीय ज्योति से वह जाज्ज्वल्यमान हो रहा था!

उसका प्यार

श्री मैक्सिम गोर्की

एक बार मेरे एक मित्र ने निम्नलिखित घटना का उल्लेख किया—

मास्को में शिक्षा प्राप्त करते समय मैं एक छोटे से मकान में रहता था। मेरी पड़ोसिन एक अद्‌भुत लड़की थी, वह पोलिस्तानी थी और खूब मोटी-ताजी व लम्बी थी, नाम था उसका तिरीसा। रंग भूरा और भवें अधिक घनी थीं, उसकी मुखाकृति अत्यन्त भद्दी थी, जैसे कुल्हाड़ी से यों ही छीलकर कुएँ जैसी बहू बना दी हो। आवाज उसकी कड़ी थी और चालढाल पहलवान की भाँति। वह एक भारी भरकम और दृढ़ अवयवों की स्वामिनी थी, उसके नेत्र सदैव चिन्ताग्रस्त रहते थे।

हमारे कमरे ऊपर की मंजिल पर एक दूसरे के आमने-सामने थे, इसलिए कभी जीने में, कभी आँगन में हमारी आपस में मुठभेड़ हो जाती थी। मुझे देखकर उसके होठों पर एक प्रकार की फीकी-सी मुस्कराहट दौड़ जाती। मैंने उसे कई बार इस दशा में घर लौटते हुए देखा था कि उसके नेत्र लाल हो रहे हैं और केशराशि बिखरी हुई है। ऐसे अवसरों पर वह मुझे अत्यन्त निर्लज्जता से घूरती रहती और पुकार कर कहती—

"कहो विद्यार्थी जी! क्या मौज है?"

उसका बे मौके हँसना अत्यन्त कष्टप्रद था। निस्संदेह मैं वह कमरा छोड़ देता और उसकी भेंट से छुटकारा पा लेता, परन्तु यह स्थान अत्यन्त अच्छा था और यहाँ से नगर का दृश्य बड़ा सुन्दर मालूम होता था, इसके अतिरिक्त इस गली में सदैव निस्तब्धता रहती थी। इस कारण मैंने वह स्थान न छोड़ा!

एक दिन प्रातः काल के समय, मैं अपने पूर्ण वस्त्रों में सुसज्जित बिस्तर पर लेटा हुआ था कि सहसा द्वार खुला और 'तिरीसा' कमरे में आई।

"कहो विद्यार्थी!" उसने अपनी कड़ी आवाज में कहा।

"तुम क्या चाहती हो?" मैंने पूछा। उसकी ओर ध्यान पूर्वक देखने से प्रकट हो रहा था कि वह कुछ लज्जित-सी है। ऐसी स्त्री सुलभ लज्जा आज से पूर्व कभी उसकी मुखाकृति पर न देखी गई थी।

"विद्यार्थी!" उसने कहा–"मैं तुम्हें एक कष्ट देने आई हूँ। आशा है कि तुम मना न करोगे।"

मैंने बिस्तर पर लेटे ही लेटे सोचा, "यह केवल एक बहाना है।" परन्तु मैंने उत्तर कुछ भी न दिया।

"मैं एक पत्र लिखवाना चाहती हूँ।" वह बोली।

"ईश्वर जाने, क्या चाहती है यह।" मैंने सोचा। मैं बिस्तर से उठा, और मेज के निकट कलम दवात लेकर बैठ गया।

वह कमरे में आ गई। बैठ कर मेरी ओर तीखी दृष्टि से देखने लगी।

"अच्छा, तो मैं किसको पत्र लिखूँ?" मैने प्रश्न किया।

"बोल्सलोफ को लिखिए, जो सोयननयानी में रहता है, वार्सा जानेवाली रेल के मार्ग में।"

"तुम क्या लिखवाना चाहती हो, बोलो।"

"मेरे प्यारे बोल्स!.... प्रेमी... मेरा प्रेम... मेरी आत्मा.... तुम पर मरियम की कृपा हो। ...मेरे प्यारे! तुमने बहुत दिनों से अपनी प्यरी कोकिला को किस कारण से पत्र नहीं लिखा। वह अत्यन्त चिन्तित रहती है।"

मैं अत्यन्त कठिनता से अपनी हँसी रोक सका। वाह रे प्यारी कोकिला! जो पूरी 6 फिट लम्बी और अच्छी खासी मोटी-ताजी है और जिसकी मुट्ठियाँ किसी पहलवान की भाँति हैं। परन्तु मैंने गम्भीरता से पूछा–"यह बोल्सलोफ कौन है?"

"बोल्स?" उसने आश्चर्यचकित उत्तर दिया, जैसे बोल्सलोफ को न जानना बड़े आश्चर्य की बात थी।

"बोल्स मेरा भावी पति है। मेरी सगाई उससे हो चुकी है!"

"भावी पति?"

"तुम इतना आश्चर्य क्यों कर रहे हो, विद्यार्थी! क्या मुझ जैसी युवती का भावी पति होना कौन अस्वीकार करेगा?" उसने प्रश्न किया।

"युवती?" कितनी हर्षयुक्त बात है। "सम्भव है हो।" मैंने कहा– "सब सम्भव है। तुम्हारी सगाई हुए कितना समय व्यतीत हो गया?"

"दस वर्ष हो गये।"

खैर, मैंने उसका पत्र लिख दिया। जो इतना प्रेमपूर्ण था कि मैं स्वयं को सौभाग्यशाली समझता, यदि मैं स्वयं बोल्सलोफ के स्थान पर होता। मगर वह पत्र तिरीसा के अतिरिक्त कहीं और से आता।

"मैं तुम्हारी अनुगृहीत हूँ, विद्यार्थी! तिरीसा ने कहा—जो अत्यन्त प्रभावित थी। "क्या मैं आपकी कोई सेवा कर सकती हूँ।"

"नहीं-नहीं, धन्यवाद!"

"मैं तुम्हारी कमीज़ें और अन्य वस्त्र ठीक कर सकती हूँ, विद्यार्थी जी!"

मुझे उसकी इस बात पर तनिक क्रोध भी आया। परन्तु मैंने उसे संक्षिप्त शब्दों में विश्वास दिला दिया कि मुझे उसकी सेवा की आवश्यकता नहीं। और फिर वह चली गई।

दो सप्ताह व्यतीत हो गये। एक दिन सायंकाल के समय मैं खिड़की में बैठा था और सीटी बजाते हुए सोच रहा था कि इस खराब ऋतु में क्या करूँ? कहीं बाहर भी नहीं जा सकता था कि सहसा कमरे का द्वार खुला।

"ईश्वर रक्षक!" मैंने कहा। "न जाने आज कौन आ रहा है?"

विद्यार्थी! क्या तुम इस समय अत्यन्त संलग्न हो?" यह तिरीसा थी। यदि कोई और आता, तो अच्छा था।

"नहीं तो, क्या बात है?"

"मैं तुमसे एक और पत्र लिखवाना चाहती हूँ।"

"अच्छा! बोल्स को लिखवाना चाहती होगी?"

"नहीं, मैं उसकी ओर से उत्तर लिखवाना चाहती हूँ।"

"क्या?" मैंने आश्चर्य चकित होकर प्रश्न किया।

"मुझे क्षमा करना विद्यार्थी! मैं विक्षिप्त-सी हूँ, बिल्कुल पागल की भाँति। मैं अपने विचार भली-भाँति प्रकट न कर सकी। यह पत्र मैं अपने लिए नहीं लिखवाना चाहती, बल्कि अपने एक मित्र के लिए... मित्र भी नहीं अपितु एक परिचित के लिए, उसे लिखना नहीं आता, उसकी भी मेरी ही भाँति एक भावी पत्नी है।"

मैंने ध्यानपूर्वक उसकी ओर देखा। वह लज्जित-सी होने लगी! उसके हाथ-पैर काँपने लगे और वह घबरा गई। मैंने विचार किया कि मैं समस्त बातें जान गया हूँ।

"सुनो तिरीसा!" मैंने कहा—जो कुछ तुमने अपने और बोल्सलोफ व दूसरों के विषय में कहा—वह केवल निराधार बातें हैं, वास्तविकता से बहुत दूर! तुम असत्य बोल रही थीं। यहाँ आने के लिए यह केवल बहाना मात्र है। मैं भविष्य में तुमसे किसी प्रकार का सम्बन्ध रखना पसन्द नहीं करूँगा! समझी तुम?

मैंने देखा कि वह भयभीत-सी हो गई। उसने क्रोध में कुछ बोलने का भी उद्योग किया। मैंने अनुभव किया कि मैंने उसे समझने में भूल की। कम से कम वह मुझे सुमार्ग से हटाने का विचार लेकर यहाँ नहीं आई थी, बल्कि कोई और ही बात थी। क्या बात थी? यह मैं न समझ सका।

"विद्यार्थी!" उसने कहना आरम्भ किया। परन्तु सहसा एक झटके के साथ

वह लौट पड़ी, और कमरे से बाहर निकल गई।

मैंने अपने हृदय में कुछ वेदना अनुभव की और वहीं बैठा रहा। मैंने उसे एक झटके के साथ द्वार के किवाड़ बन्द करते हुए सुना, सम्भवतः वह अप्रसन्न हो गई थी, मैं थोड़ी देर तक सोचता रहा और विचार किया कि उसे लौटा लाऊँ और उसका पत्र लिख दूँ। वास्तव में मुझे उसकी दयनीय दशा पर संवेदना हो रही थी।

मैं उसके कमरे में गया, वह मेज पर बैठी हुई थी और अपनी मुखाकृति को हाथों से छिपा रखा था।

''देखो लड़की!'' मैंने कहा– तुम ''...''

जब कभी मैं अपनी बात के उस भाग पर पहुँचता हूँ, मेरा हृदय भर आता है।

वह वहाँ से कूद कर सीधी मेरे पास आई। उसके नेत्र चमक रहे थे, उसने अपने हाथ मेरे कन्धों पर रख दिये और ऐसी बुरी तरह फूट-फूट कर रोने लगी, जैसे रो-रोकर अपना रक्त बहा डालेगी।

''तुम्हारा क्या बिगड़ जाता, यदि तुम दो-चार पंक्तियाँ लिख देते। तुम वैसे तो बड़े भले आदमी मालूम होते हो! हाँ, हाँ, न तो कोई बोल्सलोफ है... और न... कोई तिरीसा, सब कुछ मैं ही हूँ... अकेली मैं...।''

''क्या?'' मैंने आश्चर्यचकित होकर पूछा–''तो क्या सचमुच कोई बोल्सलोफ नहीं है।''

''जी नहीं।''

''और न तिरीसा ही?''

''नहीं...मैं ही तिरीसा हूँ।''

मेरा सिर घूम रहा था। मैं आश्चर्यान्वित हो उसकी ओर ताक रहा था। निस्सन्देह हम दोनों में एक अवश्य पागल था। वह मेज के निकट गई, दराज, में कुछ टटोलती रही, और कागज का एक टुकड़ा लेकर लौट आई।

''यह लो।'' उसने मेरे निकट आते हुए कहा–''लो, यह अपना लिखा हुआ पत्र सैंत रखो। तुम दूसरा पत्र नहीं लिखना चाहते, परन्तु संसार में तुमसे अधिक दयालु व्यक्ति मौजूद हैं, वे अवश्य लिख देंगे।

उसके हाथों में वह पत्र था, जो मैंने बोल्सलोफ को लिखा था। ''तिरीसा सुनो,'' मैंने कहा–''बात यह है? तुम दूसरे व्यक्तियों को क्यों पत्र लिखवाना चाहती हो? जब तुमने वह पत्र डाक में भेजा भी नहीं है।''

''आखिर मैं भेजूँ भी तो किसे?''

''किसे भेजो? बोल्सलोफ को अपने भावी पति को।''

''परन्तु इस प्रकार के किसी व्यक्ति का अस्तित्व ही नहीं है।''

मैंने बातचीत समाप्त कर दी। इसके अतिरिक्त और इलाज ही क्या था, कि वहाँ से चला आऊँ। परन्तु उसने कहना आरम्भ किया–

"नहीं, उसका अस्तित्व ही नहीं है। कोई बोल्सलोफ नहीं है। परन्तु मेरी अभिलाषा है कि उसका अस्तित्व हो। परन्तु किसी का क्या बिगड़ता है, यदि मैं उसको पत्र लिखती हूँ।"

"तुम्हारा इससे क्या अभिप्राय है? आखिर किसको?"

"किसको? बोल्सलोफ को।"

"परन्तु तुम तो अभी कह रही थीं कि बाल्सलोफ का अस्तित्व ही नहीं।" मैंने उससे आश्चर्य से प्रश्न किया।

"हाँ परमात्मा! यदि कोई बोल्सलोफ नहीं है तो मैं क्या करूँ? निःसन्देह बोल्सलोफ का अस्तित्व नहीं है, परन्तु मैं सदैव यही ध्यान रखती हूँ कि वह है, मैं उसको पत्र इस प्रकार लिखती हूँ, जैसे वह सचमुच है। और वह उत्तर देता है। मैं उसे फिर पत्र लिखती हूँ और वह उसका पुनः उत्तर देता है।

मैं सब कुछ समझ गया। मुझे भासित हुआ कि मैंने उसका काम न करके अत्यन्त अपराध किया है। मुझे इस रहस्योद्घाटन से अत्यन्त आन्तरिक वेदना हुई। अब मैं समझा कि मेरे अत्यन्त निकट ही–एक गज की दूर ही– एक ऐसी दुःखिनी आत्मा का निवास-स्थान है, जो किसी पर अपने प्रेम को भी प्रकट नहीं कर सकती। न माता-पिता हैं, न अन्य अभिभावक, न मित्र हैं और न अन्य कोई सम्बन्धी! इस बेचारी ने अपने लिए एक प्रेमी और पति चुन लिया है।

वह अपनी कर्ण-कटु आवाज में बोल रही थी, बोले चली जा रही थी– "तुमने यह पत्र बोल्सलोफ के लिए लिखा था, मैंने एक अन्य व्यक्ति से उसे पढ़वाया और ध्यानपूर्वक सुना और मान लिया कि बोल्सलोफ का अस्तित्व कहीं न कहीं संसार में है। यद्यपि मैं यह नहीं बता सकती कि वह किस स्थान पर है? –परन्तु वह है अवश्य! इसका मुझे विश्वास है। इस प्रकार मैं अपना जीवन व्यतीत कर सकती हूँ, और इस प्रकार मैं एकाकीपन और चिन्ताओं, कष्टों में कुछ कमी अवश्य हो जाती है।"

X X X

इस घटना के पश्चात से मैं नियमानुसार सप्ताह में दो बार तिरीसा की ओर से बोल्स को और बोल्स की ओर से तिरीसा को पत्र लिखता रहा। मैं आपसे सत्य निवेदन करता हूँ कि यह पत्र अत्यन्त प्रेम-पूर्ण होते थे, विशेषतः उसके पत्रों के उत्तर। और वह..... वह उनको सुनती, हँसती, प्रसन्न होती और ठण्डी साँसें भरती! इसके

बदले में वह मेरे वस्त्रों का ध्यान रखती, मेरी कमीजों और मोजों को ठीक कर देती, जूतों पर पालिश कर देती एवं हैट पर बुर्श फेर देती थी।

तीन मास के पश्चात् किसी सन्देह में वह पकड़ी और कारावास में बन्द कर दी गई। इसके पश्चात् वह छूटी या जेल हुई, मुझे पता नहीं। मैंने फिर उसे कभी नहीं देखा, बहुत सम्भव है, वह मर गई हो!

द्वन्द्व युद्ध

"पुश्किन"

हम लोग एक छोटे से कस्बे में ठहरे हुए थे। आप फौजी अफसरों की जीवन चर्या से तो परिचित ही होंगे। प्रातः काल उठते ही ड्रिल और घुड़सवारी। फिर रेजिमेंट के कमाण्डर अथवा भोजनाकाल के मैनेजर के साथ भोजन। सायंकाल के समय शराब और ताश का खेल।

इस कस्बे में कोई मनोरंजन का स्थान न था। न कोई ऐसी युवती थी, जिससे मन बहल सके। इसलिए हम एक दूसरे के क्वार्टरों पर एकत्रित होते थे, जहाँ मनोरंजन का कोई न कोई प्रोग्राम होता।

हमारे दल में केवल एक ही व्यक्ति ऐसा था, जो फौजी न था। उसकी आयु पैंतीस वर्ष की थी, पर हम उसे वयोवृद्ध की तरह मानते थे, अधिक अनुभवी होने के कारण हम उस पर श्रद्धा रखते थे और उसके कठोर स्वभाव तथा कडुवी बोली का हम लोगों पर बहुत दबदबा था। कोई रहस्य या इसी प्रकार की वस्तु उसके चारों ओर मँडराया करती थी। वह देखने में एक रूसी मालूम पड़ता था, परन्तु अपना नाम उसने अंग्रेजों जैसा रख छोड़ा था। कुछ समय पूर्व उसने घोड़ों की पल्टन में बड़ी वीरता के साथ काम किया था। उसने नौकरी क्यों छोड़ दी थी, और क्यों इस छोटे स्थान पर इतना खर्चीला जीवन व्यतीत कर रहा था, यह बात हम में से किसी को भी मालूम न थी। प्रायः वह फटा हुआ कोट पहने पैदल ही घूमा करता था और आये दिन रेजिमेंट को दावतें देता रहता था। वैसे उसके यहाँ एक वृद्ध सिपाही द्वारा बनाई हुई दो या तीन प्रकार की चीजें ही रहती थीं। तो भी उसके यहाँ शराब की अधिकता रहती थी। इतनी अधिक मात्रा में वह शराब कहाँ से लाता था, या उसकी कितनी आय थी, यह किसी को भी ज्ञात न था और न कोई उससे पूछने का साहस ही करता था। सेना विषयक उसके पास बहुत-सी पुस्तकें तथा उपन्यास थे। वह प्रसन्नता से वे पुस्तकें

लोगों को दे देता था तथा कभी वापिस नहीं माँगता था। वह स्वयं भी किसी की पुस्तक लेकर कभी न लौटाता था। उसे पिस्तौल का निशाना लगाने का बहुत शौक था। उसके कमरे की दीवारें गोलियों के गड़े हो जाने के कारण मधुमक्खियों के छत्ते की भाँति लगती थीं। उसका सबसे बड़ा ऐश्वर्य पिस्तौलों का संग्रह ही था। उसको पिस्तौल चलाने में अद्‌भुत कमाल हासिल था। यहाँ तक कि यदि वह रेजिमेंट के किसी भी व्यक्ति की टोपी पर लगे चिह्न पर निशाना मारना चाहता, तो शायद ही कोई अपना सिर प्रस्तुत करने में हिचकिचाता।

हमारी चर्चा प्रायः द्वन्द्व युद्ध के बारे में होती। सिलिव्यो—यही उस व्यक्ति का नाम था— कभी इस बातचीत में भाग नहीं लेता था। यह पूछने पर कि क्या उसने द्वन्द्व युद्ध में भाग नहीं लिया, वह शुष्कता से बिना कुछ कहे टाल देता। ऐसा मालूम होता था, ऐसे प्रश्नों से उसे किंचित मात्र भी रूचि नहीं है। हम लोगों को अनुमान था कि उसके हृदय पर स्वयं की हुई ही कोई दुखद घटना अंकित है। कायरता की कोई बात हमने उसके विषय में कभी नहीं सोची। बहुत से ऐसे व्यक्ति होते हैं, जिनके व्यक्तित्व से ही ऐसे प्रश्न टकरा कर लौट आते हैं।

सहसा ऐसी ही एक घटना एक दिन हो गई। जिसने सबको विस्मित कर दिया।

एक दिन संध्या को हममें से कोई दस अफसर सिलिव्यों के साथ भोजन कर रहे थे। सदा की भाँति हम लोगों ने खूब पी। भोजन के पश्चात् हम लोगों ने गृह-स्वामी से ताश खेलने का आग्रह किया। बहुत देर तक वह मना करता रहा, क्योंकि वह कभी कभी ही खेला करता था। पर हमारे आग्रह पर अन्त में उसने ताश मँगवाया और डेढ़ सौ रूबल लेकर खेलने के लिए बैठ गया। खेल आरम्भ हो गया।

खेलते समय सिलिव्यो मौन रहा करता था, वह कभी चीं-चपड़ या झगड़ा नहीं करता था। यदि कभी कोई उसके साथ भूल कर देता, तो वह या तो जितना ठीक-ठीक देना होता, दे दिया करता था, अथवा नोट कर लेता था। हम सब उसकी इस प्रकृति से परिचित थे तथा उसको उसी प्रकार करते रहने देते थे। पर आज की पार्टी में एक अफसर ऐसा भी था जो नया ही बदल कर हमारी रेजिमेंट में आया था। उसे सिलिव्यो की यह बात मालूम न थी। खेल में उसने लापरवाही के कारण एक नम्बर अधिक कर लिया। सिलिव्यो ने स्वभाव अनुसार चाक उठाकर शुद्धि कर दी। अफसर ने इस हरकत का कारण जानना चाहा। तो सिलिव्यो मौन रहा। इस पर अधीर होकर उस अफसर ने ब्रुश उठाकर सिलिव्यो का शुद्ध किया अंक मिटा दिया। इसपर सिलिव्यो ने पुनः चाक उठाकर लिख दिया। साथियों की खिलखिलाहट तथा नशे के कारण अफसर ने इस बात को अपमान समझ अपना मोमबत्ती रखने वाला पीतल का स्टैंड उठाकर उसकी ओर दे मारा सिलिव्यो झुककर वार बचा गया। भावी आशंका से हम

सब लोगों को कँपकँपी आ गई।

सिलिव्यो उठकर क्रोध में पीला होता हुआ कहने लगा– "श्रीमान जी कृपया आप जाइये और भगवान को धन्यवाद दीजिये कि यह सब मेरे ही घर हुआ।"

आगे के बारे में सोचकर हमने अपने नए साथी अफसर को मृतक समझ लिया था। अफसर यह कहता हुआ कि "सिलिव्यो जिस प्रकार निबटना चाहे मैं निबटने को तैयार हूँ।" चला गया।

कुछ देर तक खेल और चला किंतु गृह-स्वामी की अरूचि देखकर हम लोग धीरे-धीरे नए अफसर से रिक्त हुए स्थान को रेजिमेन्ट में कौन पूरा करेगा, इस विषय पर चर्चा करते हुए खिसक गए।

दूसरे दिन घुड़सवारी के स्कूल में जब हम लोग उस अफसर की खैरियत मालमू कर कुछ और विशेष बातें जानने की चेष्टा कर रहे थे तो वह स्वयं वहाँ आ उपस्थित हुआ। पूछने पर उसने बताया कि उसने सिलिव्यों के बारे में कुछ नहीं सुना।

हम सिलिव्यों को देखने गए तो वह दरवाजे पर हुक्म का एक्का चिपकाकर उसपर फटाफट गोलियाँ चला रहा था। सदा की भाँति उसने हमारा स्वागत किया और रात की घटना का कुछ भी जिक्र उसने हमसे न किया।

तीन दिन बीत गए किंतु अफसर जीवित रहा। आश्चर्यपूर्वक हम लोगों ने सोचा कि क्या ऐसा हो सकता है कि सिलिव्यो उसे जिन्दा छोड़ दे। सिलिव्यो उससे लड़ा नहीं उसने अपने आप पर संयम रखा, इस बात को हम युवकों ने उसकी दुर्बलता समझी। युवकों की दृष्टि में साहस की कमी का अपराध अक्षम्य है। यों धीरे-धीरे बात आयी गयी हो गयी। और सब बातें पुनः पहले जैसे ही चलने लगीं।

केवल मैं ही दोबारा उससे घनिष्ठ न हो सका। मेरी प्रकृति ही ऐसी है। प्रारम्भ में उससे मेरा और लोगों की अपेक्षा अधिक लगाव था। वह भी मुझे बहुत चाहता था। वह मुझसे कृतज्ञता और स्नेह के साथ बातें करता था। किंतु उस संध्या को जो उसका अपमान हुआ था और जिस तरह उसने चुपके से सहन कर लिया था, इससे मेरा दिल टूट गया था और इज्जत मेरे दिल मे कम हो गयी थी। यहाँ तक कि मुझे उसकी ओर देखने में लज्जा-सी लगती थी। सिलिव्यो भी इस पर कुछ ध्यान न देता था और न इसका कुछ कारण ही बतलाता था परन्तु उसको खेद जरूर था, कई बार वह मुझसे कुछ कहने का साहस करता, किंतु मैं उसे अवसर ही न देता था और वह लज्जित-सा हो जाता था।

शहर के निवासियों को गाँव तथा छोटे कस्बों के रहने वालों की तरह डाक का इन्तजार करने का अनुभव नहीं होता। इसलिए मंगल तथा शुक्रवार को हमारा कार्यालय अफसरों से भर जाता था। यह लोग अपनी चिट्ठी-पत्री समाचार-पत्र तथा

मनीआर्डरों की प्रतीक्षा में खड़े रहते थे, डाक आते ही सब टूट पड़ते। पैकेट आदि वहीं खुलने लगते और बिजली की तरह कितने ही समाचार सब ओर फैल जाते। आफिस में एक शोर-सा मच जाता।

सिलिव्यो के पत्रादि भी आफिस के ही पते से आते थे। वह भी वहाँ प्रतीक्षा में रहता था। एक दिन उसको एक पैकेट मिला जिसको उसने बड़ी बेचैनी के साथ खोल डाला। ज्यों-ज्यों वह पत्र पढ़ता जा रहा था उसके नेत्रों में एक ज्योति झलकती जाती थी। सब अपने पत्र पढ़ने में व्यस्त थे। इसीलिए किसी का ध्यान उसकी ओर न था।

''दोस्तों! परिस्थिति मुझे यहां से तत्काल बुलवा रही है। मैं आज रात को चला जाऊंगा। मुझे आशा है आप लोग अंतिम समय मेरे साथ खाना अस्वीकार न करेंगे।'' सिलिव्यो यह कहकर चला गया।

ठीक समय पर मैं वहाँ पहुँचा तो देखा रेजिमेंट के सब लोग उपस्थित थे। उसका सब सामान बँधा पड़ा था। सब लोग खाने पर जमा थे। बोतलों के काग हवा में उछल रहे थे। गिलासों में बुलबुले उठ रहे थे।

उसके लिए शुभकामनाएँ प्रकट कर जब हम विदा होने लगे तो संध्या हो चुकी थी। विदा, कह कर सिलिव्यो ने मेरा हाथ पकड़ कर कहा—''मुझे तुमसे कुछ कहना है।'' उसका स्वर धीमा था।

मैं ठहर गया।

अतिथि चले गये थे। हम दोनो सामने बैठे पाइप पी रहे थे। सिलिव्यो में जरा-सी अकड़ न दिखती थी ? पीली चमकती आँखों तथा मुँह कें धुएं के बादलों के कारण वह साक्षात शैतान मालूम हो रहा था। कुछ क्षण पश्चात् उसने मौनता भंग की—''शायद हम फिर न मिलें। बिछुड़ने के पूर्व मेरी इच्छा यह है कि तुमसे सब कह दूँ। तुमने अवश्य देखा होगा कि मुझे और लोगों की सम्मति का तनिक भी आदर नहीं, किंतु तुममें मेरी सदा से रुचि रही है इसीलिए जाने के पहले तुम्हारी गलत ध ारणा को ठीक न करना उचित न होगा।

क्षण भर रुक कर अपने पाइप को उसने रख दिया। मैं नीचे की ओर देखता हुआ मौन बैठा था। वह फिर बोला—''तुम्हें मेरा उस मूर्ख शराबी से बदला न लेना बुरा लगा। तुम जानते हो कि उस समय मेरे हाथों उसकी जान खतरे में थी। फिर भी मैंने उसे छोड़ दिया। मैं कह सकता हूँ कि मेरी आत्मा ने उसे क्षमा कर दिया। किंतु मैं झूठ नहीं बोला करता, यदि मैं उसको बिना अपना जीवन खतरे में डाले मजा चखा सकता होता तो उसे संसार के लिए कभी न छोड़ता।''

मैं विस्मय से सिलिव्यो की ओर देख रहा था।

सिलिव्यो ने फिर कहा—"हाँ मुझे अपनी मृत्यु को आमंत्रित करने का कोई अधिकार नहीं है। तुम्हें यह जानकर आश्चर्य होगा कि छः साल पूर्व मेरे गाल पर एक थप्पड़ पड़ा था और मेरा वह शत्रु आज भी जीवित है।"

मेरी रुचि उसकी बात में बढ़ गई कहा—"तुम उससे लड़े नहीं ?"

"हाँ, मैं उससे लड़ा, यह उसकी स्मृति है।" सिलिव्यो बोला और एक डिब्बे में से एक डोरी तथा रेशमी गुच्छा लगी लाल टोपी निकाल कर उसने पहन ली। इस टोपी की वार पर एक गोली का निशान था। सिलिव्यो बोला—"तुम्हें पता है कि मैं घोड़ों की पलटन में कार्य कर चुका हूँ। मेरा चरित्र भी तुम भली प्रकार जानते हो। तुम जानते हो कि मैं किसी भी कार्य में आगे रहता हूँ। किन्तु जब मैं युवक था तो यह बात और भी उग्र थी। हमारे समय में जंगली पन भी एक फैशन था और मैं सबसे अधिक जंगली था। अपने शराबी होने पर मुझे गर्व था रेजिमेंट में द्वन्द्व युद्ध प्रायः होता रहता था। इसमें या तो मैं प्रथम रहता या द्वितीय। मेरे साथी मुझे आदर्श समझते थे और जल्दी-जल्दी बदलने वाले कमाण्डर शैतान। मैं शांति पूर्वक अपनी ख्याति का आनन्द उठा रहा था। तभी एक धनी, कुलीन वंश का युवक हमारे रेजिमेंट में भरती हुआ। अपने तमाम जीवन में मैंने ऐसा भाग्यवान् व्यक्ति नहीं देखा था। कल्पना करो कि एक ऐसे युवक की, जो बुद्धिमान, सुन्दर, बलवान प्रतिष्ठित, और इतना धनी हो कि जिसे अपनी सम्पत्ति के बारे में जानने की कोई चिन्ता ही न हो। समझ लो, वह वैसा ही युवक था। उसके आते ही हम पर उसका रोब ग़ालिब हो गया। मेरी पहले की प्रतिष्ठा संकट में पड़ गई। मेरी ख्याति सुनकर उसने मेरे निकट आना चाहा किंतु मैंने उसे दूर से ही सलाम किया। अतः वह कटा-कटा सा रहने लगा। मुझे उससे घृणा हो गयी। रेजिमेंट तथा स्त्रियों के बीच उसकी सफलता ने मुझे निराश कर दिया। मैं झगड़ा ढूँढ़ने की चेष्टा करने लगा। मेरे कटाक्षों के जो उत्तर वह देता, वे मुझे अधिक सत्य और कड़वे लगते।

"एक संध्या पोलैंड के प्रतिनिधि के यहाँ नाच में हम दोनों शामिल हुए। स्त्रियाँ विशेषतः गृहस्वामिनी, जिनसे कभी मेरा अच्छा सम्बन्ध था उसी की ओर आकर्षित हो गयी। इस पर जल कर मैंने उसके कान में एक अपमान की बात कह दी। इस पर वह भड़का और मेरे मुँह पर एक थप्पड़ मार दिया। हमारे हाथ तलवारों पर लपके। स्त्रियाँ मुर्छित होने लगीं। हम लोगों को अलग कर दिया गया। और उसी रात हम लड़ने को निकल पड़े।

"ऊषा-काल का समय था। मैं तीन सहायकों सहित निश्चित स्थान पर खड़ा था। बड़ी अधीरता से मैं शत्रु की प्रतीक्षा कर रहा था। बसन्त का सूर्य निकल आया

था और गर्मी बढ़ना प्रारम्भ हो गयी थी; मैंने उसे दूर से आते देखा, वह पैदल ही चला आ रहा था, उसकी तलवार फौजी कोट के भीतर थी, तथा साथ में केवल एक सहायक था। हम उससे मिलने बढ़े, वह समीप आया, उसकी टोपी में जंगली जामुनें भरी हुई थीं। सहायक हमसे बारह कदम दूर हो गए। पहले मुझे ही गोली चलानी थी, पर घृणा की ज्वाला मेरे अन्तःकरण में इतनी प्रज्वलित हो उठी थी कि मुझे अपने हाथ पर भरोसा नहीं रहा। इसलिए ठण्डा होने के लिए मैंने पहले उसे अवसर देना चाहा। किन्तु वह इस पर तैयार न हुआ। आखिर निश्चय हुआ कि लाटरी डाली जाये। भाग्य के सिकन्दर की वहाँ भी विजय हुई। उसने निशाना लगाया और गोली मेरी टोपी में लगी।

"अब मेरी बारी थी, उसका जीवन मेरे हाथों में था। मैंने दुख की छाया खोजने के लिए उसके चेहरे पर दृष्टि डाली। वह सामने खड़ा-खड़ा टोपी में से जामुनें छाँट कर खा रहा था तथा रह रह कर बीजों को थूक देता था। जो उछल कर मेरे पास तक आ जाते थे। उसकी लापरवाही से मैं पागल-सा हो उठा। उसका जीवन छीन कर मुझे क्या मिलेगा जब कि उसे उसका कुछ भी मोह नहीं है, मैंने सोचा। तभी सहसा एक कुभावना मेरे हदय में आई। मैंने अपनी पिस्तौल नीची कर ली और कहा—"मालूम होता है, तुम मृत्यु के लिए इस समय तैयार नहीं हो। तुम नाश्ता कर रहे प्रतीत होते हो। मैं तुम्हें बाधा नहीं पहुँचाऊँगा।"

"तुम तनिक भी बाधक नहीं हो, गोली चलाओ !" वह बोला—"तुम्हारी गोली बाकी है, और मैं तुम्हारे सामने उपस्थित हूँ।"

मैं सहायकों की ओर यह कह कर कि इस समय मैं गोली नहीं चलाऊँगा, मुड़ गया। इस प्रकार यह द्वन्द्व युद्ध समाप्त हो गया।

उसके पश्चात् मैं नौकरी छोड़कर इस छोटे से स्थान पर आकर रहने लगा, उस दिन से प्रति दिन मैं प्रतिकार के विषय में सोचा करता हूं। अब वह समय आ गया है !

सिलिव्यो ने वह पत्र जो प्रातः आया था, जेब से निकाला, तथा मुझे पढ़कर सुनाया। लेखक ने मास्को से सूचित किया था कि उसका विवाह शीघ्र ही एक सुन्दर युवती से होने वाला है। यह उसी युवक का पत्र था।

"मैं मास्को जा रहा हूँ। मुझे देखना है कि विवाह के समय भी वह मृत्यु का उसी लापरवाही से आलिंगन करता है, जैसा कि उस दिन जामुन लिए प्रतीक्षा कर रहा था" सिलिव्यो बोला।

इतना कहकर सिलिव्यो उठ खड़ा हुआ। उसने अपनी टोपी पटक दी तथा पिंजरे में बन्द शेर की भाँति इधर-उधर घूमने लगा। मैं साँस रोके सब सुन रहा था। मुझे कुछ अजीब-सा महसूस हो रहा था।

(2)

कई वर्ष व्यतीत हो गये। घरेलू झंझटों ने मुझे एक छोटे से गाँव में रहने को बाध्य किया। खेती-बारी में संलग्न रहने पर भी मैं एकांत में अपने पुराने मस्ती के दिनों का स्मरण ठण्डी साँसें लेकर किया करता था। सांयकाल के भोजन से पूर्व का समय तो गुमाश्ते से गपशप में, घोड़े पर चढ़कर कार्य निरीक्षण में बीत जाता था। किंतु जैसे ही अन्धकार फैलने लगता था, मैं उदास हो जाता था। जो पुस्तकें मेरे पास थीं, वे कई बार पढ़ने पर रट-सी गई थीं। गृहस्वामी को जितनी कहानियाँ याद थीं, वह दो-दो चार-चार बार सुन चुका था। कृषक स्त्रियों के गीतों से दुख होता था। देशी मद्य पीना प्रारम्भ किया, तो सिर में दर्द होने लगा। ग़म ग़लत करने के लिए मैं शराबी बनना नहीं चाहता था। अड़ोस-पड़ोस के दो-तीन युवक ऐसे ही शराबी थे, जिनकी बातचीत में आह और खोंखों के अतिरिक्त शायद ही कुछ होता। इससे अधिक सन्तोषप्रद तो मेरा एकाकीपन ही था।

मेरे स्थान से चार मील दूर एक काउण्टेस की जागीर थी। उसका गुमाश्ता वहाँ रहता था और मालकिन महोदया केवल एक बार ही वहाँ आई थीं, वह भी विवाह के प्रथम वर्षों में ही और एक मास से अधिक नहीं ठहरी थीं।

दूसरे बसन्त में यह चर्चा फैली कि काउण्टेस अपने पति सहित ग्रीष्म व्यतीत करने फिर आ रही हैं।

देहातों में रहने वालों के लिए धनी पड़ोसी का शुभागमन शुभ चिन्ह समझा जाता है। जमींदार तथा उनके परिवार के लोग दो मास पूर्व से तीन साल तक इसी की चर्चा में रत रहते हैं। जहाँ तक मेरे संबंध है, मुझ पर भी सुन्दर तथा युवती पड़ोसी के आने के समाचार का काफी प्रभाव पड़ा। मैं उससे मिलने को व्याकुल हो उठा और उसके आने के पश्चात् जो पहला इतवार पड़ा उसी दिन जा धमका।

एक सेवक मुझे काउण्ट के दीवानखाने में ले गया। कमरा बड़ी शान से सजा हुआ था। पुस्तकों के आधार दीवारों के चारों ओर खड़े थे और उन पर काँसे के ढक्कन थे। संगमरमर की चौकी पर एक बड़ा शीशा था और फर्श पर हरे कपड़े तथा कालीनें बिछी थीं। ऐश्वर्य का आदी न होने के कारण तथा दूसरों की दौलत पर बहुत दिनों से दाँत न रखने के कारण मुझे यह सब विचित्र लग रहा था।

द्वार खुला और बत्तीस वर्ष का एक सुन्दर युवक भीतर आया। यही काउण्ट था। वह प्रेमपूर्वक मुझसे मिला। मैंने सम्पूर्ण साहस बटोर कर परिचय देना चाहा, किन्तु उसने स्वयं ही इस दिशा में पग बढ़ाया। हम लोग बैठ गए। उसकी बातचीत जो सादे ढंग की थी। मुझे बेतकुल्लुफ कर दिया। तभी सहसा काउण्टेस के आगमन ने मुझे उलझन में डाल दिया ! ओह, वह कितनी सुन्दर थी !

कदाचित मुझे स्वस्थ होने के लिए कुछ अवकाश देने को ही वे दोनों परस्पर बातें करने लगे। उनका व्यवहार मेरे साथ अच्छे पड़ोसी का सा था और उसमें बनावट लेश-मात्र भी न थीं

तभी मैं पुस्तकें और चित्र देखता हुआ इधर-उधर टहलने लगा। मैं चित्रों का आलोचक नहीं हूँ फिर भी मैं उनमें से एक की ओर बिना आकर्षित हुए न रह सका। यह एक स्विटजरलैंड का दृश्य था, उसके एक कोने में गोली का एक निशान था।

''यह अद्भुत निशान बाज मालूम पड़ता है !' मैंने काउण्ट की ओर घूमते हुए कहा।

'हाँ ! बहुत ही अद्भुत ! क्या तुम भी अच्छा निशाना लगा लेते हो ?' उसने पूछा ?

'काफी अच्छा' मैंने उत्तर दिया। मैं प्रसन्न था क्योंकि इस विषय का तो मैं ज्ञाता था ही। मैंने आगे कहा—'जिन पिस्तौलों से मैं परिचित हूँ उनसे तीस कदम के फासले से ताश के पत्ते को निशाने से उड़ा सकता हूँ।

'सच ?' काउगेटस बहुत ध्यान से सुनने के पश्चात् बोली 'और तुम, प्रीतम?' क्या तुम भी तीस कदम के फासले से ताश के पत्ते का निशाना मार सकते हो?''

'किसी दिन हम प्रयत्न करेंगे' काउण्ट बोला 'मैं अपने समय में बुरा निशानची न था, किन्तु अब तो पिस्तौल उठाए चार वर्ष हो गए।

''औ !'' मैंने कहा—''तब तो श्रीमान् जी बीस कदम से भी ताश पर निशाना नहीं मार पायेंगे। पिस्तौल नित्य का अभ्यास चाहती है, मेरा अनुभव है। मैं अपने रेजिमेंट में एक अच्छा निशानेबाज माना जाता था। बताइये, आपका क्या विचार है? मेरे देखने में अभ्यास में विघ्न नहीं पड़ना चाहिये। नहीं तो आपकी सब कोशिशें बेकार नहीं जायेंगी। सबसे अच्छा निशांची जिसे मैंने देखा है, वह हर संध्या को भोजन के पूर्व कम से कम तीन बार गोली चलाता था।''

काउण्ट और काउण्टेस मुझे खुला देखकर प्रसन्न हुए।

'वह किस प्रकार निशाना लगाता था ?'' काउण्ट ने पूछा।

'मैं अभी बताता हूँ। वह दीवार पर मक्खी बैठी देखता,....तो आप हँसती हैं काउण्टेस, लेकिन मैं सच कहता हूँ कि वह पिस्तौल से उस मक्खी को दीवार पर जहाँ का तहाँ कुचल देता था।''

''बड़ा विचित्र था'' काउण्ट बोला—''भला उसका नाम क्या था ?''

''सिलिव्यो, श्रीमान् जी !''

''सिलिव्यो !'' काउण्ट उछलते हुए चिल्लाया—''तुम सिलिव्यो को जानते हो?''

''यह तो स्वाभाविक ही है, महाराज ! मैं तो उसका मित्र था। उसे तो हम

रेजिमेंट में साथी तथा भाई के समान मानते थे। किन्तु इधर पाँच वर्ष से कोई समाचार नहीं मिला। मैं समझता हूँ श्रीमान् भी उससे परिचित हैं?''

''हाँ, मैं उससे भली-भाँति परिचित हूँ। क्या उसने कभी एक अद्भुत घटना का वर्णन तुमसे किया था?''

''क्या महाराज का आशय किसी के उसके गाल पर थप्पड़ मारने से है?''

''क्या उसने तुमको उस व्यक्ति का नाम नहीं बताया?''

''नहीं सरकार! उसने कभी नहीं बताया! ओह! श्रीमान्!'' मैंने अन्दाजा लगाते हुए कहा– ''क्षमा किजिए! मैं नहीं जानता। किन्तु वह आप नहीं हो सकते।''

''हाँ, वह मैं ही था!'' काउण्ट ने उत्तर दिया। फिर जोश में आकर बोले– ''और उस चित्र में जो गोलियों का निशान है, वह हमारी अन्तिम भेंट की स्मृति है।''

''ओह प्रियतम! भगवान् के वास्ते उस घटना को न सुनाओ। मैं उसे याद करके थर्रा उठती हूँ।'' काउण्टेस बोलीं।

''नहीं, मैं प्रत्येक बात सुनाऊँगा।'' काउण्ट बोला– ''यह जानते हैं कि मैंने किस प्रकार इनके मित्र का अपमान किया। उन्हें यह भी सुनने दो कि सिलिव्यो ने प्रतिकार कैसे लिया?''

काउण्ट ने अपनी आराम कुर्सी मेरी ओर खींच ली और कहने लगा–

''पाँच वर्ष पूर्व मेरा विवाह हुआ था। प्रथम मास– विवाह के पश्चात् का प्रथम मास– हमने इसी गाँव में बिताया। इस घर में व्यतीत जीवन के कुछ सर्व-सुन्दर तथा कुछ दर्दनाक क्षणों के लिए मैं कृतज्ञ हूँ।''

एक संध्या को हम– पति, पत्नी दोनों घोड़ों पर जा रहे थे कि मेरी स्त्री का घोड़ा अड़ गया। वह डर गई और लगाम मुझे थमा कर पैदल चलने लगी। मैं घोड़े पर साथ-साथ चल रहा था। द्वार के बाहर एक गाड़ी खड़ी थी। पता चला कि कोई दीवानखाने में कार्यवश बैठा हुआ है, और उसने अपना नाम बताने में आपत्ति प्रकट की है। मैं इस कमरे में घुसा, तो देखा कि दाढ़ी बढ़ाये, धूल-धूसरित कोई सैनिक वस्त्रों में बैठा है। वह यहाँ, इस आल्मारी के निकट बैठा था। मैं उसे पहिचानने के लिए उसकी ओर बढ़ा।

''क्या तुम मुझे नहीं पहिचानते, काउण्ट!'' उसने भयावने स्वर में पूछा।

''सिलिव्यो!'' मैंने कहा। और मैं यह भी बता दूँ कि उसी क्षणा मेरे रोंगटे खड़े हो गये।

''हाँ!'' वह बोला– ''मेरा एक निशाना शेष है। आज मैं उसे पूरा करने आया हूँ। क्या तुम तैयार हो?''

उसकी कोट की जेब में एक ओर पिस्तौल लटक रही थी, मैंने 12 कदम बाईं ओर कोने में खड़े हो; उससे शीघ्रता करने की प्रार्थना की, जिससे मेरी पत्नी न आ

पहुँचें। परन्तु उसने देर कर दी। उसने प्रकाश करने को कहां बत्तियाँ मँगाकर, मैंने सब को मना कर द्वार बन्द कर दिये। तथा पुनः गोली चलाने को कहा।

उसने पिस्तौल निकाली। निशाना साधा। मैं प्रत्येक पल गिन रहा था। इस प्रकार एक भयानक मिनट बीत गया। अपनी पत्नी के बारे में सोच रहा था। सिलिव्यो ने हाथ नीचे कर लिये।

"मुझे खेद है।" वह बोला—यह पिस्तौल जामुनों से नहीं भरी गई है। इसमें गोलियाँ हैं! मुझे लगता है कि यह द्वन्द्व युद्ध नहीं, कत्ल होगा। मुझे निहत्थे व्यक्ति पर निशाना साधने का अभ्यास नहीं है। आओ, हम पुनः आरम्भ करें। कौन पहले गोली चलाये, यह निश्चय करने के लिए हम लाटरी डालें।"

"मेरा सिर घूम रहा था। उसने आप ही सब किया। और अन्त में पिस्तौल भर कर तैयार हो गये। उसने दो पर्चे उसी टोपी में, जो एक बार मेरी गोली का शिकार हुई थी, रखे। मैंने एक पर्चा उठाया। मेरी विजय हुई।

"तम्हारा शैतान का भाग्य है, काउण्ट!" उसने ऐसी मुस्कराहट के साथ कहा—जो मैं कभी नहीं भूल सकूँगा। न जाने मुझे क्या हो गया था। मैंने फिर गोली चलाई, पर उसका निशाना उस चित्र में जा लगा।

काउण्ट ने चित्र की ओर, जो गोली से छिद गया था, इशारा किया। उसका चेहरा अग्नि के समान लाल हो रहा था। काउण्टेस की मुखाकृति उसके रूमाल से भी अधिक सफेद हो गई थी।

"मैंने गोली चलाई।" काउण्ट कहने लगा— "भगवान का धन्यवाद कि वह चूक गई। तब सिलिव्यो भयानक हो निशाना साधने लगा। सहसा द्वार खुला और मेरी भयातुर पत्नी आकर मेरे गले से लिपट गई। उसके आगमन से मैं होश में आ गया। मैंने कहा— क्या तुम नहीं देखती प्रिये, कि हम हँसी कर रहे हैं। तुम कितना डर गई हो। जाओ, और एक गिलास पानी पीकर आओ। मैं तुम्हारा एक पुराने साथी तथा मित्र से परिचय कराऊँगा।"

"पर वह मुझपर विश्वास न कर सकी। सिलिव्यो की ओर घूमते हुए उसने पूछा—'बताइए महाशय! क्या मेरे स्वामी ठीक कह रहे हैं? क्या यह ठीक है कि तुम दोनों मजाक कर रहे हो?

"वह तो सदैव ही मजाक करता रहता है काउण्टेस!" सिलिव्यो बोला— 'एक दिन मजाक में इसने मेरे मुँह पर चपत लगा दी, फिर मेरी टोपी को भेद डाला। मजाक में ही उसने अभी मुझ पर गोली चला दी। अब मेरा मन भी एक मजाक करने को हो रहा है?"

वह क्रोध में बोला— "तुम मजाक बन्द करो, बोलो गोली चला रहे हो या नहीं?"

''नहीं, मैं नहीं चला रहा। सिलिव्यो बोला– 'मुझे सन्तोष है कि मैं तम्हें आज क्रोध और निराशा में देख रहा हूँ। मैंने तुम्हें अपने ही ऊपर फिर गोली चलाने को बाध्य किया इसकी भी मुझे प्रसन्नता है। मैं तुम्हें अब तुम्हारे स्वाभिमान पर ही छोड़ता हूँ।' इतना कह कर वह जाने लगा। किन्तु दरवाजे पर ही ठिठक कर इस चित्र की ओर, जिसको मेरी गोली ने छेदा था, निहारने लगा, और फिर बिना लक्ष्य किये ही गोली दाग दी और अदृश्य हो गया। मेरी पत्नी मूर्छित हो गई। सेवक उसको रोकने का साहस न कर सके। भयातुर देखते रह गयें वह सीढ़ियाँ उतरा और अपने ड्राइवर को बुलाया और छूमन्तर हो गया।''

इस प्रकार इस कहानी का अन्त हो गया। ऐसा सुना जाता है कि स्कुलिनी के युद्ध में, सिलिव्यो कमाण्डर की हैसियत से लड़ता हुआ मारा गया।